外国文艺理论丛书

驳圣伯夫

〔法〕普鲁斯特 著

沈志明 译

人民文学出版社
PEOPLE'S LITERATURE PUBLISHING HOUSE

Marcel Proust
CONTRE SAINTE-BEUVE
根据 Bibliothèque de la Pléiade, Editions Gallimard, Paris 版本译出。

图书在版编目（CIP）数据

驳圣伯夫/（法）普鲁斯特著；沈志明译. —北京：人民文学出版社，2022

（外国文艺理论丛书）

ISBN 978-7-02-016735-7

Ⅰ.①驳… Ⅱ.①普… ②沈… Ⅲ.①圣伯夫（Sainte-Beuve, Charles Augustin 1804—1869）—文学评论 Ⅳ.①I565.064

中国版本图书馆 CIP 数据核字（2020）第 221612 号

责任编辑	黄凌霞
装帧设计	黄云香
责任印制	王重艺

出版发行	人民文学出版社
社　　址	北京市朝内大街 166 号
邮政编码	100705

印　　刷	三河市鑫金马印装有限公司
经　　销	全国新华书店等

字　　数	194 千字
开　　本	880 毫米×1230 毫米　1/32
印　　张	8　插页 1
印　　数	1—3000
版　　次	2022 年 1 月北京第 1 版
印　　次	2022 年 1 月第 1 次印刷

书　　号	978-7-02-016735-7
定　　价	48.00 元

如有印装质量问题，请与本社图书销售中心调换。电话:010-65233595

出 版 说 明

"外国文艺理论丛书"的选题为上世纪五十年代末由当时的中国科学院文学研究所组织全国外国文学专家数十人共同研究和制定,所选收的作品,上自古希腊、古罗马和古印度,下至二十世纪初,系各历史时期及流派最具代表性的文艺理论著作,是二十世纪以前文艺理论作品的精华,曾对世界文学的发展产生过重大影响。该丛书曾列入国家"七五""八五"出版计划,受到我国文化界的普遍关注和欢迎。

进入新世纪以来,随着各学科学术研究的深入发展,为满足文艺理论界的迫切需求,人民文学出版社决定对这套丛书的选题进行调整和充实,并将选收作品的下限移至二十世纪末,予以继续出版。

人民文学出版社编辑部
二〇二二年一月

目　次

译本序 …………………………………………… 1
作者前言 ………………………………………… 1

睡眠 ……………………………………………… 1
房间 ……………………………………………… 6
白天 ……………………………………………… 10
伯爵夫人 ………………………………………… 18
《费加罗报》上的文章 …………………………… 24
阳台上的阳光 …………………………………… 32
跟妈妈谈话 ……………………………………… 42
圣伯夫方法 ……………………………………… 52
热拉尔·德·奈瓦尔 …………………………… 75
圣伯夫与波德莱尔 ……………………………… 87
圣伯夫与巴尔扎克 ……………………………… 112
德·盖芒特先生心目中的巴尔扎克 …………… 141
该死的族群 ……………………………………… 156
人物姓氏 ………………………………………… 170
返回盖芒特 ……………………………………… 183
圣伯夫与福楼拜 ………………………………… 195
结论 ……………………………………………… 213

附录
普鲁斯特生平及创作年表 …………………………………… *223*

译 本 序

圣伯夫是法国文学史上第一位专业文学批评家,也曾出版过三部诗集和一部长篇小说,但从十九世纪二十年代起,主要从事文学批评。一八二八年出版的专著《十六世纪法国诗歌和法国戏剧概貌》被誉为探索浪漫主义渊源的力作,从而使他立足文坛。自一八三〇年,他在《东西两半球杂志》等多家报刊发表大量文章,声名鹊起,经久不衰。他先后出版《波尔-罗雅尔修道院史》(1840—1859),《当代人物肖像》(1846—1871),《妇女肖像》(1848),《月曜日丛谈》(十五卷,1851—1862),《论维吉尔》(1857),《帝政时期的夏多布里昂及其文学团体》(1861),《文学家肖像》(1862—1864),《新月曜日丛谈》(十三卷,1863—1870)等,可谓著作等身,浩如烟海。从三十年代初至六十年代末,近四十年间,圣伯夫称霸文艺评论界,甚至叱咤风云于最高学术机构法兰西学院。他培植了继承其业绩的一批学界强人,诸如勒南、泰纳、布尔热等。虽然曾受到十九世纪最后三十年以象征主义为主体的"世纪末"思潮的冲击,但其影响直到本世纪二三十年代才减弱。可以说,圣伯夫文学批评的影响长达百年之久。

对这样一位文学批评权威,第一个发难的,就是本书作者普鲁斯特。早在一九〇五年,普鲁斯特就指出:"圣伯夫对同时代所有伟大的作家概不承认",后来进一步指出,圣伯夫对同时代天才作家的批评全盘皆错。

首先应当说明,普鲁斯特并非全盘否定圣伯夫的功绩,始终承认圣伯夫关于十九世纪以前经典作家的论著,已经成为文学批评的经典,甚至能够勉强接受著名文艺评论家、法兰西学院院士保罗·布尔热对圣伯夫的颂扬——

"圣伯夫才识高明,体事入微,连最细微的差别都提到笔端。他大量采用趣闻逸事,以便拓展视听。他关注个体的人和特殊的人,经过仔细探究之后,运用美学规律的某个典范高瞻远瞩,而后根据这个大写的典范作出结论,也迫使我们得出结论。"

普鲁斯特认为这是布尔热给圣伯夫方法下的定义,揄扬可信,定义简要;但竭力反对推广圣伯夫方法,因为此方法不利文学评论,更不利文学创作。普氏提出怀疑进而否定圣伯夫方法,是从现实出发的,有根有据的:为什么这位杰出的批评家,对同时代所有的文学天才会一概熟视无睹?嫉妒吗?彼时许多同情天才未被承认的人是这么想的,但不足为据。圣伯夫处在文坛至高无上的地位,何必嫉妒其时默默无闻或深受贬压的斯当达尔、奈瓦尔、波德莱尔、福楼拜呢?那么有可能嫉妒名人名家雨果、巴尔扎克、乔治·桑、缪塞吗?也说不通,因为他早已放弃文学创作,专事文学评论,同行不同类,何必相轻?如果用在他阻止某些学者入选法兰西学院,或许说得通,他确实利用在学院举足轻重的地位,反对过一些人入选。再说,雨果、巴尔扎克、乔治·桑、缪塞等巴结他都来不及呢,比如乔治·桑想去拜见,或引见缪塞,都得使出浑身解数,甚至女性魅力;巴尔扎克对他百般殷勤,好话说尽;连雨果都始而把他奉为座上客,继而把他视为知己挚友,终而因他染指其爱妻而反目,但拿他无可奈何。

普鲁斯特不从圣伯夫与大作家们的私人关系去批判圣伯夫的文学评论,相反,他非常厌恶甚至气愤圣伯夫在文学评论中常常拉扯作家的品行、为人、私生活以及跟他个人的关系。比如对斯当达尔《巴马修道院》的评论,圣伯夫说不同意巴尔扎克对此书的赞扬,远没有巴氏的热情,说它与前人的历史题材小说相比,雕虫小技而已,但笔锋一转,称赞斯当达尔男女私情上"正直可靠"(其实非常糟糕,据说此公实际死于梅毒),说他虽缺乏小说家的素质,但为人谦虚,是有儒雅风度的谦谦君子。再如,圣伯夫对待波德莱尔的态度更"令人发指",他口口声声称波德莱尔是他的私交挚友,说波氏"谦虚""平和""有教养""识大体",等等,但对这位十九世纪最伟大的诗人(普鲁斯特语)的创作闪烁其词,不置可否。波德莱尔的一些诗歌受到司法追究时,他"见死不救",只做了个小小的姿态,以示同情。最令普鲁斯特不解和难受的,是波德莱尔自始至终对圣伯夫顶礼膜拜,低声下气,摇尾乞怜。波氏的朋友们实在气愤难平,说了一些坏话,波氏马上出面制止,并写文章公开声明这与他无关。此类例子很多,不胜枚举。总之,圣伯夫对同时代天才作家这种一打一拉的恶劣手法,深深激怒一向文质彬彬从不说粗话的普鲁斯特:"读圣伯夫,多少次我们恨不得痛骂几声:老畜生或老恶棍。"

普鲁斯特骂过之后,冷静下来,承认圣伯夫说得对:正确判断久已得到公认并列为经典的作家是容易的,难就难在把同时代的作家放在应有的位置上,而这恰恰是批评家固有的职责,唯能履此职责,批评家才名副其实。可惜圣伯夫本人从来没有身体力行。普鲁斯特认为,问题出在圣伯夫的批评方法不对:诗人小说家戏剧家的艺术奥秘,圣伯夫不从他们的作品去寻找,一味热衷于收集他们的近亲好友熟人乃至对手敌人所作的议论、所写的书信、所讲的故事,有点像咱们的"查三代""调查社会关系"。圣伯夫过于重视作家的出身、地位、境遇、交往,他对夏多布里昂的阿谀奉承便是明显的例子。确实,作家或艺术家的政治立场,为人处世,生活作风,男女关系,很容易引起争议。历史上一直存在抑或因人废文,抑或因文废人,抑或因文立人的现象。普鲁斯特早在本世纪初就批判圣伯夫对人和文不分的批评方法,这里的文当然指文艺创作。他主张把论人和评文分开,文学批评必须从文本出发。常言道:"圣人中没有艺术家,艺术家中也没有圣人。"不要因为大仲马和小仲马父子为同一个烟花女争风吃醋而否定《基督山伯爵》和《茶花女》的小说价值。也不要因为维克多·雨果放荡得连女用人都不放过而谴责《悲惨世界》中纯洁的爱是虚假的。更不要因为波德莱尔恶习多多而批评他的诗歌伤风败俗,进而否定其艺术性。谁要是读了《忏悔录》而谴责卢梭道德败坏,那就是普鲁斯特所指"不善于读书"的那类人。

　　普鲁斯特认为,圣伯夫没有看出横在作家和上流社会人物之间的鸿沟,没有懂得作家的自我只在其著作中显现,而在上流社会人物面前只表现为像他们一样的一个上流社会人物。诗人和作家"外部为人"的趣闻逸事无助于理解他们的作品,弄清楚诗人和作家所有的外部问题恰恰排除了他们真正的自我。一部好的艺术作品是用"内心深处的声音所唤醒的灵感"写就的。普氏说:书是另一个自我的产物,不是我们在习惯中在社会中在怪癖中所表现的那个我。

　　从上述论点,我们逐步看出,普鲁斯特批判圣伯夫的目的是想建立并阐述自己的文艺观,也是他写本书的目的。他说:本书借圣伯夫之名加以发挥的将大大多于论及他本人,指出圣伯夫作为作家和批评家所犯的错误,也许能对批评家应是何人、艺术应是何物说出个所以然来。难怪许多不熟悉普鲁斯特的法国读者,包括文学系大学生,不明白本书前后部分好多章节尽谈作者身边琐事,看上去同赫然醒目的论战性标题《驳圣伯夫》风马牛不相及。相信中译本读者也会有同感,不要紧,谨请读者诸君硬着头皮读下去,读完就会明白的。因为推倒圣伯夫方法谈何容易,而纯学术理论批判又不是小说家的任务,普鲁斯特只想通过小说,确切讲,散文性小说,阐述自己的文艺观。关键的命题是:文贵乎真。圣伯夫方法的要害也是求真实。问题是求什么样的真实,怎样的真实才算真正的艺术真实。圣伯夫一贯主张小说应在写真人真事的基础上进行艺术加工,用他的话来说,进行"天才的艺术加工"。举个典型的例子,圣伯夫竭力鼓励龚古尔兄弟去罗马实地勘察,体验生活,深入调查他们那位移居罗马的姑妈的身世。回来后,他们以姑妈为女主人公的原型,以真人真事为蓝本,写出了小说《热尔韦泽夫人》。圣伯夫对这部不成功的小说评论道,小说的创作方法是对的,但缺少艺术性。仿佛艺术性和方法是两回事。对此普鲁斯特提出自己独到的见解,也是他酝酿已久的创作思想,日后更开现代小说的先河,同时为后来的文本主义和结构主义批评奠定了第一块基石。

　　普鲁斯特认为调查得来的素材只能作为参照,作家必须依据切身的感受才能表现本人的思想,唯其如此,作品才是真实的。为了阐述这个思想,普鲁斯特在本书中用了近乎一半的章节(虽然是后人根据他的设想选编的),讲述他对周围日常事物的感受,从睡眠、房间、光线、天气、太阳、雨水、花园、街道、教堂、钟楼到贵族社会的人物、姓氏、门第、外貌特征、言谈举止、生活习俗等,写的全是感觉:听觉、视觉、触觉、嗅觉、性觉、悟觉,等等。而感觉与印象不可分离,于是他用了大量篇幅谈印象(不是一般的印象,而是想象的印象,即普鲁斯特所谓的"无意识的回忆")。我们不妨举个例子,比如由听觉引起的联想:一天,作者听见侍者不小心把银匙碰响了瓷盘,清脆的声响使他不由自主地想起一次火车经过夜间运行,于清晨停在山区乡间小站,铁路工人用锤敲打火车轮子,在清脆的敲打声中,一个年轻的农村姑娘前来兜售牛奶咖啡。姑娘红润的脸颊宛如天边的朝霞,他"一见钟情",感到美丽的姑娘与众不同,具有个性。

　　村姑特殊的美使他悟出,人们头脑中固有的美女形象是枯燥乏味的,对美女的欲求是根据人们的认识想象出来的,抽象的,没有诗意。而送热牛奶咖啡的姑娘使人产生一种想象的快乐,非现实的快乐,作者顿时感到清空醇雅。这种想象印象的真实性弥足珍贵。艺术声称近似生活,若取消这种真实性,就取消了唯一珍贵的东西。艺术家、诗人、作家应当做的,是追究生活的底蕴,全力以赴打破习惯的坚冰、推理的坚冰,因为习惯和推理一旦形成,立即凝固在现实上,使人永远看不清现实。而两个印象之间的巧合则使人发现现实,从而产生想象的快乐,即诗人唯一真正的快乐。种种印象,哪怕产生一分钟的现实感,也是难能可贵的一分钟,令人欢欣鼓舞。从这个印象和所有与之相似的印象中脱颖而出某种共同的东西,优于我们生活的现实,甚至优于智力激情爱恋的现实。由此产生的愉悦,空明如翼,轻柔若风,是心灵上难得的一瞬即永恒的愉悦。它那具有灵性的光芒使人们幽闭的心灵顿时明媚透亮。这就是艺术魅力,任何其他魅力都不可代替。

  由此,普鲁斯特得出一个结论:"艺术上没有(至少从科学意义上讲)启蒙者,也没有先驱。一切取决于个体,每个个体为自己的艺术从头开始艺术或文学尝试,前人的作品不像科学那样构成既得真理,可供后人利用。今天的天才作家必须一切从零开始。他不比荷马先进多少。"他这么说,也是这么做的。他不是那种迎合读者口味的作者,必然会使一部分读者失望,因为这部分读者总希望读到想得到的东西,或想找到某些理论或现实问题的答案。所以,谨请这样的读者换种眼光去读普鲁斯特的书,把它当作一个未知世界,那么您会发现他对已知的世界有了新的发现,作了新的解释。

  本序写到这里已经够长了,似乎可以结束了,但还有重大的问题要交代,不得不延长篇幅,尚希读者诸君鉴谅。

  综上所说,我们可以看出普鲁斯特虽然批判了圣伯夫方法,但没有全盘否定圣伯夫,因为圣伯夫是研究十九世纪文学史不可逾越的大家。甚至对许多人真心诚意拿圣伯夫论贺拉斯的话来评论圣伯夫本人,普氏也不持异议:"现代各族人民中,尤其在法国,贺拉斯已经成为一本必备的书,无论培养情趣和诗意,还是培养审时度势和通权达变,都必不可少。"我们还知道,普鲁斯特在其文字生涯中,一向以赞扬前人和同辈著称,如高度评价罗斯金;有时甚至用词过分,如恭维阿纳托尔·法朗士。他批判圣伯夫比较严厉,但如上所说,是为了阐述自己的观点。除此之外,他很少议论文学艺术家的短处。

但有一例外,就在本书《结论》中,普鲁斯特突然猛烈抨击罗曼·罗兰,情绪之激烈,言辞之尖刻,态度之专横,是绝无仅有的。他批评罗曼·罗兰"不了解……自己内心深处所发生的事情,只满足于千篇一律的套话,一味怄气发火,不想办法深入观察",只好"撒谎",所以《约翰-克利斯朵夫》非但"不是新颖的作品",而且是"俗套连篇""肤浅的""矫饰的"作品。结论是:"罗曼·罗兰的艺术是最肤浅的,最不真诚的,最粗俗的,即使主题是精神,因为,一本书要有精神,唯一的方法,不是把精神作为主题,而是主题创造精神。"他的批评没有展开,不到一千字,只引了两小段《约翰-克利斯朵夫》的文字,就作出如此武断的结论,就其文章而论,难以令人信服。

罗曼·罗兰是中国人民敬仰的法国作家,尤其得到二十世纪三十至五十年代青年学生和知识分子的崇敬。傅雷先生翻译的《约翰-克利斯朵夫》自一九三七年初版,是至少三代追求自由、民主和进步的知识青年必读的书籍之一。现在看来,这首先应当归功于傅雷优美流畅的译文,以及译者对真理热情似火的追求。他在《译者献词》中高度评价这部长河小说:"它是千万生灵的一面镜子,是古今中外英雄圣哲的一部历险记,是贝多芬式的一阕大交响乐。"此书后来经他重译再版(1952),印数多达百万部,其影响经久不衰。之后,又有许多人翻译罗曼·罗兰的其他作品,至于论述这位作家的文章,更是不计其数。总之,罗曼·罗兰在中国人的心目中享有崇高的威望。

这里请允许我举个亲身经历的事例。八十年代初,著名学者、大翻译家、诗人罗大冈先生应邀访法,他约我陪他去蒙帕纳斯林荫大道八十九号拜见罗曼·罗兰夫人,这位俄裔老太太身体健朗,谈笑风生。她的公寓套房简直就是图书资料室,尽管八十六岁高龄,仍积极领导丈夫的遗著手稿整理工作,并主持"约翰-克利斯朵夫青年文化中心"。当时她也曾抱怨经费不足,出版困难,人心不古,世风日下。她热情友好地接待了中国大名鼎鼎的罗曼·罗兰专家罗大冈先生,并接受与之合影的要求,罗先生好意,把我也拉上。罗先生回国不久寄来两张照片,叫我当面转交罗兰夫人,但指出我的手搭在罗兰夫人的肩上,是失礼的举止,命我去照相馆做"隐手术"处理,若实在不可做,必须向罗兰夫人赔礼道歉。我对师长和长辈的批评心悦诚服,自责那天忘乎所以,闯下大祸。于是遵命去照相馆,但人家说没有底片,无法做"隐手术"。我只好诚惶诚恐上门负荆请罪。我如实向罗兰夫人转达了罗先生的指示,并表示深深的歉意。不料罗兰夫人听了哈哈大笑,捧着我的脸给了个响吻,说她肯定比我祖母年纪大(确实如此),我的手姿非但不失礼,而且可亲可爱。西方人在这种场合,从不说假客套的话,我相信她是真心的。这个例子说明东西方文化的差异,更说明罗曼·罗兰在中国大知识分子心目中的地位,罗先生爱屋及乌,是中国人的美德,尽管他对自己论罗曼·罗兰的专著也不太满意:罗曼·罗兰已经够"左"的了,但还嫌他"左"得不够。这虽是历史造成的,毕竟遗憾(后来罗先生因此出过修订本)。罗先生的美意,也许包含负疚感,若是如此,那就更高尚了。

　　我们完全可以不同意普鲁斯特对《约翰-克利斯朵夫》及其作者的批评,但不得不佩服他的勇气。大凡西方有成就的思想家和文学家从不人云亦云,甚至在未出名时他们就敢于向权威向世俗向所有人挑战,都有众醉独醒的气概。《约翰-克利斯朵夫》连续发表于一九〇三至一九一二年,悄然获得成功。一九一四年大战爆发前就遐迩闻名。由于文学成就卓著,更因一九一五年《超然乱世》系列文章获得好评,罗曼·罗兰一九一六年荣获诺贝尔文学奖,名声大振,成为世界文化名人。当时的普鲁斯特只在上层文学圈子和上流社会有点名气,竟敢如此放肆抨击诺贝尔文学奖得主。好在其时他的言论没有多大影响,丝毫无损如日中天的罗曼·罗兰。后者的威望一直延续到他去世(1944)之后的五十年代,然后滑坡,每况愈下,现在,在西方几乎到了被人遗忘的地步,这显然与社会、思想的发展和演变密切相关。本文不是专论罗曼·罗兰的,仅列出一些现象,供读者思考。

笔者八十年代和九十年代有五年在巴黎第七大学法国文学系担任客座,曾负责过两个学分的课程。每年都在学生中做一次调查:一、您知道罗曼·罗兰吗?二、您读过《约翰-克利斯朵夫》吗?回答大致如下:知道罗兰其名的占百分之三十,能讲一分钟罗兰的占百分之五;听说过《约翰-克利斯朵夫》的占百分之二十(多亏有改编的电视剧),读过此书的只有一人,而且没有读完。笔者还担任过高中法兰西语言和文学的教员(不到两年,每周十八课时),指导过中学会考学生。他们百分之一百回答"不知道""没读过"。这不能怪学生,因为从中学到大学的教材根本不提罗曼·罗兰,更不选他的文章。不仅著名的七星文库没有他的份,连出版的成千上万种各类文学袖珍丛书,他都不沾边,书店里几乎找不到他的书,连旧书摊上也难以寻觅。这种遗忘不能不令人对普鲁斯特在七十多年前的批判刮目相看了。我们希望下个世纪法国人重新认识罗曼·罗兰,重新出版他的书,但就目前而论,法国人有意无意赞成普鲁斯特的观点,确实把罗曼·罗兰打入了冷宫。

但是,这不妨碍中国人继续喜欢他,文学艺术上,"墙内开花墙外香"的情况多得很,不必大惊小怪。一九九五年中国翻译出版了罗曼·罗兰的《莫斯科日记》,那是他一九三五年访苏时每日实录的见闻和感受,叮嘱"五十年内不得发表"。苏联人尊重他的遗嘱,直到一九八九年才出版俄译本。有人提出,作为诺贝尔文学奖获得者,为什么不揭露目睹的恐怖、黑暗、丑恶?这不稀奇,当时包括阿拉贡甚至萧伯纳在内的许多西方左派作家都是这样的,只有安德烈·纪德除外①。理由是为了保护和巩固苏维埃政权,建立反法西斯堡垒,不可授人口实。罗曼·罗兰这么做是出于信仰,并非被人收买。西方知识分子的脊梁骨软硬问题不像东方知识分子那么突出。

其实,法国人早已知晓,冷落他是否与此有关?可能多少有点关系,但不是主要的原因。恐怕普鲁斯特在本书《结论》中提出的批评多少道出问题的症结。他指出,罗曼·罗兰遵照外在的思想和根据外部的人来塑造小说人物,不愿意探究自己的内心深处。从美学上讲,内心的自己与外表的自己是人的两面,而人,想认识别人,很容易用势利的眼光。说得明白一点,罗曼·罗兰似乎接受了圣伯夫的想法:"为一个伟大的社会运动撰稿在我看来是有意思的。"他用这种思想来指导《超然乱世》是对的,但用来从事文艺创作就有局限性了。普鲁斯特说:"圣伯夫千方百计把他的车套在最偶然的东西——政治——上。"把文艺创作套在政治的车上,必然寿命不长。进而普氏把罗曼·罗兰划入"遵命文学"一类,指出:"专门为人民写作是枉然的,专门为孩子写作也同样枉然。丰富孩子头脑的书籍,并不是孩子气十足的作品……巴黎人爱读大洋洲游记,有钱人爱读有关俄国矿工生活的故事。老百姓也爱读同他们生活无关的作品",一九〇一年发表的《论法国工人运动》指出,有些工人喜欢甚至崇拜波德莱尔。可惜,普鲁斯特走向另一个极端:"为大家写作只有一种方法,那就是写作的时候不去想任何人,只把自己内心深处含英咀华的东西写出来。"看来两个极端都不对,文艺创作要反对单纯的功利主义,但一点"功利"都没有做得到吗?同样也要反对纯艺术思想。而且真正纯艺术的,真空的作品并不存在,何况作家总有自己的立场,普鲁斯特自己也不例

---

① 参见安德烈·纪德《陀思妥耶夫斯基》译序和述评。

外。大家知道,罗曼·罗兰曾提出"超于战争之上"的口号,可他并没有做到;普鲁斯特显然也没有超于战争之上,尽管他自己也没有意识到。巴尔扎克写《人间喜剧》打出的旗号是:Castigat ridendo mores(拉丁文:以嘲讽来匡正世风),更可贵的是,巴尔扎克用自己大量的好作品来印证自己的创作思想。

我们最后引用普鲁斯特一段很能代表他的文艺观的十分精彩的话:文学创作有本身的内在规律、精神法则,"一个作家,凭一时的天才就想一辈子在文学社交界清谈文艺,安享天年,那是一种错误的想法,幼稚的想法,就像一位圣徒过了一辈子高尚的精神生活却向往到天堂享受世俗的快乐……文艺猎奇从来没有创造过任何东西"。

一九九六年七月于巴黎

作者前言

我对智力的评价与日俱减,而日渐明白的则是,作家只有超越智力方能重新抓住我们印象中的某些东西,就是说触及他自身的某些东西,也就是说触及艺术唯一的素材。智力以过去为名向我们反馈的东西,已不是这个东西的本身。事实上,恰如某些民间传说的亡灵所经历的那样,我们生命的每个时辰一经消亡,立刻灵魂转生,隐藏在某个物质客体中。消亡的生命时辰被囚于客体,永远被囚禁,除非我们碰到这个客体。通过该客体,我们认出它,呼唤它,这才把它释放。它所藏身的客体,或称感觉,因为一切客体对我们来说都是感觉,我们完全可能永远碰不上。就这样,我们生命的某些时辰永远不会复活。因为这个客体太小,一旦坠入茫茫尘海,在我们行进道路上出现的机会微乎其微!有一座乡间别墅,我曾在那里度过好几个夏天。有时我追忆那些夏天,想起来根本不是那么回事。很可能那些夏天于我永远消亡了。然而它们却复活了,就像所有的复活那样,多亏了一个简单的巧合。一个雪天夜晚,我回家时冻僵了,热气怎么也缓不过来;由于我依旧在卧室灯下开卷阅读,老厨娘建议我喝杯茶,而我当时是从不喝茶的。事有凑巧,她同时端上几片烤面包。我把烤面包浸入热茶,当把面包送进嘴里,腭部感到浸湿变软的面包带着茶味时,我一阵心慌,觉出天竺葵和橘树的香气,顿时眼前一片光明灿烂,其乐融融。我待着不动,生怕稍微一动,这奇妙的一切就会中止。我在莫名其妙之间,仍抓着奇妙无穷的湿面包另一端,突然我记忆的隔板纷纷倒塌了,旋即上述在乡间别墅度过的那些夏天从我的意识中脱颖而出,带着明媚的早晨以及一连串兴冲冲乐悠悠的时辰纷至沓来。于是，我想起来了：每天我起床穿好衣服，下楼去我外公的房间，他也刚醒，正吃茶点。他把一片面包干往热茶里浸一浸，喂给我吃。夏天过后，茶泡面包所产生的感觉变成了藏匿所，消亡的时辰——消亡只是对智力而言，纷纷到此躲藏；那些消亡的时辰，我没准永远找不回来，如果那个冬天夜晚我从雪地冻僵回来，厨娘不建议我喝茶的话。因为复活，靠神奇的契合，与饮料联系在一起了，而我原先并没想到。

我品尝了烤面包，迄今模糊和晦暗的花园立即整个儿呈现，带着被遗忘的小径以及路旁一个个篮式花坛，带着所有的花朵，一并浮现在小小的茶杯里，如同日本花朵只在水里重新生根。同样，在威尼斯的许多日子，智力一直未能向我反馈，对我来说，已经消亡了，直到去年，我穿行一个院子，突然在发亮而不平的方石地面上站住。和我一起的朋友们怕我滑倒，但我示意他们继续往前走，表示我马上会赶上去的。一件更为重要的客体拴住了我，虽然不知道何物，但我内心深处感觉到某件我未认出的往事即将出现：正因踩着这块铺石我才心慌。我感到一股喜悦袭遍周身，感到即将从我们自身吸取纯净的养料：这养料就是过去的印象，保存得纯而又纯的生命养料，我们只能根据保存下来的生命来认识生命，因为我们当前经历的生命还未出现于记忆，而处在使它消亡的感觉中；这种生命养料只求释放出来，急欲扩大我的诗情和生命的财富。但，我要释放这种生命养料却深感力不从心。唉！在这样的时刻，智力对我毫无用处。于是我退后几步，重新踩上这些发亮而不平的路石，尽可能恢复原状。脚的感觉与我曾在圣马可洗礼小教堂前光滑而有点不平的铺石地上所产生的感觉完全相同。那天为我准备的一叶威尼斯轻舟停在运河上；那河上的婆娑阴影，那驾舟漫游的愉悦，那些时辰一切美好的东西都纷纷涌现，于是我在威尼斯的那天又重新过了一遍。

不仅智力不能帮我们复活这些时辰,而且这些过去的时辰只会藏匿到一些客体里,而智力则无法把它们体现出来,您千方百计有意把您经历的时辰与客体建立联系,而智力则在其中找不到栖身之地。更有甚者,假如另一种东西可能使它们复活,它们即便与智力一起复活了,也变得毫无诗意。

　　记得一次乘火车旅行,从窗口眺望,但见景色从面前闪过,我竭力提炼其时的印象。我随手写下见闻,望见乡间小公墓闪过时,笔录了照射在树林野花上灿烂的一道道阳光,就像《幽谷百合》①里所描写的那样。之后,我一试再试,反复追思光束横贯其间的树木,追思那个乡间小公墓,试图展现那个白日,我想说那个实实在在的白日,而不是白日冷冷的幽灵。但我办不到,拼死拼活也办不到,可有一天吃午饭,一不小心,汤匙落到盘子上,发出的声音,与那天扳道工敲打停在小站上火车轮子的锤声完全相同。就在那短暂的一瞬,金光耀目的时辰,伴着叮当锤响在我眼前复活了,于是整个白天充满了诗意。只是不包括小村公墓,不包括光线纵横的树木,不包括巴尔扎克的野花,因为这些是特意观察得来的,与富有诗意的复活无缘。

　　可叹哪! 客体,有时我们碰得到,其失落感虽令我们怦然心动,但时间过于久远,对其感觉不可名状,呼唤不灵,复活不了。一天,我经过一家事务所,看见一块绿色粗布堵着窗玻璃的碎口,我猛然站住,若有所思。光彩夺目的夏天陡然而至。为什么? 我竭力回忆。我仿佛看见胡蜂在阳光下飞舞,仿佛闻到餐桌上樱桃的香味,但回忆不下去了。片刻间我好似半夜惊醒过来,不知身在何处,试图挪动身子以便弄清所处的地方,因为不知道在哪张床上,处在哪栋房子,处在哪块土地,处在何年何时。我就这样犹豫了片

---

① 《幽谷百合》(1835),巴尔扎克的小说,属《人间喜剧》的"外省生活场景"。从图尔城到希农古堡的途中有一座山谷,自蒙巴宗镇到卢瓦尔河,那里的百合花经常满谷飘香。

3

刻,围绕方形绿布琢磨所能忆及的各个地方和可能定位的时间。我对一生的各种感觉,朦胧的,已知的,遗忘的,同时进行了犹豫不决的筛选,这只是片刻之间的事情。很快我眼前一片模糊,记忆永远沉睡了。

　　就这样,多少次朋友们见我散步时碰到一条豁然开朗的林荫小径或一片树木突然停下脚步,我请他们先走,示意让我自个儿待一会儿,然而每每枉费心机。为了追忆过去而重新获得新鲜力量,我徒劳地闭上眼睛什么也不想,然后猛然睁开双眼,企图像第一次那样重见眼前的树木,结果根本无法知道我在哪里见过。我认出树木的形状,树木的布局,但树木呈现的线条仿佛从某幅在我心中抖动的活动画片描摹下来。再往深处我就讲不出来了,而树木仿佛以其稚拙而多情的姿态向我表示不能说话的遗憾,表示无法向我揭示秘密的遗憾:它们明显感到我解不开那个秘密。一次弥足珍贵的经历,珍贵得足以使我的心扑通扑通乱跳的经历,于我则恰如幻想,幽灵般向我伸出无力的双臂,有如埃涅阿斯在地府遇到的一个个影子①。这是我在曾有过幸福童年的城市近郊散步时产生的经历?抑或只是后来我遐想妈妈病入膏肓所在的那个想象的地方?那地方虽然是想象出来的,但与我的童年之乡几乎同样历历在目,由于我在湖旁在整夜是月色清辉的森林里冥思遐想,相形之下,我的童年之乡反倒只是个梦。我惘惘然一无所知,不得不追上在路角等我的朋友们;我心中焦虑,唯恐永远遗忘一次经历;再也回忆不起来了,唯恐忘却故人:他们正向我伸出亲切而无力的双

---

① 埃涅阿斯,希腊罗马神话中的英雄。关于埃涅阿斯的神话传说甚多,荷马史诗提到他,拉丁诗人维吉尔的史诗《埃涅阿斯纪》专门描写他。在古典艺术中可看到埃涅阿斯背着父亲安喀塞斯。此处是讲埃涅阿斯遵照宙斯的嘱咐,毅然离开爱上他的迦太基女王狄多娜,再次来到西西里岛,在父亲墓地举行殡葬赛会,然后去到了枯迈。在那里为了弄清自己的命运,他下地府听安喀塞斯预言他的未来,并见到其子孙的影子排列而过。此后他到了拉提乌姆,杀死图耳努斯,娶公主拉维尼亚为妻,建立以她名字命名的城市。

臂,仿佛在说:让我们复活吧！在重新跟伙伴们同行和聊天之前,我再次回头张望:树林含情脉脉而哑然无声,其逐渐消失的曲线还在我眼睛里蜿蜒,而我的目光却越来越失去了洞察力。

这种经历是我们内在的精华,相比之下,智力的东西似乎很不切实。所以,尤其当我们的精力开始下降时,我们求索一切有助于重新获得这种寓于我们心身的经历,即便我们不被那些富有智力的人所理解,他们不懂得艺术家离群索居,不知道艺术家不在乎所见事物的绝对价值,不知道价值观念的标准只能刻在艺术家身上才作数。外省一场糟糕透顶的音乐会,风雅人士觉得不伦不类的一场舞会,对艺术家而言,很可能比巴黎歌剧院精彩的演出或圣日耳曼城关①风雅的晚会更为重要,或因为引起他某些回忆,或因为使他浮想联翩,心驰神往。艺术家喜欢对着火车时刻表遐想,想象某个秋夜他下车时,树木已经落叶,在凛冽的空气中散发出枯枝败叶的气味;他也喜欢捧着一本全是人名的书遐想,这些姓氏,他儿时很熟悉,但后来一直没有听说,这样的书对风雅人士而言,平淡无奇,但对他来说,如同上述火车站名,其价值则是高雅的哲学著作不可同日而语的,而风雅人士会说该艺术家虽有才气却趣味恶俗。

也许人们会惊异我虽对智力不以为然,却在下面的篇章恰恰以智力为主题论及智力给予我们的启迪,这些启迪与我们通常听说和读到的陈词滥调是相抵触的。我已来日无多(况且谁人不是相差无几呢?),卖弄智力挺无聊的。然而,智力的东西,尽管比我刚才讲的情感秘密较为逊色,但毕竟有其自身的用处。作家不仅仅是诗人。甚至本世纪最伟大的作家也用智力的经纬来把散落的情感珍宝编织起来,因为在我们这个不完善的世上,艺术杰作只不

---

① 圣日耳曼城关,旧时王城近郊富人区,后为富人区和文化区,现为巴黎市第六区,位于圣日耳曼林荫道两旁,仍为富人区和文化区。

过是大智者的沉舟残骸。如果我们认为在这个重要的问题上人们有意让自己最美好的时光阴差阳错,那么有时需要抖擞一下自己的慵懒,需要站出来说话。圣伯夫的方法,也许首先不是一个那么重要的研究对象。但随着下列篇章的进展,我们没准会发现圣伯夫的方法涉及许多非常重要的智力问题,也许对艺术家更为重要,也许涉及我开头讲的智力次等性。智力的这种次等地位,毕竟仍须求助智力来确立。总之,智力之所以不配顶戴至高无上的桂冠,是因为唯有它能授予桂冠。如果说智力在德行的等第上只占次位,那也唯有它能宣告本能占据首位。

马塞尔·普鲁斯特

睡　眠

　　我不知道为什么硬要回忆那个早晨,其时我已经病了,整夜没睡,清早上床,白天大睡。曾几何时,我晚上十点就寝,尽管小醒几次,却一觉睡到翌日清晨,真希望这样的时日重现,但今天似乎觉得那是另一个人的生活了。经常灯刚灭,我便入睡,快得来不及思量:我睡了。半小时后,我想到应该睡着了,这个想法反倒把我弄醒,以为手上还拿着报纸,心想把它扔下,自言自语"该熄灯睡觉了",但十分惊异,我周围只见一片昏暗,这片昏暗使眼睛颇感舒适,可脑子也许就不那么舒适了,对我的脑子来说,这片昏暗有如无源之水,无本之木,不可思议,有如真正叫人不知其所以然的东西。

　　我重新点上灯,看了看时间:还不到子夜。只听得火车的汽笛声忽远忽近,描绘着荒原的广漠:荒道上有个旅客匆匆赶往临近的车站,月光溶溶,他刚离开朋友们,此时正把跟朋友们一起享受的快乐铭刻于记忆,还刻上回家的快乐。我把面颊贴在枕头美丽的面颊上,枕头的面颊如同我们童年的面颊,始终饱满和鲜嫩,就这样,两张面颊紧紧贴在一起了。我又点上灯看了看表,还是不到子夜。此时在一家陌生旅馆过夜的病人疾病大发,痛醒之后,庆幸瞥见门下有一线亮光儿。好运气,天亮了,过一会儿侍者就会起床,只要按铃,就有人来救护。他忍着痛苦,耐心等待。恰好他依稀听见脚步声……但就在那时门下的亮光熄灭了。时已子夜,原来人家熄灭了煤气灯,而他还以为是晨光,这样,他不得不孤独无助地苦熬一夜了。

我熄了灯,又睡着了。有时,就像夏娃从亚当的一根肋骨脱胎而出,有个女人从我姿势不当的大腿中间钻了出来,我即将领略女性的快感,满以为是她奉献给我的。我的身体感到她的体温,正准备贴紧时,我惊醒了。世上剩下的女子与我刚离开的女子相比远远不可同日而语,我面颊还留存她亲吻的余温,我的躯体酸痛,好似还在承受她的躯体重压。渐渐对她的记忆消散了,我忘却梦中的姑娘,忘得很快,恰似露水夫妻一场。有时,我梦见儿时散步,感觉来得不费吹灰之力,但到十岁时就永远消失了,那些感觉尽管微不足道,可我们渴望重新认识,好比某公一旦知道再也见不到夏天时,甚至怀念苍蝇在房间里嗡嗡作响,因为蝇声意味着户外烈日当空;甚至怀念蚊子嗡嗡,因为蚊子嗡噪意味着芳香的夜晚诱人。我梦见我们的老神甫揪我的卷发,吓得三魂冲天,如鼠见猫。克洛诺斯被推翻①,普罗米修斯的发明,耶稣的降生,把压在人类头上的天空闹得不亦乐乎,但都不如我卷发被剪去时的盛况,那才叫惊心动魄呢。说实话,后来又有过其他的痛苦和惧怕,但世界的轴心已转移。那个旧法则的世界,我睡着时很容易重返,醒来时却总逃不脱可怜的神甫,尽管神甫已去世那么多年,可我仍觉得他在我头后揪卷发,揪得我生疼。在重新入睡前,我提醒自己说,神甫已仙逝,我已满头短发,但我依旧小心翼翼把自己紧贴枕头、盖被、手绢和庇护的被窝墙壁,以备再次进入那个千奇百怪的世界,那里神甫还活着,我还是满头卷发。

感觉也只在梦中重现,显示着消逝岁月的特征,不管多么缺乏诗意,总负载着那个年纪的诗篇,好比复活节的钟声那般饱满噌

---

① 克洛诺斯,古希腊神话中提坦六神最幼者。他推翻了自己的父亲,做了神王,并奉母亲地神之命,阉了父亲,为提坦们留下空间。他娶妹妹瑞亚为妻,有过五个孩子,但一一被他吞食,因为他听信预言:他也将被自己的孩子推翻。当瑞亚为他生下六子宙斯时,用褓褓裹了一块石头给他吞下。宙斯长大,果然把他推翻,并迫使他吐出所有的兄弟,然后把他打入地狱最底层。

呓,蝴蝶花尽管绽蕾怒放,可春寒料峭,吃饭时不得不生火取暖,使我们的假期大煞风景。这样的感觉在我的梦中有时也重现,但我不敢说重现时诗意盎然,与我现时的生活完全脱离,洁白得像只在水中扎根的浮生花朵。拉罗什富科①说过,我们唯有初恋才是不由自主的。其实,少年手淫取乐也是如此,我们在没有女人时聊以自乐,想象着若有女人贴身陪伴。十二岁那年,我第一次把自己关进孔布雷②我们家的顶层贮藏室,那里悬挂着一串串菖蒲种子,我去寻找的快乐是未曾感受过而又别出心裁的,是别种快乐不可代替的。

  贮藏室其实是一间很大的屋子,房间严密上锁,但窗户总敞着,窗外一棵茁壮的丁香沿着外墙往上长,穿过窗台的破口,伸出她芬芳的脑袋。我高踞在古堡顶楼,绝对身只影单,这种凌空的表象使人心动,引人入胜,再加层层结实的门闩锁扣,我的独处更有安全感了。我当时在自己身上探测寻求我从未经历的一种愉悦,这种探求叫我兴奋,也叫我惊心动魄,其程度不亚于要在自己身上给骨髓和大脑动手术。时时刻刻我都以为即将死去。但我不在乎!愉悦使我的思想亢奋膨胀,觉得比我从窗口遥望的宇宙更广袤更强劲,仿佛进入了无限和永恒,而通常面对无限和永恒我则凄然惘然,心想我只不过是稍纵即逝的沧海一粟。此刻我仿佛腾云驾雾,超越森林上空的如絮云朵,不被森林完全吞没,尚留出小小的边缘。我举目远眺美丽的山峰,宛如一个个乳房矗立在河流两岸,其映象似是而非地收入眼底。一切取决于我,我比这一切更充实,我不可能死亡。我喘了口气,准备坐到椅子上而又不受太阳干扰,但椅子让阳光晒得热烘烘的:"滚开,小太阳,让我干好事儿。"于是我拉上窗帘,但丁香花枝挡住了,没完全拉上。最后,一股乳

---

① 拉罗什富科(1613—1680),法国作家。代表作《箴言录》,共收五百零四条箴言,常为后人引用。
② 孔布雷,普鲁斯特《追忆似水年华》中的虚构地名。——编者注

白色的液体高高抛射,断断续续喷出,恰似圣克卢喷泉一阵阵往外喷;我们从于贝尔·罗贝尔①留下的人物画也可认出这种抛射,因为断而不止的抛射很有特性,其耐久的弧度像喷泉,显得十分优雅,只不过崇敬老画家的人群抛出的花瓣到了大师的画中变成一片片玫瑰色,朱红色或黑色了。

其时我感到一股柔情裹挟全身,原来丁香的馨香扑面而来,刚才亢奋时没觉察到,但花香中夹着辛辣味儿和树液味儿,好像我折断花枝时闻到的气味。我在丁香叶上只留下一条银色液迹,条纹自然,宛如蛛丝或蜗牛行迹。然而,丁香花枝上的蛛丝痕迹在我看来有如罪孽之树的禁果,又如某些民族奉献给他们神明的那些未成器官的形式,从这银白色蛛丝痕迹的外表下几乎可以无限引伸出去,永远看不到终点,而我不得不从自己体内抽出来,才得以反顾我的自然生命,此后一段时间内我一直扮演魔鬼。

尽管有断枝涩味和湿衣臊味,丁香的馨香却是主导的。它每天超然物外似的追随我,每当我去城外公园玩耍,在远远瞥见公园白门之前,门旁的丁香已经摇曳作态,有如风韵依旧的迟暮美人摇首弄姿,她们体态娉婷,花枝招展,送来阵阵清香,以示欢迎;我们行进的小路沿着河岸伸展,顽童们把玻璃瓶放入激流中用来抓鱼,玻璃瓶给人以双重的清凉感,因为不仅盛满清水,如同餐桌上那般晶莹,而且被河水包围,多了一层透明;河中,我们扔下的一个个小面包团引来许多蝌蚪,原先它们分散在水里,片刻前还不见踪影,顿时凝聚成一团活动的星云;将过小木桥时,看见一个戴草帽的渔夫,伫立在漂亮的别墅外墙一角苍青的李树中间。他向我舅舅致意,舅舅一定认识他,示意我们不要做声。然而,我一直不知道他是谁,从未在城里遇见过,至于教堂歌手、侍卫、侍童,尽管看上去像奥林匹斯诸神,他们的实际生活却不那么荣耀,我是经常跟他们

---

① 罗贝尔(1733—1808),法国画家。擅长画古迹和废墟。

打交道的,还有马蹄铁匠,乳品商,食品杂货商的儿子,都是熟人,相反,我每每看见小园丁,他总在公证人围着灰墙的花园里干活儿;我每每看见渔夫,总是在小径两旁李树茂盛浓荫密布的时节,他总穿毛纺上衣,头戴草帽,而且总在空廊的苍穹下连钟声都优哉游哉、连云朵都从容悠闲的时刻,其时鲤鱼百无聊赖,因气闷烦躁而向未知的空中猛蹿乱跳;也总在这个时刻,女管家们望着表说,吃点心的时间还未到呢。

房　间

　　我有时很容易想起睡觉时忧喜参半的那个年龄,尽管如今大不一样了,那时往往我睡得差不多跟床、扶手椅、整个房间一般无声无息。我惊醒,只是熟睡的整体中一部分醒来,我意识到整体的睡眠,津津有味,听见护木板干裂的劈啪声:只在房间沉睡时才听得见;望着黑暗万花筒,一转身很快与床合为一体,失去知觉;我舒展四肢,如同贴墙种植的葡萄枝蔓。我在这样的短暂苏醒中好比放在案板上的一个苹果或一瓶果酱,似醒非醒,蒙眬中只见餐橱里夜色浊重,橱板剧烈作响,啊,太平无事,于是转身跟其他苹果和果酱瓶为伍,美滋滋地又进入无知觉状态了。

　　有时我睡得那么深沉,或入睡得那么突然,一时失去所处地点的方位。有时我思忖,周围物件的静止,没准是因为我们确信它们一成不变和非它们莫属而强加于它们的。不管怎么说,当我惊醒不知身处何地时,我周围的一切:物体、地域、岁月,在黑暗中旋转。我侧身躺着,因太麻木一时不能动弹,竭力想弄明白自己的方位。于是自我幼年的侧身方位逐一出现于隐约的记忆,重新构筑我睡过的所有地点,甚至那些我多年从未想过的地点,也许至死都不会想起来的地点,然而又是我原本不该忘记的地点。忆及房间、房门、走廊,记得入睡前想什么和醒来时想什么。记得床那边带耶稣像的十字架,记得卧房凹角暖隅的气息:那是在我外祖父母家,当时还有几间卧房,至于父母嘛,此一时彼一时,其时不喜欢他们,不因为觉得他们精明,而因为他们是父母;上楼睡觉,不因为想睡,而因为睡觉的时间到了,并且不是拾级而上,而是两级一跳,以示意志,承诺,礼仪,睡觉的仪式还包括快速爬上大床,然后拉上蓝立绒镶边的蓝棱纹平布床帷;生病睡在那里时,按旧医道,一连好几个夜晚,陪伴你的是一盏放在锡耶纳大理石①壁炉上的长明灯,倒不必服用伤风败俗的药物,但不允许您起床,不允许您相信可以和健康人一样生活,病了,就得盖上被子,喝无害的汤剂出汗,因为汤剂包含着草场上的野花和老婆娘两千年的智慧。就在那张床上,我侧着身,自以为舒展躺着,但很快跟我的思想汇合了,即伸懒腰时出现的第一个思想:该起床、该点灯温习功课了,上学前要好好温习,如果我不想受处罚的话。

然而,我侧身卧时又想起另一种姿势,一转身就摆出那种姿势,原来床换了方向,卧房换了形状;卧房又高又窄,金字塔形,那是我到迪耶普去度康复后期,房间的形状直叫我心里别扭。头两个晚上怎么也适应不了。因为我们的心灵不得不接纳和重新描绘人家献给它的新空间,不得不喷洒它自己的香水,发出它自己的音浪,在这之前,我知道最初几个晚上要受怎样的痛苦,只要我们的心灵感到孤独,只要不得不接受扶手椅的颜色,挂钟的嘀嗒声,压脚被的气味,只要它不得不试图适应金字塔形的房间而又不得要领,不管怎样使自己膨胀、使自己伸长、使自己缩小都无济于事。喔,这么说,我在那间房间,正是康复期,妈妈就睡在我身旁啰!我怎么没听见她的呼吸声也没听见海涛声呢……这么说,我的身子又想起另一种姿势:不再躺着,而是坐着。在哪里呢?在欧特伊花园的柳条扶手椅里。不,天太热,是在埃维昂游戏俱乐部,他们熄灯时没发现我在扶手椅里睡着了……墙与墙越来越靠近,我的扶手椅转了个一百八十度,靠到窗户上。原来我身处雷韦永古堡我的睡房里。我一如既往,晚饭前上楼小憩,不料在扶手椅里睡着了,晚饭也许开完了。

---

① 锡耶纳,意大利中部古城,多大理石艺术品和建筑。该城并非大理石产地。

我并没有受到责怪。我住外祖父母家,已经过去许多年了。在雷韦永时,我们散步归来九点才吃晚饭,是我当时最长的散步。每次返回古堡总是兴趣盎然,古堡超然矗立在紫霞烂漫的天空,一个个池塘的水丹霞似锦,不过,七点吃晚饭前挑灯阅读一小时则别有一番情趣,更有神秘感。我们天黑出发,穿过村镇大街,时不时出现一家室内灯火通明的铺子,昏暗中宛如水族馆,泛着饰以闪光片的滑腻亮光,在玻璃柜壁的映照下,店中人员黑影绰绰,在金光灼灼的酒色中徐徐移动,他们不知道我们在观察,依然专心致志为我们上演一幕幕光彩夺目的好戏,揭示着他们日常生活和幻想生活的奥秘。

等我到达田野,落日余晖只映照半壁河山,另一半壁已是月色溶溶。很快皓月千里,整个天地月明如画。只见成群的归羊以不规则的三角形,似蓝非蓝地浮动。我行进时像只小船,独自完成自己的航程,我的航迹载着我的影子随我穿行,后面留下一望无垠的神奇。有时古堡女总管陪伴我。我们很快超过我下午散步的极点,即最长的散步都未到达的田野;我们走过我从来只知其名的教堂和古堡,后者似乎只应当在梦想的地图上出现。地形起变化了,高坡洼地,必须攀登山坡,有时则遇到洒满月光的神秘山谷,我和同伴,在下到形似乳白色圣餐杯的山谷前,我们停顿片刻。无动于衷的女总管脱口而出说了句什么,我一下子意识到我不知不觉置于她的生活之中,不过我不相信我会永远进入她的生活,没准我离开古堡的第二天,她早已把我从她的生活中赶走了。

就这样,我侧身卧时在它的周围展现一个个卧房:冬天的卧房,是喜欢与外界隔离的,整夜炉火不熄,或在炉火映照下,房里的人喜欢双肩隐约围绕一层蒙蒙热气;夏天的卧房,喜欢与大自然的和煦融为一体,如同睡在大自然的怀抱里,我在布鲁塞尔睡过的一个房间便是如此,形状那么明媚宽敞又那么内秀密闭,使人感到好像躲进安全窝,又好像处在自由自在的社会。

所有这些回忆都不超出几秒钟。转眼我就觉出自己处在一张窄床上,房间里还有其他几张床。闹钟未响,但应当赶紧起床,以便有时间去食堂喝杯牛奶咖啡,然后出发去乡间远足,由乐队开道。

夜将尽,我的记忆中缓缓鱼贯显现各种不同的房间,我的身子处于其间,确定不了在何地苏醒,犹犹豫豫,直到我的记忆力使它确认处在我现在的房间。于是它立即把现在的房间全部重筑,但因为从自己颇为不确定的姿势出发,它错误计算了整个布局。最后由我来确定五斗柜在我这边,壁炉在我那边,窗户在远处。这时,我突然瞥见我所确定的五斗柜上端,已经升起一抹晨曦。

白　天

　　窗帘上端一线或明或淡的亮光向我预告天气,甚至在向我告知天气之前就叫我恼火了,这一线亮光,我根本不在乎嘛。还在我背窗朝墙时,在光线出现之前,我凭第一辆驶过的有轨电车的响声和铃声,便能猜出车子是在雨中无奈地滚动还是向蔚蓝色的天际行进。因为,不仅每个季节而且每种气候都为它提供氛围,如同一种特殊的乐器,用来演奏以自身滚动和铃声组成的同类曲调,然而这同一曲调到达我们耳边不仅同曲异工,而且异色异义,更有甚者,表达着完全不同的情感:大雾弥漫时像鼓似的闷声闷气,风吹溪流时像手提琴似的流畅和清脆,随时配合鲜亮轻快的急繁弦管,或者,冰封日丽时像钻孔器钻破苍青冰块似的奏出短笛回旋曲。

　　街头最早的声响给我带来雨天阴冷难熬的烦恼,或寒气战栗的亮光,或雾霭消声所引起的软瘫,或急风暴雨前的温湿和阵热:轻微的阵雨刚把街头声响润湿就被一阵风吹干或被一抹阳光晒干。

　　那些日子,尤其风钻进烟囱时发出不可抗拒的呼啸,真令我心怦怦直跳,其剧烈的程度胜于一个姑娘听见马车滚动,驶向她未被邀请的舞会;乐队之声从敞开的窗户进来,我真希望前夜是在火车上度过的,天蒙蒙亮到达诺曼底的某个城市,如科德贝克或巴约,在我看来,古老的城市和钟楼就像科舒瓦农妇的传统头巾,或马蒂尔达王后①的

---

①　马蒂尔达王后(1031—1083),出生于盛产绣花滚边的佛兰德,佛兰德伯爵博杜安五世之女。1053年嫁给诺曼底威廉公爵,后来威廉取得英国王位(1066),她成为英国王后。历史上误传现藏于巴约图书馆的著名巴约壁绣出自王后之手。这幅绒绣长七十余米,宽半米,包括五十八个场景,描绘诺曼底人征服英国的故事。

花边便帽;到了那里就立即出去散步,去暴风骤雨的海边,直到渔夫教堂,该教堂精神上一直受到浪涛的保护,滚滚波涛仿佛尚在透明的彩画玻璃上闪烁,浮托着威廉①和勇士们蔚蓝和绯红的战船,任其在环形的绿色涌浪之间劈波斩浪,留下这座好似设在海底的教堂:湿湿的,呈现一片抑制的寂静,圣水石缸的凹处还稀稀拉拉留着一点点积水。

甚至不需要白日的光芒、街头的杂声,天气就可以向我显示向我提醒时令和季节变化。我觉得身上由神经血管织成的小城堡里的通信和交流趋于平缓时,便知道下雨了,我就很想身处布鲁日②,待在暖如冬日的熊熊炉火旁,午间饱食冻肉、黑水鸡、小猪肉,宛如置身勃鲁盖尔③的画中。

如果通过睡意,感到我的神经已在我的人之先苏醒并活跃起来,我便揉一揉眼睛,看一看钟点,弄清楚是否来得及赶到亚眠结冰的索姆河畔观赏大教堂④,以及躲在南墙飞檐下避风的雕像,飞檐上雕有南方太阳下明暗有致的葡萄园。

薄雾溟蒙的日子,我希望只在夜间见过的古堡里过夜,在那里第一次醒来,很晚起床,穿着睡衣,哆哆嗦嗦、快快活活跑到熊熊壁炉旁烘烤,冬日冰冷的太阳也来到火旁的地毯上取暖;我从窗口眺望我所不认识的一片空间,在看上去非常美丽的古堡两翼之间有

---

① 威廉,指威廉一世,又称征服者威廉(约1028—1087)。法国诺曼底公爵(1035—1087)。堂兄英王爱德华无嗣,认威廉为继承人(1051)。1066年爱德华逝世,大贵族哈罗德即位,威廉凭借先王遗嘱,纠集诺曼底封建主和骑士,在教皇支持下渡海侵入英国,黑斯廷斯一战打败哈罗德,自立为英王(1066—1087)。
② 布鲁日,比利时西北部古城,重要水陆运输枢纽,旅游重镇。市内建筑很有特色,古堡、钟楼、教堂、博物馆都值得一看。
③ 勃鲁盖尔(1525—1569),佛兰德画家。作品有《海船》《乞丐》《收获》《冬猎》《盲人》等。
④ 亚眠,靠近英吉利海峡的法国索姆省首府。亚眠大教堂建于十三世纪,规模宏大。

一个宽阔的院子,那里马伕们正在备马,准备一会儿送我们去森林观看池塘和寺院,而早起的古堡女主人则吩咐下人不许出声,以免吵醒我。

乍暖还寒的初春早晨,有时牧羊人的木铃在蔚蓝的空中发出的声音比西西里岛牧民的笛声更清脆,我真想经过积雪的圣哥达①,下山去百花盛开的意大利。我受到早晨阳光的感召,跳下床,对着镜子手舞足蹈,欢腾雀跃,高高兴兴说些毫无巧意的话,甚至唱起歌来,因为诗人好比门农雕像,一遇日出朝晖便吟唱起来②。

我身上垒着许许多多人,当他们逐一哑口无言,当极端的肉体痛苦或睡眠使他们一个个坠落消失,最后剩下的,总是站着的那个,就是我的神明,很像我童年时代眼镜店玻璃橱窗里的修士娃娃:雨天打伞,晴天脱帽。如果天晴,护窗板哪怕关得密密实实,我的眼睛哪怕紧闭,恰恰因为风和日丽,紫霭升腾,我却咕咕哝哝,旧病大发;持续的疼痛几乎使我失去知觉,失去言语,我根本不能说话,不能思想,连盼望雨天来止住犯病的愿望都没有了,连产生这个愿望的力气都没有了。除了我嘶哑的喘气声,万籁俱寂,我听见心灵深处一个小小的声音快活地说:天气晴朗,天气晴朗,痛苦的眼泪夺眶而出,使我说不出话来;但假使一时能喘得过气,我就会吟唱,眼镜商的小修士,我唯一的化身,便脱下帽子,预告炎阳

---

① 圣哥达,位于阿尔卑斯山脉瑞士一侧,南与意大利交界,著名的圣哥达隧道连接瑞士北方重镇巴塞尔与意大利的米兰。
② 门农,希腊罗马神话中的英雄。黎明女神厄俄斯和提托诺斯的儿子,埃塞俄比亚国王。他在支援特洛亚人的战争中起了重要作用,并献出自己的生命。厄俄斯丧子,痛哭不已,从此清晨的露珠被称为厄俄斯的眼泪。此处门农雕像,是希腊和罗马人对底比斯附近的法老庙前两座巨型雕像的称谓。相传公元27年,一场地震使坐北的雕像部分倒塌,从此这座门农雕像每逢日出沐浴朝晖,便发出好似人声的哀鸣,如诉如泣。据说这是门农在向母亲请安。传说极富诗意,此后一直为诗人们传诵。

普照。

所以，后来当我习惯彻夜不眠白天大睡时，我感到白昼就在身边，视而不见，对白天和生命的渴望更为强烈，总也得不到满足，东方泛白，天光翳翳，"三钟经"淡淡的晨钟在空中苍白而急促地回旋，宛如破晓前的微风，又如晨雨点点，飘散四方，此时我就很想跟拂晓出门的人们分享远足的愉悦，他们准时到外省某家小旅舍的院子赴约，他们跺脚闲荡，等着套好马车，颇为自豪地向那些不信他们前夜许诺的人显示他们是遵时守约的。天气晴朗无疑。每逢夏日晴天，午休的睡眠美不可言。

窗帘紧闭，躺着也没关系！只要有一点点白天的光线或气味，我就知道时辰，不是想象中的而是现实现时的钟点，不是梦幻中的而是我身处的实际时间，其感受仿佛比实际的愉悦更进一层。

我不外出，不午餐，不离巴黎。然而，当夏日晌午稠腻的空气使我的盥洗室和玻璃衣柜的单一气味染上光泽并得以离析，当这些气味在蓝色丝绸大窗帘下"冻结"成似明似暗的螺钿色，固定不动而清晰可辨，我便知道此时跟我前几年一样的初中生、跟我差不多"忙忙碌碌的人们"正下火车或下船回到他们乡间的家中吃午饭，我也知道，在大街椴树下，在热气腾腾的肉铺前，他们掏出怀表查看"是否晚点"时已经开始享受回家的快乐：在昏暗而花哨的小客厅里一束阳光僵着不动，仿佛使氛围麻醉了，他迎着扑面而来的香水味儿，穿过芬芳的彩虹，然后走进昏暗的配膳室，那里虹彩闪烁，宛如突然进入一个岩洞，盛满水的凹槽里冰镇着苹果汽酒，其"清凉感"一会儿将沿着他的食道四壁浸入全部黏膜，使之冰凉和充满香气，喝酒用的玻璃杯模糊不透明却非常好看非常厚实，像女人的部分肌肉，叫人情不自禁想亲吻，却总吻得不过瘾，恨不得咬上一口；他们已经享受到厨房的阴凉，桌布、餐具柜、苹果汽酒、格吕耶尔①奶酪同棱柱形玻璃杯为伍,准备受餐刀的折磨,各自不同的香味亮晶晶冻结成条纹纵横的玛瑙色,外加几分神秘,当端上洋溢樱桃味儿,而后是杏子味儿的高脚盘时,厨房的气氛就像布局有致的血管,细巧妥帖。苹果酒的气泡冉冉上升,其数量之多,溢出后沿着酒杯挂下来,可以用小勺把成团的气泡接住,有如东方海洋里麇集的小生命,一网撒下去便可捞起成千上万的卵块。气泡沿杯外围凝成块状,很像威尼斯玻璃杯,为由苹果酒染成粉红色的外表绣上精致的滚边,显得特别灵巧。

　　有如音乐家要把脑中回旋的交响乐写到纸上时,需要在琴键上试弹以便确信他定的调与乐器真实的音乐相符,我下床才片刻,就到窗前拨开窗帘,以便确实跟上光线的亮度。我同时跟上其他现实事物的节拍,对现实的欲求在孤独中更加亢奋,可能接触现实给生活平添一份价值:对不认识的女人便是如此。瞧,现在走过的那个女人,她左顾右盼,从容不迫,信步转向,宛如一条鱼游于透明的水中。美不是我们想象事物的极致,不是在我们眼前的抽象典型,相反是一种新的典型,很难想象现实会向我们奉献的典型。譬如那个十八岁高挑的姑娘,玲珑秀气,双颊苍白,头发卷曲。嗨,我早点起床就好了。但至少我晓得白天这样的机会多得很,于是我的生活欲望就增加了。因为每一种美是一个异样的典型,因为没有美丽而只有美丽的女人,所以美是一种催动,诱人向往只有美才能实现的幸福。

　　舞会上我们见到交织而过的不仅是涂脂抹粉的漂亮姑娘,而且是不为人知的过江之鲫,她们的生命不可捉摸,难以识辨,对她们每个人我们都想深入了解,所以这样的舞会既美妙无穷又令人痛苦!有时某个女人用情欲和憾恨交织的目光,默默向我们启开生命,但我们只能以情欲进入她的生活,舍此别无他法。唯独性欲

---

① 格吕耶尔,瑞士弗里堡州小镇。以奶酪闻名。——编者注

是盲目的,对连名字都不知道的姑娘产生欲念,等于用布条蒙住眼睛闲庭信步,明知道那是可以随便出入的福地,而又不让人家认出我们……

但她,对我们还是个未知数!我们很想知道她的姓氏,至少她的姓氏能使我们重新找到她,也许她是名媛淑女而瞧不起我们的姓氏;我们很想知道她的父母,其社会等级和习惯必定是她的义务和习惯;我们很想知道她住的房子,她穿越的街道,她会见的朋友,有幸前来探望她的人们,她夏天去的乡间,也就是使她更远离我们的地方;我们很想知道她的癖好,她的观点,以及有关她的一切:明确她的身份,组成她的生活,吸引她的目光,容纳她的到场,占满她的思想,接纳她的躯体。

有时我走向窗户,掀开一角窗帘。我看见一群小姑娘在她们的女教员带领下踏着一汪汪金光去上教理课或上世俗课,她们柔软灵活的步态使得一切不由自主的动作变得纯洁无邪,她们冰肌玉骨,仿佛属于一个不可捉摸的小社会,仿佛对她们穿行其间的芸芸众生即便不是无拘无束地肆意嘲笑,也是视而不见,她们的目中无人表明了她们的卓尔不群。姑娘们仿佛在目光中把她们和您拉开距离,以致她们的美貌使人难堪;她们不是贵族姑娘,因为在贵族中由金钱、豪华、风雅引起的无情距离比在任何地方都消除得彻底。贵族可能为了寻欢作乐而追求财富,但视财富如敝屣,把财富与我们的笨拙和贫穷以同一尺度对待,毫不做作,真心诚意;她们甚至不是纯金融世家的姑娘,因为那样的姑娘尊重其希望购买的东西,尚比较接近劳动和尊重他人。不,她们这些姑娘成长的社会正是冷酷地把您拒之千里的社会,即金钱帮口社会;这个社会凭借妻子的姿色或丈夫的时髦,已开始追逐贵族,明天还千方百计同贵族联盟;今天虽在反对贵族享受特权,但已经痛感平民姓氏使女儿们难以指望拜访公爵夫人;她们的父辈从事经纪人或公证人职业,由此她们可以设想父辈们的生活跟大部分同僚是一模一样的,必

15

定不乐意会见同行的女儿们。这个阶层很难涉足,因为连父辈的同僚们都被排斥在外,连贵族都不得不卑躬屈膝才得以涉足其间;经过几代的阔绰和运动,她们变得风姿绰约,多少次正当我对她们的美貌叹为观止时,她们只需投来一道目光,就让我感到她们与我之间横着一道不可逾越的鸿沟,觉得更难接近她们了,何况我认识的贵族却不认识她们,无法把我介绍给她们。可惜!我们得不到所有的幸福,就拿那位金发姑娘来说,跟着她快活是幸福,被她又冷又阴的脸上严肃的眼睛所认识是幸福,能坐在她膝上搂抱她的纤腰是幸福,了解她鹰钩鼻、冷峭眼、白高额的命令和法则是幸福。这些幸福虽说得不到,但至少我们得到赖以生活的新理由……

有时,汽车的恶臭飘进窗来,新思想家们觉得这种气味腐蚀我们的乡村,他们认为人类心灵的快乐按照人们的愿望各不相同,进而认为独特性在于事实而不在印象。但,事实如过眼烟云,立即被印象改变,汽车的气味飘进我的房间,恰恰是夏天乡间最令人陶醉的气味,浓缩着乡村的美丽和遍游乡村的欢乐,加上接近所追求的目标的欢乐。甚至山楂花的香味只不过使我想起可以说是静止和限定的幸福,因为受篱笆的限制嘛。汽油沁人心脾的气味,带着天空和太阳的色彩,意味着乡村广袤无边,意味着外出的快乐,深入矢车菊、虞美人、紫苜蓿中间的快乐,得知我们将到达女友等候我们的福地的快乐。整个早上,我清楚记得,在博斯田野散步使我逐渐远离女友。她离我散步的地方约十法里[①]。时不时一阵疾风吹过,使太阳下的麦子卧倒,使树木簌簌战栗。在这片广阔的平原上,最遥远的地区仿佛是相同地点一望无际的继续,我感到那阵风以直线来自女友等候我的地点,疾风吹拂她的面庞后直奔我而来,从她至我的路上,畅通无阻地驰过无边无际的小麦、矢车菊、虞美人田野,她和我仿佛只处在一片田野的两端,我们俩各处一端,柔

---

① 一法里约合四公里。

情脉脉地互相等候,虽然相距遥远,眼睛看不见,但甜蜜的风儿吹来,仿佛是她送来的飞吻,仿佛是她从口中直接向我散发的气息,所以,当回到她身旁的时刻一到,汽车就很快使我越过那个距离。我爱过其他女人,爱过其他地区。散步的魅力在于同我爱恋的女人保持一定的距离,我害怕靠得太近使她厌烦使她不快从而很快使我痛苦不堪,我只在抱希望去见她时才觉得与她近在咫尺,而我总借口出于某种急需才跟她在一起,却抱有希望受邀再去见她。就这样一个地区悬空在一张脸上,也许反过来说,一张脸悬空在一个地区上。在我设想那张脸的魅力时,她住的地区,是因她的魅力而使我喜欢,可能促使我住在那边,促使她和我同舟共济,让我找到快乐,因此那个地区就是魅力的一个因素,就是人生的希望的组成部分,总之,那个地区已经寓于爱的愿望中了。由此,风景的深处搏动着一个人儿的魅力。由此,一处风景的诗意整个儿寓于一个人儿身上。由此,我的每个夏天都带有一个人儿的脸庞和体形,带有一个地区的形貌,更确切地说,同一个梦想的形态:在梦幻般的欲望中我很快把生灵和地域交织混同;红花蓝卉的茎秆带着湿润闪亮的叶子爬过阳光灿烂的墙头,显现出我某一年情笃意浓地倾心大自然的痕迹,仿佛我留下了签字;下一年却钟情晨雾霏微下的一个凄凉湖泊。年复一年,这样的地方,抑或我千方百计把心上人儿带去,抑或为了跟她待在一起而拒绝前往,抑或因为我以为是心上人儿住的地方而情有独钟,但往往不确实,名声尚存罢了,而我已知道阴差阳错了,过往的汽车气味使我乐不可支,并引诱我追逐新的快乐,那是夏天的气息,力量的气息,自由的气息,自然的气息,爱情的气息。

伯爵夫人

  我们曾经居住在一座旧公馆主楼侧翼的二层，类似的古色古香府邸现今在巴黎已荡然无存；公馆正院原先或在民主潮流滚滚时车水马龙，或在爵爷庇护下各类遗老遗少来此苟延残喘，反正后来开出许多小铺子，拥挤不堪，就像大教堂周围琳琅满目的小店，幸而大教堂尚未受到现在美学的"毁坏"：正院从门房开始就是补鞋摊店，用丁香围成方块，由看门人占据，他在里面一边喂鸡养兔，一边草率补鞋；院子尽里住着一位"伯爵夫人"，自然按新签租约而居，但我觉得她仍享有自古以来的特权，那个时代"院子尽头的小公馆"一向住着"伯爵夫人"，当她坐双马敞篷四轮车外出时，总戴着帽子，插在帽上的蓝蝴蝶花很像门房-鞋匠-裁缝们小屋窗沿的菖蒲，四轮马车虽然不停，但为了表示不傲慢，她向送水工、我父母、门房的孩子们频频微笑，用手打个招呼，动作虽小却明显可见……

  四轮马车的滚动声逐渐消失，通车大门重新关上；高头大马慢步缓行，听差的帽子高到齐二层楼，马车长达一间门面，沿着一家家铺面行进，给冷漠的街道喷洒一阵阵贵族的香气，时而停下发送名片①，时而叫供应商前来马车旁听话，时而同交错而过的女友们打招呼，她们正去她也受到邀请的午间聚会或已经回来了。马车转向一条横街，伯爵夫人想先去森林兜一圈，回来时

---

① 当时电话尚不发达，上流社会和中产阶级经常发送附有简言的名片，表示问候、致谢、约会、邀请等。

才去午间聚会,等客人走完,院子里有人呼唤最后的车辆,她这才姗姗而来。她非常善于同女主人寒暄,一边用戴着瑞典手套的双手与对方握手,双肘不离身,然后接触女主人的腰肢,欣赏她的打扮,就像雕刻家安置他的雕像,就像女裁缝为紧身上衣试样,郑重其事地说:"实在不可能早来,尽管是真心诚意的。"郑重其事的姿态与她温柔的眼睛,和庄重的声音配合得天衣无缝,同时抛出一道美丽的紫罗兰色的目光,落在一系列横七竖八阻止她早来的障碍上,落在作为很有教养的她闭口不谈的障碍上,因为她不爱谈论自己。

我们的公寓套房位于第二个院子,面对着伯爵夫人的套房。如今每当想起伯爵夫人,总觉得她有某种魅力,但当时只需跟她谈上话,她的魅力就烟消云散了,而她自己毫无察觉。她属于这么一类人,他们拥有一盏小小的魔灯,但从来享受不着光明。每当认识他们,每当跟他们谈话,我们立即跟他们融为一体,再也见不到神奇的亮光,见不到小小的魅力,小小的特色,他们完全失去了诗意。必须停止跟他们来往,突然回首往事,重新瞥见他们,就像先前不认识他们那样,而后小小的亮光才会点燃,诗意的感觉才会产生。物件,地域,忧愁,爱情,好像都是如此。拥有者察觉不出其诗意。诗意只在远处闪亮。那些有能力发现诗意微光的人,在他们眼里,生活反倒变得十二分沮丧了。如果我们想到我们渴望认识的人,我们不得不承认有个绝妙的陌生人,我们千方百计想认识,但一旦认识,他就消失了。我们重新见到他时,就像见到从未认识的人的肖像,当然我们的朋友 X 与此无关。我们熟悉的面孔啊,你们自从咱们相识以来一张张隐匿了。我们一生中习惯性地凭第一印象获取的高大的陌生人肖像付诸东流。当我们有力量打乱铺满原始面貌的各种画蛇添足,我们便发现从未见过的面孔脱颖而出,那正是第一印象铭刻下来的相貌,而我们则觉得从不认识的……智力丰富的朋友,请您像所有跟我每日聊天的人那样,瞧瞧那个年轻

19

人,他双眼突出眼眶,急如星火,您有什么感受?而我,瞧见他行色匆匆从剧院走廊经过,则看出他像伯恩-琼斯①的英雄或曼特尼亚②的天使。

况且,在我们看来,女人的脸,甚至在恋爱中,也是一天十八变的。讨我们喜欢的脸盘儿,是我们创造的,我们采用某个目光、某个颊部、某个鼻准,使一千人中迸发一个。很快我们的注意力转到另一个人儿身上:她脸色苍白,带茶褐色,双肩拱耸,呈现不屑一顾的神态。现在所见到的是一张温柔的正面像,含羞带怯,白面颊和黑头发的反衬不起任何作用。多少前后相继的人,对我们来说并成了一个人!第一次见到的人离我们多么遥远哪!有天晚上,我把伯爵夫人从晚会带回她依然居住的那幢房子,而我已有许多年不住那边了;跟她吻别时,我拉开她的脸和我的距离,以便尽量把她看作远离我的一件东西一个形象,有如我从前见到她在街头停下跟卖乳品的女商人说话。我很想重新找到她的和谐,融合着紫罗兰色的目光,清秀的鼻子,倨傲的嘴巴,修长的身材,忧郁的神情,在我的眼里牢牢留住失而复得的过去,我凑过双唇,亲吻原先想亲吻的部分。唉!我们亲吻的一张张面孔不再包含引起我们渴望的东西,我们居住的一个个地域不再包含引起我们渴望相爱的东西,我们服丧的一位位亡者不再包含引起我们因失去他们而害怕的东西。这种想象中的印象的真实性弥足珍贵,艺术声称近似生活,若取消这种真实性,就取消了唯一珍贵的东西。相反,假如艺术单纯描绘生活,那就为最庸俗的东西提高价值;艺术也可能为

---

① 伯恩-琼斯(1833—1898),英国画家。擅长绘画维多利亚时代的英国贵族妇女,运用匀称的线条和曲折的形状,开创十九世纪下半叶的新艺术。《梅林奇观》(1874)是他的代表作。
② 曼特尼亚(1431—1506),意大利文艺复兴时期帕多瓦派画家,著名人文主义者。推崇古罗马雕塑造型,开创仰视透视法,擅长绘作天顶画。作品有《恺撒的胜利》《基督遗体》等,藏于巴黎罗浮宫的作品有《耶稣受难像》《圣塞巴斯蒂安》《胜利圣母像》等。

赶时髦的人提高身价,如果不去描绘社会存在的东西,即微不足道的东西,诸如爱情、旅行、痛苦等,而千方百计通过从伯爵夫人脸上找到非实在的气色来重新获得社会存在的东西,而赶时髦的青年人,反倒渴望在紫罗兰色眼睛的伯爵夫人夏季星期日乘敞篷马车外出时找到她脸上实在的气色。

自然,我第一次见到伯爵夫人,第一次坠入情网,我只见到她脸上某种逐渐消失和转瞬即逝的东西,如同素描画家随意选择的东西,在我们看来则是一个"后侧面像"。但对我来说,这种蜿蜒的线条融入了瞬间的目光、弯曲的鼻子、噘起的嘴角,而把其余部分统统省略了;当我在院子或街头碰到伯爵夫人,她的装束经常不同,脸的大部分在我而言,是陌生的,我觉得见到某个不认识的人,同时却怦然心动,因为在饰有矢车菊的帽子和陌生脸孔伪装下,我瞥见或许可以说是一波三折的侧影和微撇的嘴角。有时候我窥伺她几个小时而不得一见,当她突然出现,我看见波浪起伏的细线条通达紫罗兰色的眼睛。但很快,这第一张任意的脸对我们来说代表着一个人,永远只有一个侧影,始终微微耸眉,眼睛里总是随时准备绽开微笑,明显可见的嘴角总那么开始噘撇,这一切是脸上任意的剪影,一系列可能出现的表情,局部的,短暂的,不变的,如同一幅确定某种表情的素描,画面一旦确定就不能再变了,这在我们就是最初认识的那个人。往后的日子里出现了另外的表情,另外的面貌;头发的黑色和面颊的苍白所造成的反衬,最初几乎跃然脸上,可久而久之我们就视而不见了。不再是嘲弄的眼睛所表露的快活,而是羞怯的目光所呈现的温柔。

她引起我的爱慕,进而增加了她贵族身份的稀罕性,那正院尽头对我来说似乎是难以接近的,仿佛有人对我说,一条自然法则永远阻止一切像我这样的平民进入她的公馆,如同阻止我腾云驾雾,对此我感到特别惊讶。当时我未谙世事,不晓得物以类聚,人以群分,只知道姓氏把人区分开来,定出各自的特殊性。我有点像我们的弗朗索瓦丝①,她相信伯爵夫人的婆婆侯爵夫人的封号和那种称为挑棚的阳台之间有某种神秘的联系,因为在侯爵夫人住的公寓套房上方有个挑棚,除侯爵夫人外,任何其他类别的人都没有这类挑棚阳台②。

有时候想起伯爵夫人,我寻思,今天没有机会瞥见她了;我平静地往街的低处走去,走到乳品商店前,突然感到心惊肉跳,恰如一只小鸟瞥见一条蛇。柜台旁,一位女子边挑选奶酪边跟卖奶酪的女人说话,在她脸上我瞥见一条蜿蜒的细线条在两只迷人的紫罗兰色的眼睛上端起伏颤动。次日,想到她会再去卖乳品女人那里,我便守在街角等候,一等几小时不见她来,于是垂头丧气回家;横穿街道时,我不得不躲闪一辆马车,差点儿没给压死。我看见在一顶陌生的帽子下,在另一张脸盘儿上,蜿蜒的细线条沉睡着,眼睛无精打采,呈现淡淡的紫罗兰色,我完全认出来了,但却是心一紧之后才认出来。我每次瞥见,我每次脸色发白,踉踉跄跄,恨不得拜倒在她脚前,她觉得我"很有教养"。《萨朗波》③中有一条蛇,体现一个家庭的精灵。由此我觉得那蜿蜒的细线条会重现在伯爵夫人的姐妹乃至她的外甥们脸上。我觉得假如我能够认识他们,我就会在他们身上领略一点她的风采。他们整个家族,就像依据同一面貌描画出来的不同图像。

在一条街的拐弯处,我认出伯爵夫人公馆的膳食总管朝我走来,他蓄着金色颊髯,我想,一,他跟伯爵夫人谈话;二,他看见伯爵夫人吃饭;三,他似乎是伯爵夫人的朋友,这就让我心慌三次,仿佛

---

① 弗朗索瓦丝,普鲁斯特的家庭女用。
② La marquise 一词多义:侯爵夫人,雨篷或挑棚。
③ 《萨朗波》(1862),法国作家福楼拜(1821—1880)的历史小说。描写古代迦太基军队在其首领马托领导下起义,马托为得到迦太基统帅汉密迦的女儿萨朗波的爱情潜入城内,偷走代表迦太基命运的圣衣。萨朗波为了忠于迦太基,只身去会见马托,取回圣衣。最后起义失败,马托被处死,萨朗波也倒地而毙。

我也坠入了他的情网。

　　那些晌午,那些日子,只不过像穿串珍珠的线,把她同当时最高雅的欢乐连接在一起;散步之后,她仍穿着蓝套裙去德·莫塔涅公爵夫人家吃午饭;白日已尽,掌灯接待时分,她去德·阿尔里乌夫尔公主家,去德·布昌伊夫尔夫人家,晚饭后,她的车假如仍在等她,她便拖着丝绸乳白的窸窣摆动、带着目光乳白的烁烁闪动、戴着珍珠乳白的瑟瑟抖动登上马车去德·鲁昂公爵夫人家或去德·德勒伯爵夫人家。后来我觉得这些人物无聊乏味,不怎么想去她们家了,并发现伯爵夫人跟我有同感,于是她的生命失去了一些神秘感,经常她宁愿跟我待在一起聊天,而不怎么去那些聚会了;其时我设想,在那些聚会上她应该保持本色,其余一切在我看来仅仅是一种内在的东西:我们丝毫不可怀疑剧本的精彩和女演员的天才。再后来,有时对她的生活进行推敲,得出的道理一经表达出来,跟我梦想的如出一辙:她与众不同,心目中只有旧时的名门世家。清谈至此,暂且搁笔。

《费加罗报》上的文章

我闭上眼睛等待天亮。我想起很久以前寄给《费加罗报》的那篇文章。我甚至已经校过清样。每天早晨,打开报纸,总希望找到。多天来,我已不抱希望了,心想没准人家就是这样拒绝稿件的。很快我听见全家起床了。妈妈急于来到我的房间,因为那时我已经是白天睡觉了;每天信件收到后,大家跟我道"晚安"。我重新睁开眼睛,天已破晓。有人进入我的房间。很快妈妈也进来了。毋庸置疑,她做事一向让人一目了然。由于她一辈子从不为自己着想,由于她做出无论大小的举动,其唯一的目的都是为我们谋福利:自从我得病,不得不放弃寻找快活,她的一切举动便专为我得到乐趣和安慰,我从第一天起就掌握了这个底细,所以相当容易猜出她的举动所包括的意图,看出其意图的终点是我。她向我问好之后,我看出她脸上装出心不在焉、无动于衷的样子,她漫不经心地把《费加罗报》放在我身旁,放得离我好近好近,我稍微一动就能看见:她放下报纸便急匆匆离开了,活像无政府主义者放下一枚炸弹,她行色匆匆,以不寻常的粗暴在走廊里喝退正准备进屋的老女佣,我的老女佣不明白房间里发生了什么她不可以观赏的奇迹,而我立即明白妈妈深藏的用意,就是说文章发表了,她只字不提,是为了不影响我惊喜的新鲜感,她不让任何人因其在场而可能打搅我的喜悦,因为若有人在场,出于对人的尊重,我不得不掩饰喜悦。妈妈一向如此,只要有我的文章发表,或有别人评论我的文章,或评论我喜爱的人的文章,或雅姆①的一篇文章,或布瓦莱夫②的一篇文章,因为我觉得他们两人的文章妙不可言,或有我喜爱的笔迹写的信件,她就漫不经心地把邮件放在我身旁。

我打开报纸。瞧!恰恰有篇文章跟我那篇的题目一模一样!不行!太过分了,逐句逐词都相同……我抗议……再往下仍然一字不差,还有我的签字……原来是我的文章。但在一秒钟内,我的思想惯性飞速驱动,也许由于不断认为不是我的文章,我的思想有点疲沓了,就像老年人重复一个动作,始而急继而衰,但我很快终于明白:这是我的文章。

我拿起这张报纸,既是一张又是一万张,用不可思议的方式由一张变成一万张,每张都是一样的,给谁都不缺什么,有多少报贩要多少都可以;天空万里朝霞,巴黎却是湿漾漾的,大雾弥漫,昏暗如墨,报纸和牛奶咖啡给一切刚醒的人们送上。我手中拿着的,不仅是我的真实思想,而且接收我的思想等于唤醒千万个注意。为了了解所发生的现象,我必须走出自我,必须暂时成为万名读者的一名,他们的窗户刚打开,他们的脑子刚唤醒就升起我的思想,继而变成曙光无数,返回来给我输入的希望和信赖多于我其时在天空看到的曙光。于是我拿起报纸,好像不知道登载有我的一篇文章,我故意把眼睛从载有我的文字的地方挪开,试着重新创造更多的机会读到我的文章,朝我认为有机会的方面移动,有如等候的人独步计时,拉开时距,以免数时太快。我感到脸上出现非知音读者冷漠的不满,接着我的眼光落到我的文章中部,开始阅读。每个词语给我带来我想唤起的形象。每个句子,从第一个字开始就预先显示我要表达的思想,但我的

---

① 雅姆(1868—1938),法国诗人和小说家。擅长散文诗,风格清雅平易。
② 布瓦莱夫(1867—1926),法国作家,法兰西学院院士(1918)。擅长写外省风情,文章自由风趣,著作丰富。其小说风格被视为普鲁斯特的先驱。

句子给我反馈的思想更和谐、更翔实、更丰富,因为作为作者的我成了读者,处在感受性简单状态,比我写作时的状态更为丰富;对于在我身上重新塑造的相同的思想,此时我加以对称的引申,这些引申甚至在开始读这个句子时想都没有想过,其构思之巧妙令我喜出望外。实际上,我觉得万名读者此刻阅读我的文章,不可能不欣赏我,如同此刻我对自己这般欣赏。他们的欣赏弥补了我的欣赏所存在的小裂痕。假如我把这篇文章同我原本想写的意思相对照——很可惜晚些时候发生过这样的事情,很可能,我会觉得它较之美妙而连贯的句子如失语症患者一般结巴,难以使最诚心善意的人明白我在执笔时自以为能表达的想法。这种情感,我在写作时是有的,现在重读一小时内肯定也会有的,但此刻我不是往自己的思想里慢慢倾注每个句子,而是深入千万个睡醒的读者的思想,他们刚刚拿到《费加罗报》哇。

我竭力成为读者的一员,排除我原有的意图,让自己的头脑处于空白,准备阅读任何东西;迷人的形象,稀罕的想法,俏皮的妙语,深刻的见解,雄辩的表达,纷至沓来袭击我的头脑,迷惑我的头脑,给我灌输我有才华这一想法,使其毫无疑问地喜欢我胜于其他所有作家。我的荣誉在每个头脑里升起,浮现在所有那些睡醒的脑袋上空,这个想法在我看来比染红每扇窗户的朝霞更火红。我若发现一处用词不当,嗨!读者是看不出来的,再说如此用词也还不算差嘛,他们没习惯念好东西。力不从心是我生活的悲哀,而这种情感现在变成虎虎有生气,因为我有想象中的万名仰慕者撑腰。我摆脱了对自己不光彩的判断,沉浸在赞语声中,我的思想随着我想象的每个读者特别赞赏的节奏而旋转,随着我刚才获得的赞语而旋转,我终将自审这一痛苦的责任推卸给读者。

唉!就在我享受不必自评自审的时刻,恰恰是我评审了自己！我从自己词语的字里行间看到一个个形象,之所以看得到,是因为我有意安排的;实际上这样的形象并不存在。即使我确实成功地把几个形象引进词句,也得要读者把它们装入脑袋并加以抚爱才看得清、爱得深！重读几个臻于精妙的句子,我心想,对啦,在这些词句里有这个思想这个形象,我心安理得了,我的角色完成了;每个人只要打开这些报纸,就找得到,由词语传递这些弥足珍贵的形象和思想,仿佛思想跃然纸上,仿佛只要睁开眼睛就可把形象和思想映入原先空空如也的头脑！我的词语所能做到的,只是在智者的头脑里唤醒相似的词语,他们自然也拥有这些词语所表达的相同的思想。至于在其他人的头脑里,我的词语唤醒不了相似的词语,我若硬去唤醒,那是多么荒谬的想法呀！对他们而言,这些词语所含的意义,非但他们永远不会明白,而且也不会出现在他们的头脑里,何必呢？当他们读到这些词句,他们明白什么呢？无非像我认识的一些人会对我说的:"您的文章,不怎么样","糟透了","您错不该写呀",而我,想到他们言之有理,不妨站在他们的意见一方,设法用他们的智慧阅读我的文章。但我做不到,胜于他们不能运用我的智慧。从第一个词开始,我的头脑里就浮现令人陶醉的形象,无偏见地一个一个栩栩如生,叫我着迷,我觉得业已完善,就如报上登载的,不能有另外的理解;如果他们仔细阅读,如果我向他们解释,他们会跟我一样想的。

　　我乐意想到这些美妙的思想此刻进入所有人的头脑,但马上想到所有不读《费加罗报》的人,也许今天不会阅读,或出去打猎了,或没有打开报纸。再者,读报的人必定读我的文章吗？唉！认识我的人若看到我的署名总会读一读吧。但他们是否看得见我的署名？我很高兴被刊登在头版,不过我骨子里认为有些人只看第二版面。但,要读第二版面,必定打开报纸,而我的签名恰在第一版面的中间。然而我觉得,当翻阅第二页时只能瞥见第一页的右栏。我试验了一下,假设我急于知道谁受到菲茨詹姆斯夫人①的接待,我拿起《费加罗报》,根本不想知道第一页有什么东西。不错,我看清了第一页最后两栏,但根本无视有没有马塞尔·普鲁斯特!不管怎么说,即使只对第二页感兴趣,总得看一看第一篇文章是谁写的吧。于是我自问谁昨天、谁前天写第一篇文章,我发现自己经常不看第一篇文章的作者署名。我决心今后密切注意,就像忌妒的情人,必须确信没有受到情妇的欺骗,不再受欺骗。但遗憾的是,我明知道我的注视引不起别人的共识,不会因为往后我这么做了,看了第一版面,我就可以得出结论说其他人会如法炮制。相反,我不认为现实与我的愿望有多少相像之处,从前,当我希望得到情妇一封信时,我就凭空想出一封希望得到的信,并笔录下来。明知她不可能恰如我想象的那样给我写信,这般天缘巧合过于渺茫,我便停止想象,以便不排除我原先的想象有可能实现,她没准会给我写我希望得到的信。即使天缘巧合她给我写了这样的信,我也不会有什么乐趣,我会觉得那是出于我的手笔。唉!一旦初恋过后,我们就熟知爱情上取悦讨好的种种词句,哪怕最希望得到的词句无一能给我们带来任何在于我们之外的东西。只需信件的词语既出自我们也出自我们的情妇,只需信件的思想既出自我们也出自我们的情妇,就足以使我们读信时坚持己见,就足以证明我们希望得到的和我们实际收到的没有什么不同,既然从愿望到实现用的都是相同的语言。

我叫听差再去买几份《费加罗报》,说是要送发给几个朋友,这也是实情。但主要为了用手指触及我的思想落实到成千上万张油墨未干的纸上,为了证实有另一位先生跟我的当差同时到报亭

---

① 菲茨詹姆斯(1670—1734),英国贵族,法国元帅。英王詹姆斯二世即位前的私生子,受封贝克里公爵。詹姆斯二世被废后,他流亡法国,路易十四赐予他公爵封号,是为第一代菲茨詹姆斯公爵。此处的这位夫人是他的后代,二十世纪初的巴黎贵妇。

买另一份报纸,也为了想象自己是新读者,面对同一家报纸的另一份。所以,作为新读者,我拿起我的文章装作从未读过的那样,充满新的诚意,但实际上,第二次作为读者的印象并没有什么不同,跟第一次作为读者的印象同样是涉及个人的。我骨子里很清楚许多人根本不懂我的文章,包括我最了解的人。但,甚至对这些读者,今天占领他们的思想,也使我产生愉快的印象,哪怕他们对我的思想不甚了了,至少知道了我的姓氏我的品格,他们料想写得出这么多他们不懂的东西总要有点本事的吧。我对自己的看法,希望有个女人跟我有同感;这篇她不懂的文章,其本身就明摆着她对我的赞扬。只可惜,她对不喜欢的人受到赞扬引不起共鸣,比如充满思想的词语,只要她没有这样的思想,就驱动不了她的头脑。

好吧,我重新上床睡觉之前准备吻别妈妈,并问问她对文章的想法。我已经迫不及待想在熟悉的人中做做试探,既然我无法测验万名《费加罗报》的读者是否看过和喜欢我的文章。让妈妈上阵,不妨跟她谈谈。

我去跟她道别前,先把窗帘拉上。此刻,在玫瑰红的天幕下,太阳似乎业已形成,正喷薄欲出。玫瑰红的天空引起我强烈的旅行欲望,因为我经常从火车的窗玻璃望见这样的天空,在车厢里过夜不像在这里什么都关得紧绷绷密匝匝,叫人透不过气,而是在运行摇曳中睡觉,就像鱼漂着睡觉,由潺潺活水驱动着,就这样我醒着或睡着,都受火车滚动声的摇晃,耳听得隆隆滚动,两节一拍,四节一拍,随心所欲,就像钟声,按耳朵想象的节奏,越听仿佛钟声越急,一口钟催着另一口钟,依次催促,直到耳朵以另一种节奏替换定调,自此,钟声或火车声便乖乖听命于这个基调。每当火车高速把我送往想去的地方,我总这样过夜之后倚窗瞥见树林上方玫瑰红的天边。然后铁道转弯,村庄上方夜空依然繁星密布,街上依然被似蓝非蓝的夜幕笼罩。于是我跑向车厢的另一侧,见到树林上美丽的朝霞,越来越鲜红耀眼,就这样我从一边窗口跳到另一边窗口,随着火车方向变化,设法不离朝霞,追逐朝霞,我在右边窗口失去它,就到左边窗口重新获得它。其时下定决心不断旅行。此刻这种愿望又油然而生,真想重睹满天朝霞下汝拉山脉蛮荒的峡谷以及处于峡口弯道上的小车站。

但,我真想看的不光是这些。火车靠站而停,我靠着窗口,一股煤雾味儿透进来,一个十六岁的姑娘,高挑,粉红脸蛋儿,过来兜售热气腾腾的牛奶咖啡。对美女抽象的欲求是枯燥乏味的,因为这种欲求是根据我们的认识而想象出来的,它在我们面前展现完成的世界。但是初次显露的一个美丽姑娘恰恰给我们带来想象不到的东西,不是人见人爱的那种美女,而是一个特殊的女子,与众不同的,很有个性的,我们很乐意跟她一起生活,我向她喊"牛奶咖啡";她没听见我叫喊,对这个生命我未做出任何贡献,她的眼睛不认识我,她的思想没有我的存在,唉,我眼睁睁看着她远去;我呼喊,她听见了,转身嫣然一笑走过来;当我喝牛奶咖啡时,当火车启动开走时,我盯视她的眼睛:她并不躲避我,也盯视我的眼睛,略带惊异而已,但我根据自己的愿望以为在她的眼睛里望见了好感。我多么想摄取她的生命,跟她一起旅行,即使不能拥有她的玉体,至少获得她的青睐。她的时间,她的友情,她的习惯,难道不可据为己有吗?必须只争朝夕,火车就要开走了。我心想:我明天再来。现在,两年过去了,我仍觉得我会再去那边的,会想方设法住到那边附近的,在天蒙蒙亮朝雾呈粉红色时,到蛮荒的峡谷山口去亲吻给我递送牛奶咖啡的橙红头发姑娘。换一个男人,他携带情妇经过那里,当火车停后再出发时,他遏制了遇见当地姑娘时所产生的情欲,从而忘掉送奶姑娘。这是一种让位、一种放弃,放弃拥有该地给予我们的东西,放弃深入现实。那些到现实中寻找这样或那样快乐的人们,可以在亲吻他们的情妇时忘掉微笑着给他们递送牛奶咖啡的姑娘。他们可以见到另一座美丽的大教堂,来满足想见亚眠大教堂钟楼的愿望。而对我来说,现实是个体的,不是找个女人寻欢作乐,而是找某某女人;不是找一座美丽的大教堂,而是找亚眠大教堂,到她扎根的土地上寻找,不是她的替代物,不是她的复制品,而是她本身;为了高攀她,我不辞辛苦,只要她和我沐浴相同的阳光、相同的气候。经常两种愿望融合一起,就这样在两年中我一再去沙特尔大教堂,先参观门廊,而后由管理圣器室的修女陪同,攀登教堂钟楼。

现在天已大亮,我看到,满地金光,神奇般炫耀,向开窗的人们表示太阳好久不出来了,照得花园里的大向日葵、呈斜坡的公园、远处的卢瓦河一片闪烁;这片金尘,人们只有在夕阳西下时才能重见,但那时已不再是充满希望的无限好,而是匆匆散落在依然静悄悄的小道上。

阳台上的阳光

再睡之前,我想知道妈妈对我的文章有何种看法。

"菲莉西①,夫人在哪里?"

"夫人在梳妆室,我正准备给她梳头呢。夫人以为先生睡了。"

我趁还没睡,去妈妈的房间,这个时候我进她的房间是非同寻常的,因为平时我已经上床睡着了。妈妈坐在梳妆台前,穿着白色宽浴衣,美丽的黑头发飘洒双肩。

"何以此刻见到吾狼②?"

"'吾师必定把傍晚当成早晨啦'。"

"别耍贫嘴啦,我的狼不跟妈妈谈谈他的文章是不肯上床的啰。"

"你觉得怎么样?"

"妈妈我虽未研读过《居鲁士大帝》③,却觉得你写得挺好。"

"关于电话那一段不错吧?"

"很好,就像你老姑妈路易丝所说的,我不知道这孩子从哪儿找出来的花样,我活了这一大把年纪却没听说过。"

---

① 菲莉西,即上文的弗朗索瓦丝,普鲁斯特家的女仆。
② 法语的"狼"(loup)在口语中有宝贝的意思。——编者注
③ 居鲁士大帝(前600—前529),古波斯帝国国王,阿契美尼德王朝创立者。《居鲁士大帝》是法国十七世纪一部根据真人真事创作的原型小说,作者是玛德莱娜·德斯屈代里(1607—1701)。据考证,居鲁士大帝的原型是大孔代,曼达娜是隆格维尔公爵夫人,等等。小说长达十卷,似连载小说,庞杂无序。这里的意思是,不知道文章暗指谁人何事。

"不敢当,说正经的,你若不知道是我写的,读了也会觉得好吗?"

"也会觉得很好,我的小傻瓜睡觉跟大家不一样,在这个时辰还穿着长睡衣在他妈那里。菲莉西,小心点,你拉我头发了。快去换衣服或重新上床,亲爱的,因为今天是星期六,我的时间很紧。想想看,假如读你文章的人此刻瞧见你这般情景,他们会看得起你吗?"

确实,星期六因为我父亲有一堂课,所以午饭提前一小时。这个时间上的小变化,对于我们大家来说星期六有一种特殊的景象,相当令人愉快。家人都知道很快要吃午饭了,人人有权享用煎蛋卷和苹果牛排,而平时还得再熬上一个小时。况且星期六的复归是个小小的事件,消耗着人们在平静的生活中所表现的全部兴趣全部快乐,必要时,全部创造意识和幽默感,这一切在外省城乡小共同体中是极其丰富的,从来不需要张扬。星期六是我们珍爱的谈话主题,经常性的和取之不尽的主题。由于布列塔尼人从来只欣赏有关亚瑟王的诗章①,拿星期六开玩笑真叫我们开心,实际上是独一无二的,因为这样的玩笑属于家人内部事务,有助于我们强烈区别于外人,有如民族内部事务与外国人、野蛮人无关,就是说有别于星期六按约定俗成时间吃饭的人。不知道我们星期六提前吃饭的人上午来跟我们聊天,发现我们已围桌就餐,十分惊奇,正是他们的惊奇成了最经常的打趣题材。单是弗朗索瓦丝就一连笑话好几天。我们非常清楚这一招会引起开怀大笑,笑得粲然动人,我们感情相通,动用爱国心似的排斥当地的习俗,以至于有意邀请人来,增加来者的惊异,引发场景,设想对话。譬如有人说:"怎

---

① 亚瑟王,不列颠中世纪传奇故事中的人物。中世纪作家,特别是法国作家,对亚瑟王的出生,他的骑士们的奇迹,以及他的骑士和他的王后的奸情等都有不同的描述。亚瑟和他的宫廷故事在十一世纪曾流传于威尔士。亚瑟作为世界征服者,据说与亚历山大大帝和查理曼的传记有关。

么,才下午两点?我以为晚得多哩。"有人接话茬儿:"不错,今天是星期六,这才造成您的错觉。"

"等一等,再说一句话;假设你不认识我,假设你不知道这几天会有我的文章,你猜想得到吗?我嘛,我觉得这个部位不显眼。"

"小蠢蛋,怎么不显眼呢?打开报纸一眼就看见了。一篇文章占了五栏!"

"是的,占了五栏,恐怕给卡尔梅特①先生带来麻烦。报纸上这么登文章效果不好,读者会不喜欢的。"

妈妈听了,脸上认真显露出不耐烦。

"那你为什么这样刊登文章呢?这就不近情理了,他对你仁至义尽;再说,如果你的文章不受欢迎,如果引起批评,他就不会再向你约稿了,明摆着的嘛。也许有些句子你本可以删除的。"妈妈拿起报纸,原来她也叫人替她买了一份,这样就不必再来向我要了。

天气转阴,我听见壁炉里风声猎猎,我的心被带到我想去的海边,可我的目光却回落到《费加罗报》上,妈妈正在读我的文章,看看可删除什么,我无意间读到未曾注意的段落:

暴风警告!布雷斯特消息,从昨晚起风越刮越大,暴风来临,码头停泊的缆绳纷纷断裂。

看到"暴风"二字,我心潮澎湃,激动的心情超过一个姑娘看到首场被邀的舞会请柬。它使我渴望的对象成为形状,成为现实。这些字样给我的震动是痛苦的,因为渴望外出的同时,油然而生旅行的焦虑,几年来这种焦虑总在出发的时刻使我无法成行。

"妈妈,有暴风呢,我很想趁我可以起床的日子去布雷斯特。"

---

① 卡尔梅特,即加斯东·卡尔梅特(1858—1914),1903年起任《费加罗报》社长。

妈妈向笑嘻嘻的菲莉西转过头去说:"菲莉西,我对你说对了吧! 假如马塞尔先生获悉有暴风,他必定要去旅行的。"

菲莉西钦佩我妈料事如神。再者,她瞧着我们母子俩亲近,我不时颊吻一下妈妈,亲热的场景呈现万般柔情,我觉出妈妈有点不高兴了,以致对菲莉西说她的头发梳完了,最后由她自个儿戴头饰。我依然焦虑不安,两幅图像在我脑海里吵架,其一把我拉向布雷斯特,其二把我拽回卧床。在一幅图像里,我午餐后喝完滚烫的咖啡,一名海员等着准备把我领去岩石观看暴风,倒还有点儿太阳;在另一幅图像里,大家都就寝了,我得上楼去一间陌生的卧房,睡进潮湿的被单,确信睡前看不到妈妈了。

其时,我看见窗台上一条脉搏跳动,无色无光,但时刻在膨胀放大,我觉得出它即将变成一抹阳光。果然,片刻之后窗台的一半已经蔓及,稍稍犹豫后羞怯后退,很快全部布满苍白的亮光,在亮光里浮现精工制造的阳台栅栏阴影,是那种有点剥蚀的阴影。一阵微风把阴影驱散,但驯服了的阴影再次浮现,之后,我眼看着窗台上的亮光强度增加,以快速持续不断的递增加强亮度,恰似序曲通常结束时那个加强音符。序曲开始很弱,听到用渐强奏出的经过句才明晰可辨,然后音量加大再加大,高速递增音阶强度,持续一段时间达到最强音,震耳欲聋,扬扬得意,曲尽其致。就这样片刻工夫阳台整个儿油漆完毕,金光灿灿,宛如夏日始终不变的光辉灿烂;精工制造的阳台栅栏原先在我眼里一直是世上最难看的东西,此时它的阴影在亮光的衬托下几乎是美丽的。阴影在单一的平面上错落有致,把原先不易察觉的栅栏涡形饰和盘旋饰甚至最纤细的斜桁显突出来,连最微妙的旋涡饰也同样简洁地显现出来;酷爱精益求精的艺术家乐于艺臻化境,此处阴影似乎表露了这种乐趣;艺术家可以给忠实于客体的复制品平添某种客观本身所没有的美。阴影建立在一派明亮的平地上,立体感鲜明突出,形态高超，触得到摸得出，仿佛靠听其自然便站得住立得稳，天然成趣，如静养的闲云野鹤。

不管我们如何设法使我们的话语具有个性，我们写作时不免迁就某些陈规旧习和约定俗成，一件事物使我们产生印象，却不一定有描写这件事物风貌的想法，有如煮肉或穿衣的习俗随文明过程的不同而各异其趣。无论怎样，阳台投在满地阳光的石面上的阴影，即使描写得更确切，好像也难以体现我当时体验到的愉悦。我们熟悉的家养植物各种各样，它们根植墙门下，藤攀窗户口，把窗户点缀得格外美丽，如果说窗户更为不可捉摸和转瞬即变，更适合白天可能发生的不同情况；太阳的金光抚弄，别致的婆娑叶荫，既暂短又常年地映在我们的窗户上；冬天最阴沉的日子，每当下了一上午的雪，我们小时候看看天气就知道可以去香榭丽舍大道了，也许可以看见从马里尼大街出现一张鲜嫩活泼的脸蛋儿，她戴着窄边软帽，熠熠生辉，她不顾女教师的威胁，听任自己在冰上滑行，而我们还因早晨天气恶劣想到见不着她而哭泣哩。后来年纪大了，即使天气不好也可以外出了，我们不一定要恋爱，不一定在扶杠游戏场或不一定只在香榭丽舍扶杠游戏场，才能见得着心爱的小姐。

有时候，甚至我们已不是稚童了，在生活中可能达到意想不到的而原先以为高不可攀的目的，可能收到一份请柬，邀请我们雨天去喝茶，去原先以为不可向迩的公馆，这样的公馆遐迩闻名，单单所在乃至邻近的街道名称以及所在的区号听起来就叫我们痛苦难熬和心怀鬼胎。这样的公馆，爱慕足以使我们心驰神往，但是，按当时的习俗，这样的公馆还不具备明亮的套间和蓝色的客厅，即使大白天，从楼梯开始就是半明不暗的，给人一种神秘感，一种庄严感，继而候见厅里更是黑洞洞的，简直分不清站在难以觉察的哥特式木箱前的是等候女主人出访的跟班，还是前来迎候的主人，不管是谁,反正黑洞洞的候见厅准叫你的心扑通扑通地跳;从候见厅进入客厅不必经过许多道门帘,客厅绒绣门帘银底黑斑纹的华丽,窗户的彩画玻璃,小狗,茶几以及天花板上的图画,好像都是爵府主妇的标志和附庸,仿佛这个套房是独一无二的,同公馆女主人的性格、姓氏、门第、个性浑然一体,代数上所谓唯一必然的序列。况且在我们,爱慕足以把爵府最微小的特色描绘成引人羡慕的优越。我家没有相同的事物在我看来等于承认社会不平等,如果爵府主妇是我心爱的小姑娘认识的,那这种社会不平等就把我同她永远分离,作为比她劣等得多的人同她分离了;由于我不能说服野蛮的父母,让他们明白我们的公寓套房和我们的习惯是反常的,丢人现眼的,我宁愿向小姑娘撒谎,确信她永远不会亲临我们家来发现丢人现眼的事实,我竟敢让她相信我们家和她家一样,客厅的家具总覆盖着罩布,下午用点心时从不吃巧克力。

　　天气恶劣我也想去小女友家喝茶,如果下午两点意外出现一抹阳光,在我简直就像死囚获得特赦,即使这种可能中止之后,我一生中仍有许多次,当一抹阳光投到窗户,原先不得不放弃的计划却实现了,原先失去指望的一次散步却愉快地成行了:叫人套马车! 没有太阳的日子好比赤裸的躯体,白生生更叫人对白天馋涎欲滴,恨不得把大自然咬上一口;而所谓阴沉灰晦的日子,没有太阳出现,过往行人就像被捕的鲱鱼,在网里跳动,泛着刺眼的银光,然而当我们觉察到窗上一抹尚不耀眼的阳光闪烁时是多么高兴啊,仿佛我们下午诊察不清晰的心脏:我们仰望天空,询问云间微露的笑容。

　　窗户面临的大街很难看,从秋叶剥落的树木中间望去,但见一堵墙,重新漆的粉红色过分鲜艳,墙上贴着黄色蓝色海报。但阳光灿烂时,把所有的颜色都点燃了,融会了,用树的红色、墙的粉色、海报的黄色蓝色、天空的蔚蓝色为我们的眼睛建造了一座迷人的宫殿,彩虹般悦目,火焰般热烈,不禁使人想起威尼斯。

由此可见,仅仅描绘阳台反射的图案,我就能够把弗朗索瓦丝替我妈梳头时阳光给我的印象写出来。这个印象可以用一幅图画显现出来,是在平面上勾勒的东西,而不是我当今视觉印象的产物。无数模糊不清的记忆接二连三,一直追溯到我最深远的过去对这抹阳光所感受的印象,与我今天眼见的相同,但给印象加大了容量,使我深沉充实,具有现实感,切实对那些钟情的、切磋的真挚的日子有所感受,觉得快乐有望,觉得日子脉搏的跳动亲热而犹未定型。有如那些不寻常的演出,众多不露面的合唱队员协助一名著名的女歌唱家保持音量,她唱歌中气不足,有点累了。我今天的印象没准像这位女歌唱家,老了累了。但以前所有的印象加强了我今天的印象,赋予了奇妙。或许也使我受益匪浅:有一种想象的快乐,一种非现实的快乐,即诗人唯一真正的快乐;种种印象哪怕产生一分钟的现实感,在我也是难能可贵的一分钟,令人鼓舞的。从这个印象和所有与之相似的印象中脱颖而出某种共同的东西,优于我们生活的现实,甚至优于智力、激情、爱情的现实;使我们难以言表。但,这种优越是肯定无疑的,可以说是我们唯一不能怀疑的东西。这东西,就是我们印象的精妙之所在,一旦被我们察觉,我们就产生无与伦比的快乐,甚至一时忘乎所以,把生死置之度外。读了洋洋洒洒充满崇高思想和美好情操的文章,我们会说"不错",但,如果突然不知道为什么我们从看上去颇不起眼的一个词语发现这种精华的苗头,我们顿时感到清空醇雅,我们知道,意境清妙才是美。

先前我们梦寐以求的陌生人,在各个方面都超过我们,而今成了熟人,受别人控制,处处不如我们,有这么一天,真是莫大的欣慰。所有那些习俗,那座我们梦想涉足的公馆,现今我们了如指掌,成了我们的囊中之物。我们自由出入那座高不可攀的圣殿。

姑娘的父母从前在我们眼里是铁面无情的神,经常阻挡我们的去路,比地狱之神更厉害,现在变成慈善的欧墨尼得斯①,邀请我们来见她,邀请我们吃晚饭,教她学文学,仿佛发生在赫胥黎②笔下那个疯子的幻觉中:他以为看见一面狱墙的地方,却瞧见一位慈善的老太太请他坐下。先前姑娘参加的晚宴和茶会令我们觉得神秘莫测,使我们敬而远之,使我们费尽心机猜想,如同猜想她逃过我们耳目的生活轨迹,如今我们成了晚宴和茶会的来宾、贵客,而他们则是一般客人,微不足道,昙花一现,唯唯诺诺。那些女友,先前以为她会跟她们联合起来嘲笑我们,如今我们比她们更叫人喜欢,人家把我们与她们聚集起来,一起参加故弄玄虚的散步,不怀好意的窃窃私语。我们是最受喜爱最受称赞的朋友之一。神秘兮兮的门房向我们致敬,人家邀请我们住在从外面看得见的房间里。我们曾经藏在内心的爱慕,现在任其获得灵感;朋友们曾使我们产生嫉妒,现在我们叫他们妒火中烧;至于父母的影响,反正朋友们讲由我们家说了算,即使假期天气恶劣,我们去哪儿,大家就跟着去哪儿。意想不到地闯入一个个女子的生活,不管是邮局里的姑娘,还是侯爵夫人,不管是罗什米罗瓦姑娘,还是卡布茹瓦姑娘,这样的日子对我们终究将化为一张地图,我们永远不会试用的地图;说不定,我们故意翻脸,把它抛到九霄云外。

整个这种摸不透的生活,我们摸透了,掌握了。其实只不过是,吃饭,散步,聊天,玩乐,比一般交往更令人愉快的友好交往,因为我们对交往的追求有一种特殊的趣味,但痛苦一旦消失,梦想也随之消失。我们坚持这种追求,为此经受了考验,我们想方设法不翻车、不生病、不疲劳、不做丑八怪。上帝护佑我们安然抵达最显

---

① 欧墨尼得斯,也叫厄里倪厄斯,古希腊神话中复仇三女神的总称。专事惩罚违犯誓约、不从父母、不敬长者、杀人行凶等。在阿提卡,欧墨尼得斯意为善心女神。

② 赫胥黎,即阿尔都斯·赫胥黎(1894—1963),英国诗人和小说家。擅长讽刺。

眼的包厢,我们神采奕奕,应付裕如,万事俱备,有时我们有气派有风趣。我们说话别具一格:"死亡,以后","生病,以后","难看,以后","侮辱,以后"。我们觉得这些事情的表达不够有力,希望我们的说法留作我们专用。神采奕奕,帅气十足,面颊饱满,如花似玉,我们怜惜这一切,但愿将其保留下来,因为已经今非昔比了。聊以自慰的想法是,至少我们曾经竭力追求过。由此,不满足成了追求的要素,但这是最完整的一种典型性追求,最完美的一种推理;我们得到了我们欲求的东西,不让未满足的东西放任自流,活着绝不永做失意者,我们既然不再引人企求,那就不得已求其次,去追求别人,画饼充饥。为此必须体验引人入胜的追求:参加盛大的舞会,上街遛一遛,看见有俊彦经过,变着法儿去认识他,让自己的心灵具有天下最妙的好事已做完的感觉,即使是令人失望的;最完好地融合各种追求形式,在公园看见如花似玉的妙人儿经过,不妨一一采览;凭窗眺望;奔赴舞会;"嗨,可能发生最美妙的事儿",心里这样想着;不妨都尝试一下。有时候巧施诡计,一个晚上就打下最高不可及的三个果子。再说,我们只追求不同凡响的成果,以向自己证明我们可以有所作为。拈花惹草,如同女佣偷偷外出,我们眼观四方是为了遐思畅想,因为生灵是一个个的人儿,必须一个个地见到,然后选定一个人儿一个日期,为了左拥右抱,再大的快乐也会放弃。某个人儿的某个抚摩,不够,再加某种动作,再加声音的感染力,这就是我们的企求,不久的将来就是成功的样品,是我们希望从生活得到的;介绍给某个姑娘,使她从未知到知晓,或更确切地说,对她而言,我们使自己从不知名到知名,从可鄙到可爱,从被占有到占有,这是我们的小手腕,用来抓住扑朔迷离的未来,也是我们向她施加的唯一压力,有如我们所谓去布列塔尼旅行,只不过是下午五点钟到铺满树叶的小径上观看夕阳穿越橡树林。二者必居其一,要么我们外出旅行,要么我们留下,或如果我们认识她,跟她去某个地方使她觉得我们俊秀,在那儿我们互相得到生命开花结果的快乐,因为她已经是我们诸多的成果之一;不管怎么说,这个小玩意儿将使我们为之牺牲重大的成果,为了不错过一次好事儿,总之为了不冷落我们随便选定的性感的妙人儿,这个爱情的归宿,漂亮女人的缩影,有如宇宙浓缩为威尼斯宫殿上的一抹阳光,使我们挑选了威尼斯之旅。

跟妈妈谈话

菲莉西后退一点，因为太阳耀眼，妨碍"她做活儿"，我妈失声大笑。

"嗨！瞧我的狼坐立不安了，为什么？连暴风的影子都没了，树叶纹丝不动呢。嘿！昨天夜里我听见风声就什么都预料到了。我心里直打鼓儿：咱们快见到我狼的一篇小文章发表，准会叫他不得安宁，逃都逃不了的，或非得叫他病倒不可。'赶快给布雷斯特发个电报，问问是否海上兴风作浪。'但是，妈妈肯定地跟你说，连暴风的影子都没有，瞧瞧这太阳！"

妈妈说话的时候，我望见太阳，不是直接的，而是通过对面屋顶的铁风标，阳光照在上面呈暗金色。世界只要由无数的日暮组成，我无须看更多的日暮便知道此刻在广场上，商店因天热早已垂下帘布，即将关门去做大弥撒，老板抽空穿好了礼拜服，正给顾客打开最后的手绢包：本色布的气味扑鼻而来；他瞧了瞧钟点，想知道是否到了关门的时间。集市上商贩们正展售鸡蛋和家禽，教堂前尚空无一人，除了匆匆从教堂出来的穿一身黑服的女子，外省城市的教堂每小时都有这样的女子出入。但眼下，对面屋顶铁风标上灿烂的阳光使我想重见的却不是这些。因为早上十点钟这种灿烂的阳光我早就多次见过，不是照在教堂青石板瓦上，而是照在圣马可教堂钟楼的金天使上，当我打开威尼斯帕拉佐旅馆的窗户便尽收眼底。而从我的卧床，只看得到一件东西：太阳，不是直接的，而是通过圣马可教堂钟楼金天使身上火焰般的面板，看一眼就知道确切的钟点以及整个威尼斯的光线，就感觉到天使令人目眩神迷的翅膀美不胜收,以及天使带给我的欣悦大大多过虔诚的基督徒,当天使下凡告示善良的世人"上帝在天国的荣耀"和给人间带来的和平。

最初的日子,天使灿烂的金光使我想起村镇教堂青石板瓦上的阳光,较为苍白而已,但标示的钟点却是相同的;我边穿衣服边想,天使金光闪烁的姿势过于炫目,叫我不能凝视,但他仿佛以其姿势向我许下的心愿,无非让我趁天气晴朗赶快下楼去我们家门口,去充满叫卖声和阳光的集市广场,去看看关闭的或尚开着的铺面上黑色的阴影,去看看商店的大遮帘,然后去我舅舅清凉的住房。

说不定这是威尼斯给我留下的一点东西,在威尼斯,我一旦匆匆穿上衣服,就下楼去大理石台阶,凝望台阶上水起水落。这些相同的印象,正是艺术的东西和美的东西所能给予的。大太阳下的街道,恰似一溜儿蓝宝石铺地,颜色既柔软又坚固,一眼望去,我的目光适得其所,摇曳荡漾,但目光也有自重感,如同疲惫的身体触及床铺的木板,而蓝光并没有减弱衰退,直到我的目光在这片不败的蓝光支撑下回归我的眼睛,如同一个躯体被抬上床,由床支撑的躯体重量甚至包括疏松肌肉内的重量。商店布帘或理发厅招牌投下的阴影,只不过使蓝宝石的色调变青而已,哪儿宫殿大门上突出大胡子天神头像,哪儿就有蓝色阴影,或者建筑物上精致的浮雕阴影投在阳光灿烂的地上勾画出蓝色小花的轮廓。阳光下,海风穿过我舅舅家,带来清凉,在宽广的大理石平面上光和影错落有致,宛如在韦罗内塞①的画中,他的教导和夏尔丹②的教导恰好相反,

---

① 韦罗内塞(1528—1588),意大利文艺复兴后期威尼斯画派重要画家之一。主要作品有威尼斯总督府会议厅天顶壁画《威尼斯的胜利》,宏伟壮观;他的装饰壁画具有明朗的银色调子。

② 夏尔丹(1699—1779),法国画家。擅长风俗画和静物画。他的风俗画重视普通人物神态的表现和构图、光色的协调统一;他扩大了静物画的题材范围,把平凡的内容画入优美的画面。作品有《勤劳的母亲》《烟斗与茶具》《自画像》等。

后者认为,东西即使平凡,也有其美。

我们外省小房子的窗户很有特性,即使标志其特性的种种特征微不足道;窗户的位置同另外两个的距离不相等,颇不相称,窗台的木头粗糙,或更糟糕是铁的,做得挺阔绰却十分难看,护窗板缺把手,彩色窗帘上端由一根系绳固定,中间分成两个下摆,所有这一切,每当我们回家时,使我们一眼认出自家的窗户,直到后来房子不再属于我们,当我们重访或只要想起来,我们的心情就不能平静,作为事过境迁的见证,这种作用,如此简单又如此有说服力,通常托付给最简单的东西,在威尼斯,这就移归窗户的尖拱,这种尖形穹隆,作为中世纪建筑杰作之一,全世界的博物馆纷纷复制仿造。

到达威尼斯之前,在火车里,妈妈让我阅读罗斯金[1]对威尼斯绝妙的描绘,把它比作印度洋的珊瑚礁,又比作乳白石。之后,每当威尼斯轻舟把我们送到她跟前停住,她自然不能在我们眼前发现我想象中她片刻前所得到的同一种美,因为我们不可能凭理智和感官同时发现事物。然而每天中午,每当威尼斯轻舟把我带回家吃午饭,我经常远远瞥见妈妈的披巾搭在大理石栏杆上,她对着风手捧一本书。上方环绕窗户的叶形饰像花朵似的盛开,好似微笑,好似许诺,好似友好目光的信任。

从远处,从萨朗特,我瞥见妈妈在等我,她看见我了,嫣然一笑,抬头时,额头就像尖形穹隆,给目光平添一份高雅,尽管含意并不能完全识透。因为在色彩斑斓的大理石栏杆后面,妈妈一边看书一边等我,头戴漂亮的草帽和白色的面纱,半遮脸庞,使她颇有

---

[1] 罗斯金(1819—1900),英国作家和批评家。代表作有《时至今日》(1862)、《芝麻与百合》(1865)、《野橄榄花冠》(1866)、《劳动者的力量》(1871)等;有关艺术的论著有《现代画家》(三卷,1843—1860)、《建筑的七盏灯》(1849)、《威尼斯之石》(1851—1853)等。普鲁斯特非常推崇罗斯金,称他是"时代良心的主导人",亲自把罗氏著作译成法文,并给以高度的评价。

"盛装"的气派,像是在餐馆或散步时常见的人物,因为,我唤她时,她还没有马上肯定是我的声音,一旦认出,她从心底向我发出一股柔情,但这股柔情停留在她能控制的最后表层,如脸庞上,如手势里,但竭力让柔情尽可能接近我,如微笑时把嘴唇伸向我,如竭力俯向望远镜使目光靠近我,而这一切的背景是美妙的窗户,哥特式和阿拉伯式浑然而成独特的尖拱窗户,外加窗户上端奇妙的斑岩三叶草形交叉饰,那窗户在我记忆里抹上一层温柔:事物和我们同时享有相同的时辰,窗户和我们融合在一个整体里享有单一的时辰,威尼斯午饭前这个阳光灿烂的时辰使我们同窗户有一种亲密感。不管窗户充满多少美妙的形状,多少具有历史意义的艺术外形,它像我们可能在水上遇见的一个天之骄子,我们跟它亲热相处一个月,由此它跟我们结下几分友情。我之所以在重新见到它的那天眼泪汪汪,只因它对我说:"我清楚记得您母亲。"

　　大运河两旁的宫殿负责向我提供上午的光线和印象,它们配合得那么协调,以致现在我想重见的不再是教堂青石板瓦上的青钻石色阳光和集市广场,也不是对面屋顶上闪烁的风标,而仅仅是金天使许下的诺言:威尼斯。

　　但是,一旦重访威尼斯,我马上想起一天晚上,我跟妈妈吵了一架,恶狠狠对她说我走了。我下了楼,心里不想走,但故意叫妈妈伤心,让她以为我走了,我待在下边小码头不让她瞧见,其时一条威尼斯轻舟上有人唱小夜曲,唱得正准备消失在救国军大厦后面的太阳驻足谛听。我感到妈妈还在伤心,等待变得难以忍受,我不能下决心起身去对她说:我留下。小夜曲仿佛唱不完似的,太阳也仿佛不准备消失,好像我的焦虑,苍茫的暮色,歌手的金嗓子,永远熔化成一种合金,使人心碎,莫可名状,不可移转。为了忘却这个冷酷无情的时刻,我不能再像那时没有母亲在我身旁。

45

我叫母亲伤心了,想起来感到难堪,心里焦虑不安,唯有她的在场和颊吻能够平息……没有她在身旁,我感到不可能去威尼斯,不可能去任何地方……我不再是受追求激励的幸运儿,不再是受焦虑折磨的温存儿。我凝望妈妈,我拥抱她。

"我的小傻子想什么呢?想什么鬼点子呢?"

"我要是不再见别人,会非常高兴的。"

"别这么说,我的狼。我喜欢所有体贴你的人,相反,我很愿意你经常有朋友来跟你聊天,不要叫你疲劳就是了。"

"我有妈足矣。"

"妈妈相当乐意想象你见其他人,他们能给你讲妈妈不知道的事情,然后你来告诉妈妈。假如我不得不远行,我乐意想到我的狼没有我也不感到无聊,乐意在外出前知道你的生活是怎样安排的,谁来跟你聊天,像现在咱们这样。孤身独处不好哇,你比任何人更需要消遣,因为你平时生活比较忧郁,不管怎么说比较离群索居。"

有时候妈妈有伤心事,但从不让人知道,因为她讲话一向既温存又风趣。她去世时给我援引莫里哀的一句话和拉比什①的一句话,分别为:"他不能及时出发了。""让小鬼别害怕,他妈不会离开他。但愿我在埃唐普而我的宝贝不离阿帕雄②,那该多好哇!"然后她就说不出话来了。仅有一次她看见我克制自己不哭出声来,她皱了皱眉头,努了努嘴巴,微微一笑,我从她模糊的话语中听出:

您若是罗马人,就拿出罗马人的气概来。

---

① 拉比什(1815—1888),法国剧作家,法兰西学院院士。作品有《意大利草帽》(1851)、《佩里雄先生的旅行》(1860)等。
② 埃唐普、阿帕雄,皆属巴黎大区,位于巴黎以南。两城相隔很近,均为历史名城,有多处名胜古迹。

"妈妈,我当时病了,你给我念《小法岱特》和《弃儿弗朗索瓦》①,记得吗? 你请来了医生。他开方让我吃药退烧,并嘱咐我吃点东西。你一句话也没说。但你虽保持沉默,我却十分明白你聆听医生嘱咐是出于礼貌,你心里早已决定我什么药也不吃,我不退烧不吃东西。你只让我喝牛奶,直到一天早晨,你凭自己的学识,判断我的肤色鲜亮、脉搏良好。于是你允许我吃一条小诺曼底板鱼。你根本不信医生,你假装听他嘱咐。不论对罗贝尔②还是对我,医生给我们开什么处方都可以,一旦医生走后,你对我们说:'孩子们,这个医生论学问也许比我强得多,但你们的妈妈自有一套真才实学。'嘿! 别耍赖。等罗贝尔来了,咱们问问他,我是不是瞎编。"

妈妈听我提起她在医生面前虚与委蛇,不禁失声大笑。

"自然你兄弟帮你说话啰,因为两个小鬼总联合起来同他们的妈妈作对。你笑话我的医道,但你问问布沙尔先生对你妈的评价,看看他是否觉得你妈给孩子们治疗确有一套好办法。你笑话我也白搭,不管怎么说那些日子不错哟,你在我的治疗下,不得不按我的吩咐去做,你身体好好的嘛。为此你难道觉得不幸吗,嗯?"

妈妈梳理完毕,把我带回我的卧房,让我睡觉。

"我的小妈妈,你瞧时间太晚了,我不需要你下令保持安静了。"

"不行,傻瓜。那你为什么对我说不让任何人进来,不让弹钢琴? 难道我经常让你睡不着觉吗?"

"那些工人呢? 他们该到楼上干活去了。"

"预约取消了,叫他们不要来了,一切静悄悄的。

    城里没有戒令,没有嘈杂声。

"尽量多睡会儿,再晚也不要紧,给你绝对保持安静,直到五

---

① 《小法岱特》(1849)和《弃儿弗朗索瓦》(1848),法国著名女作家乔治·桑(1804—1876)的田园小说。
② 罗贝尔,马塞尔·普鲁斯特的弟弟。

点,甚至六点,你若愿意,你要你的夜多长就多长。

  喂,喂,喂,夜夫人!
  请您轻手轻脚别作声,
  叫您的马儿小步慢走,
  把好个美妙的夜夫人,
  送进良夜美景长又深。

"等到最后我的狼觉得夜太长,需要声响时,才会有声响。等到你说:

  我觉得这夜漫长无比。"

"你要出门吗?"
"是的。"
"别忘记吩咐不要让任何人进来。"
"不会忘记的,已经叫菲莉西来把守了。"
"最好给罗贝尔留个字条,怕他直接闯进我这里。"
"直接闯进你这里!

  他岂能说不知道我们的国王
  给凡夫小民立下的严紧戒条,
  一切胆大妄为的代价是死亡,
  谁敢不召自来瞎乱闯?"

  妈妈想起她十分偏爱的《爱丝苔尔》[①],怯生生哼唱起来,但唱出颤音时声音过高过于奔放,仿佛害怕抓不住唾手可得的神妙旋

[①] 《爱丝苔尔》(1689),法国古典主义悲剧作家拉辛(1639—1699)的三幕诗体悲剧。取材于《圣经》。爱丝苔尔(以斯帖)原是犹太人,流落波斯后被国王看中,立为王后。大臣阿曼让国王签署了杀绝境内犹太人的敕令,但国王想起爱丝苔尔的叔父曾协助破获一起阴谋,意欲报答。爱丝苔尔乘宴请之机,道破自己是犹太人。最后国王处死阿曼,撤销敕令。普鲁斯特的母亲是犹太人,特别偏爱这些犹太女英雄。

律:"他镇静下来,他宽恕。"这是雷纳尔多·阿恩①为《爱丝苔尔》创作的神妙合唱。就在靠壁炉的那架小钢琴旁,阿恩亲自第一次高声吟唱他写的合唱,当时我躺在床上,爸爸回家时蹑手蹑脚,坐到扶手椅的后面,妈妈始终站着听迷人的歌喉。妈妈怯生生试着唱一个合唱曲子,就像当年圣西尔的姑娘们面对拉辛那样诚惶诚恐②。妈妈那张犹太人的脸铭刻着基督徒的温存和冉森教徒的勇敢,在这小小的家庭演唱会上,在这几乎是修院式的演唱会上,她脸上美丽的线条是爱丝苔尔本人的再现,她想象这场演唱会是为了娱乐卧床不起的专横病人。我父亲不敢鼓掌。妈妈偷偷向他瞟了一眼,激动地分享他的快乐。雷纳尔多重复演唱的歌词非常适合我和父母在一起的生活:

啊,温馨的和睦,

永远清新的美,

被你魅力迷恋的心多么幸福!

啊,温馨的和睦,

啊,永恒的光明,

永远与你相连的心多么幸福!

"再拥吻我一次,我的小妈妈。"

"喂,我的狼,别犯傻了,瞧你,别紧张嘛,你该跟我道别了,你的身体好得很,走十法里都不成问题。"

妈妈离我而去,我却又想起我的文章,突然我想写下一篇文章:《驳圣伯夫》。最近我重读圣伯夫,一反往常,做了大量的笔记,现在存放在一个抽屉里,我有些重要的事情要说。我开始在脑子里构建这篇文章。每一分钟都有新的想法涌现。不到半个小

---

① 阿恩(1875—1947),委内瑞拉出生的法国作曲家。以艺术歌曲享名。
② 《爱丝苔尔》于1689年在圣西尔由圣西尔公立学校寄宿生首次公演。

时,整篇文章已经在我脑子里布局妥当。我很想问妈妈有何看法。我叫唤,没有声音回答。我再次呼唤,听见了悄悄的脚步,我的房门咯吱一声,却不见人影。

"妈妈。"

"是你叫我吧,亲爱的?"

"是的。"

"我以为听错了呢,我的狼会对我说:

是您爱丝苔尔毛遂自荐,
自作主张来到我的房间。
放肆的小民敢来找死。"

"不,我的小妈妈。

怕什么,难道我不是您的兄弟?
对您也下过如此严厉的命令?"

"尽管如此,我还是以为,如果我吵醒我的狼,天晓得会不会如此恬然自得地向我伸出金权杖。"

"听我说,我想听听你的意见,坐下。"

"等一等,我找张椅子来,我说你的屋子不大亮呢,要不要叫菲莉西安上电灯?"

"不要,不要,那我就睡不着觉了。"

妈妈笑着说:

"还是莫里哀那句老话:

亲爱的阿尔克梅娜,不许火炬靠近。"

"嗯,是这样的。我想跟你说件事。我打算写篇文章,想向你请教。"

"你知道,妈妈在这些事情上出不了点子。我不像你,我可没钻研过《居鲁士大帝》。"

"还是听我说吧,文章的题目是:《驳圣伯夫方法》。"

"怎么,我满以为圣伯夫了不起呢!你让我看的布尔热的那篇文章①说,这是一种美妙绝伦的方法,只是十九世纪之内找不到人实施了。"

"唉,是呀,他说过此话,但这是荒谬的。你知道这种方法包括些什么吗?"

"权当我不知道吧。"

---

① 布尔热(1852—1935),法国小说家和文艺批评家,法兰西学院院士(1894)。擅长用心理分析从事文艺批评。他是泰纳和圣伯夫的信徒。此处系指他的《论泰纳》,文章通篇赞扬泰纳和圣伯夫。

圣伯夫方法

　　时机已到，或者说，我处于某种状况：我们可能担心最想说的东西，突然一下子说不出来，抑或压根儿没有什么可说：敏感性衰退，才穷智尽；接着而来的东西，我们又用最崇高最神圣的理想加以比较，从而倍感相形见绌；但不管怎样，这些东西无处读得到，可以想见，如果不说出来，就不会存在；我们发现这些东西毕竟植根于我们的头脑，即使不很深。我们不再自认为是智力秘密的占有者，因为占有者随时可能消失，智力秘密也将随之消失。我们愿意克服先前懒散的惰性，遵循耶稣在《约翰福音》中所下的一条崇高命令："努力吧，趁你还有光明。"我觉得对待圣伯夫，我将以耶稣的戒令自律，我要说的事情，其中借圣伯夫之名加以发挥的将大大多于论及他本人的，窃以为，指出圣伯夫作为作家和批评家所犯的错误，我也许能对批评家应是何人、艺术应是何物说出个所以然来，这些是我经常思考的事情。附带关于他本人，不妨学他经常所为，以他为借鉴来议论某些生活方式，我没准对他同时代的几个人说出一点东西，略陈己见。在批评了别人之后，我将完全撇开圣伯夫，阐述自己的艺术观，并为之鞠躬尽瘁……①

　　"圣伯夫才识高明，体事入微，连最细微的差别都能提到笔端。他大量采用趣闻逸事，以便拓展视野。他关注个体的人和特殊的人，经过仔细探究之后，运用美学规律的某个典范高瞻远瞩，而后根据这个大写的典范作出结论，也迫使我们得出结论。"

---

　　① 这一段原是《驳圣伯夫》最早的序言草稿，后放弃另起炉灶，才增加前面七章。

这段话是对圣伯夫方法的定义和颂扬,我援引自保罗·布尔热那篇文章①,因为定义简要,颂扬可信。我还可以列举其他二十位批评家。他们众口一词,公认圣伯夫总结了思想自然史,从人的生物学、家庭的历史学以及各种特征吸取其创作的智慧和才华的品位,从而独树一帜,圣伯夫本人也直言不讳,言之凿凿。泰纳②自己就梦想写一部更系统更成体系的思想自然史,对此,圣伯夫不同意泰纳关于种族问题的观点,尽管如此,泰纳对圣伯夫的颂扬仍与布尔热等人如出一辙:

"圣伯夫先生的方法同他的作品一样弥足珍贵。就此而言,他是一位发明家。他把自然史进程引入思想史。

"他揭示如何着手认识人,指出是相继的社会环境系列形成个体,必须依次观察才能了解个体:首先必须了解种族和血缘,通常研究父亲母亲兄弟姐妹就能识别;其次必须了解幼年教育,家庭环境,家庭影响以及塑造童年和少年的一切因素;再次必须了解后来成人时周围第一批杰出人物,参与的文学团体;最后对如此形成的个体加以研究,寻找揭示其本质的线索,探究反面和正面的因素,以便点明其主导的激情和独特的气质。总之分析其人,追查在一切情况下的表现,不管其伪装有多么巧妙,都要进行由表及里的分析,因为文学姿态或读者偏见总免不了将其乔装改扮,混淆视听,让我们看不清真面目。"

这还嫌不够,泰纳加添道:

"这种运用于人类个体的植物分析,是把精神科学与实证科

---

① 即《论泰纳》,参见上章最后一条注释。
② 泰纳(1828—1893),法国著名批评家和历史散文家,法兰西学院院士(1878)。作品有《拉封丹及其寓言诗》(1853)、《论第特-李维》(1855)、《历史与批评文集》(两卷,1863,1865)、《智力论》(1870)、《当代法兰西起源》(六卷,1871—1890)、《艺术哲学》(1882)等。在泰纳初露锋芒时,圣伯夫就称他是"成就最突出的青年批评家"。

学靠近的唯一手段,只要把它运用于民族、时代、种族,就可使它结出硕果。"①

泰纳如此说,因为他的理智主义观念虽用于现实却把真理只让给科学。由于他有鉴赏力并赞赏各种不同的精神产品,所以为解释精神产品的价值,他把它们视作科学副产品(参见《智力论》序言)。他把圣伯夫誉为启蒙家,"他一代"的杰出人物,认为圣伯夫几乎找到了他泰纳要找的方法。

然而,哲学家未能在艺术中找到实在的东西和独立于一切科学的东西,从而不得不把艺术、批评等假想成科学,这样前人必然不如后人先进。艺术上没有(至少从科学意义上讲)启蒙者,也没有先驱。一切取决于个体,每个个体为自己的艺术从头开始艺术或文学尝试,前人的作品不像科学那样构成既得真理,可供后人利用。今天的天才作家必须一切从零开始。他不比荷马先进多少。

再说,何必一一列举称颂圣伯夫方法杰出并把它誉为独树一帜的人名呢?只要听听圣伯夫自己说的就够了:

"关于古希腊古罗马作家,我们没有足够的观察手段。手捧作品,在大部分情况下,不可能如见其人,不可能了解真正的古希腊古罗马作家,我们只掌握他们残缺不全的雕像,不可能了解其人。充其量评论其著作,欣赏其著作,凭空想象作家和诗人。由此,人们怀着崇高的理想情愫重塑诗人或哲学家的面容,诸如柏拉图、索福克勒斯或维吉尔的半身雕像,只能如此,因为对他们的认识很不完全,缺乏原始资料,缺少信息和反馈手段。一条大江,在大多数情况下,不可涉水而过,把我们与古希腊古罗马伟大人物隔开了。那就让我们隔岸向他们致敬吧。

"关于近代现代人物,那就迥然不同了。批评是按照手段来支配方法的,它赋有其他的义务。认识一个人,完全认识一个人,

---

① 圣伯夫悼词,1869年10月17日,《历史与批评文集》第二卷。

尤其这个人是个出众和著名的个体,就是一件大事,不可掉以轻心。

"对人物品格的精神观察尚着眼于个体、最多几类个体的细节和描绘,连泰奥弗拉斯托斯①和拉布吕耶尔②也未能超越。终将有一天,我自信在观察过程中已经瞥见这一天终将到来,届时科学将建立起来,几大精神族群及其主要的分支将确定下来,并将广为人知。一种精神的主要品位一旦确定,就可由此类推出好几种。或许对待人类,永远不可能完全像对待动物或植物那样,人有思想,复杂得多;人拥有所谓的'自由',这种自由,不管怎样,意味着巨大的随意性,可能进行种种灵活的组合。尽管如此,随着时间的推移,我猜想,我们终将更广泛地建立精神学家的科学,它今天的处境犹如朱西厄③以前的植物学和居维叶④以前的比较解剖学,可以说还处在趣闻逸事阶段。我们承担了一些简单的专题论著,但本人瞥见一些联系一些关系,将来总会出现一位智者,他的思想更加广远更加明晰,他定能发现适合各精神族群的自然大分裂。"⑤

圣伯夫说:"我认为文学与人、与人体构造是不可区分的,或至少是不可分离的……我们不大知道用什么方法从什么角度着手认识一个人,即一个思想清纯的人。只要对某个作家没有提出一

---

① 泰奥弗拉斯托斯(约前372—约前287),古希腊逍遥学派哲学家。其名作《品格论》以三十篇简短有力的特写,勾画出不同的道德类型。——编者注
② 拉布吕耶尔(1645—1696),法国作家。仿泰奥弗拉斯托斯同名著作撰《品格论》,为法国文学杰作。
③ 朱西厄,法国著名植物学世家。第一代安托万(1686—1758)、贝尔纳(1699—1777)、约瑟夫(1704—1779),第二代安托万-洛朗(1748—1836),第三代阿德里安-洛朗-亨利(1797—1853),皆有功于植物学。
④ 居维叶(1769—1832),法国著名动物学家和古生物学家。建立了比较解剖学和古生物学。
⑤ 《月曜日丛谈》第三卷,第25页。

系列问题,只要问题没有找到答案,哪怕单单为自个儿的和悄悄不对外的答案,我们就不能肯定全盘掌握这个作家,即使这些问题看上去跟他作品的性质离题万里:例如他对宗教有何想法?他对自然景观如何反应?他对女人问题、金钱问题持何种态度?他富裕或贫穷?他的饮食制度怎样?每天的生活方式怎样?什么是他的癖习或弱点?对判断一本书的作者和书本身,上述问题的任何一个答案都不是无关痛痒的,假如不是一本纯几何学论著的话;尤其倘若是一本文学著作,就得无所不包。"①

圣伯夫的著作不是深刻的著作。但,按照泰纳、保罗·布尔热等人的看法,著名的圣伯夫方法使得圣伯夫成为十九世纪无与伦比的批评大师,这种方法在于不把人与著作分离,在于认为首先回答同著作最不搭界的问题(如对女人问题、金钱问题持何种态度),对判断一本书的作者不是无关紧要的,除非是一本"纯几何学论著",还在于取得有关一个作家的尽可能全面的资料,还在于核对他的书信,还在于讯问认识他的人们;跟他们谈谈——如果他们还健在的话,看看他们写过什么有关他的东西——如果他们已去世,总之,这种方法无视我们稍为触及自己心灵就知道的东西:一本书是另一个自我的产物,不是我们在习惯中在社会中在癖习中表现的那个我。这个我,假如我们设法了解,就要到我们心灵深处设法重新塑造,才可以办到。需要我们的心灵做出努力,舍它莫属。这条真理必须由我们全盘进行创造;设想一天早晨我们打开信件,朋友的图书管理员向我们通报一封未发表的书信,或从某个十分熟悉作者的人那里采访,如获至宝,那是浅薄之见。圣伯夫在谈到斯当达尔的作品引起新一代好几位作家不胜仰慕时说:"请他们允许我告诉他们,为了明确评价这个颇为复杂的智者而不至于产生任何夸大其词,我总是不顾自己的印象和回忆,宁可信赖那

---

① 《月曜日丛谈》第三卷,第28页。

些在他风华正茂,乃至生活起步时就认识他的人所说的话,宁可信赖梅里美先生、安培①先生有关他所说的话,宁可信赖雅克蒙②对他可能产生的看法——如果他还活着,总之,宁可信赖经常见到他、在他初出茅庐时就赏识他的那些人。"③

为什么呢? 难道做过斯当达尔的朋友就可以对他做出最佳评论? 创造作品的"我",被另一个"我"向伙伴们遮掩,可能远不及许多人外在的"我"。再说,最好的证据,莫如圣伯夫自己认识斯当达尔,又从梅里美先生和安培先生那里采集了尽可能全的有关资料,总之,按他的说法,他拥有使批评家较准确评价一本书的一切素材,可他是这样评价斯当达尔的:"我刚重读或试着重读斯当达尔所有的小说,实在糟透了。"他在别处重新提及斯当达尔时,承认"不太明白《红与黑》为何取此标题,不得不从某种象征去猜测,但至少是有情节的。上卷有点意思,尽管矫揉造作,多不足信。但毕竟有灵机。据说,贝尔④在小说一开始就抓住他熟人中的一个具体事例,只要他抓住不放,就能写得栩栩如生。腼腆的小伙子迅速及时地闯入与出身截然不同的社会,等等……这一切描绘得惟妙惟肖,至少像那么回事儿。但人物不是逼真的活人,而是巧妙制造的机器人……以意大利题材创作的中篇小说,他写得比较成功……贝尔所有的长篇小说中,首推《巴马修道院》,赋予几个人以崇高的思想,很符合他这类才华的人。不过,对待《巴马修道院》,显而易见,我远没有德·巴尔扎克先生那种热情。读罢掩卷,我觉得人们自然而然怀念法国体裁……事出有因嘛……曼佐

---

① 安培(1800—1864),法国语文学家和历史学家,法兰西学院院士(1848)。物理学家安培之子。
② 雅克蒙(1801—1832),法国植物学家。斯当达尔的朋友,有《致斯当达尔的书信》(1833)。
③ 此处和以下有关斯当达尔的引言仅凭记忆,与原文不符,但中心内容未变。参见《月曜日丛谈》第九卷,第 272、262 页。
④ 贝尔,即斯当达尔(1783—1842),本名马里-昂利·贝尔。

尼《约婚夫妇》的故事①提供了范例,瓦尔特·司各特的小说②美不胜收,格扎维埃·德·梅斯特有一本中篇小说③,既精彩又简练,除此之外,剩下的这类作品只不过是风雅人士的雕虫小技"。

接下来是两句结论性的话:"我如此坦率批评贝尔的长篇小说,远不想责备他写出来出版。他的小说虽平淡无奇,但不庸俗。一如他的评论,他的小说尤为随大溜儿……"圣伯夫结束其文时写道:"实际上,贝尔在私交关系上是正直和可靠的,永远不应该忘记承认,当向他实话实说时更应如此。"归根到底,这个贝尔,一个大好人!得出这么个结论,也许大可不必那么经常在晚宴上,在法兰西学院,会见梅里美先生,那么多次"请安培先生发话";掩卷回味,想到未来的新生代,我们倒比圣伯夫更心安理得了。巴雷斯④做一小时阅读,不需"有关资料",就比您,圣伯夫,讲得出更多的道道儿。我不是说圣伯夫有关斯当达尔的言论全盘错误。但我们记得他以多么狂喜的调子谈论加斯帕兰夫人或托普弗尔⑤的中篇小说,显而易见,倘若十九世纪著作,除了《月曜日丛谈》⑥,全部烧毁,倘若我们必须按照《月曜日丛谈》把十九世纪作家的地位依

---

① 曼佐尼(1785—1873),意大利作家。历史小说《约婚夫妇》是他的代表作,描写十七世纪意大利在异族统治和国内封建统治双重压迫下人民的困苦,反映十九世纪三十年代意大利民族统一和独立运动的要求。

② 司各特(1771—1832),英国小说家。这里主要指他的历史小说《威弗利》(1814),描写1745年詹姆斯党人起义;《清教徒》(1816),描写苏格兰清教徒反抗英国当局的迫害而爆发的起义。

③ 梅斯特(1763—1852),法国作家。此处大概指他的历史小说《高加索俘虏》(1825)。

④ 巴雷斯(1862—1923),法国十九世纪末二十世纪初重要作家,法兰西学院院士(1906)。

⑤ 加斯帕兰夫人、托普弗尔,均为法国作家。虽受到圣伯夫称赞,但很快被人遗忘。

⑥ 《月曜日丛谈》(十五卷,1851—1862),《新月曜日丛谈》(十三卷,1863—1870),圣伯夫在《地球报》《宪政报》《东西两半球》《巴黎杂志》等报刊上发表的评论文章的汇编。这些文章基本上在周一发表。

秩序排列出来,那我们会发现斯当达尔排在下列作家之后:夏尔·德·贝尔纳、维纳、莫莱、德·韦德兰夫人、拉蒙、塞纳克·德·梅朗、维克·达济尔①等一大批,说真的,排在阿尔通·谢②和雅克蒙之间倒相差无几。

卡莱尔③说:"一个艺术家……"到后来可以不用观察世界,终将"运用幻想来描绘世界"。

任何时候圣伯夫好像都没有明白灵感的特殊性和文学创作的独特性,好像不曾明白这与其他的工作以及作家的其他事务截然不同。他混淆文学工作视线,因为文学创作在离群索居中进行,迫使他人的话语和我们的话语沉默下来,单独由我们自己在摆脱我们自己的情况下判断事情,我们面对面跟我们自己握手言和,努力谛听我们真正的心声,并把它表达出来,而不是交谈!"对我来说,那些年份(一八四八年以前)可以说是幸福的,我上下求索,满以为已经安排好我的一生,既有温馨又有尊严。时不时写些令人愉快的事情,读些既轻松愉快又严肃认真的东西,尤其不要写得太多,跟朋友维持情感,对每日的交际保持清醒的头脑,既善于交际又不十分注重,献给私人的多于献给公众的,把最精美最亲切的部分,把内心自我的花朵恰到好处地留给智力与情感的温存交流,留给青春的最后年华,这就是我梦寐以求的风雅文人,既懂得真正事情的价值,又不让职业和辛劳过分蚕食其灵魂、思想的精华。后来因急务缠身,我迫不得已放弃了我先前唯一的幸福,或感伤者和智

---

① 贝尔纳、维纳、莫莱、德·韦德兰夫人、拉蒙、塞纳克·德·梅朗、维克·达济尔,均为当时小有名气,但很快被遗忘的法国作家。
② 阿尔通·谢,植物学家。他和雅克蒙的文学作品虽较有名气,但品位不高。
③ 卡莱尔(1795—1881),英国作家、历史学家和哲学家。著作有《旧衣新裁》《法国革命史》《宪章运动》《过去与现在》《论英雄与英雄崇拜》等。

者那种美不胜收的自慰。"①这仅仅是虚假的外表形象,虽然这形象具有比较深刻比较内在的东西,但实际上是比较外在比较模糊的东西。事实上献给读者的,是作者独自为自己写的东西,倒是不折不扣的自己作品。献给私下的,就是说献给交谈者的,不管交谈多么文雅,往往越文雅越糟糕,因为交谈不谋而合,便使精神生活变样了:福楼拜跟侄女儿和钟表匠的交谈倒无伤大雅;这些旨在为私人的创作,就是说为适合几个人的情趣创作的作品,只是把交谈笔录下来而已,这类自我的作品其实更外在,与深层的自我无缘,只有撇开他人和摒弃认识他人的我,才能找到这种深层的自我,当我们与他人在一起时,自我在一旁等候,明明白白感觉得出那是唯一真实的,对这种真实唯有艺术家能最终体验到,犹如一尊神明,艺术家越来越离不开,为之牺牲了一生,因为他们献出一生仅仅为了光神耀圣。想必自出版《月曜日丛谈》之后,圣伯夫不仅改变了生活,而且思想上也升华了,升得不太高罢了:那是一种迫使自己写作的生活,不管怎么说,他是比较多产的,对那些本性懒散的人来说,这种生活很有必要,舍此展示不出内心的丰富。圣伯夫在谈到法布尔②时指出:"他的境遇有点像某些年轻女子嫁给老头子:在很短的时间内她们便失去鲜艳的容光,不知道为什么,安静的近邻环境使黑夜冷漠不堪,而自由的暴雨则使黑暗充满生机勃勃的激情。有维克多·雨果的诗为证:

  我以为人打从眼睛开始衰老,
  成天看见老人就衰老得更快。

维克托兰·法布尔这个才华出众的年轻人便是如此,他紧随衰老的文学不肯回头,其忠贞不渝反倒毁了他的前程。"③

---

① 出自《帝政时期的夏多布里昂及其文学团体》序言。
② 法布尔,指十九世纪昙花一现的青年作家维克托兰·法布尔(生卒年不详)。
③ 参见《月曜日丛谈》第八卷,第240页。

圣伯夫经常说文学家生活在他的书斋,可是他奋起对巴尔扎克在《贝姨》中说的话①进行不可思议的抗议,他说:"最近发现,曾经有人闯进安德烈·谢尼埃②的创作室,发现了他的工作和研究方法,看见好多诗稿的草样都写得认认真真。德·拉马丁③先生的书斋则截然不同,大门向我们敞开,可以说硬拉我们进去观看。他写道:'我的诗人生活重新开始了,几天而已。您比谁都清楚,诗人生活向来最多只占我实际生活的十二分之一。好的读者不像耶和华按自己的形象创造人那样创造作家,他们随心所欲地歪曲作家形象,以为我花了三十年生命去排列诗韵和静观星星。实际上我用不了三十个月,诗歌对我来说只不过是祈祷。'"④但是,圣伯夫始终弄不明白诗人灵魂这个独特的世界,这个封闭的世界,这个与外界没有沟通的世界。他坚持认为别人可向诗人灵魂说长道短,可激发可贬抑:"没有布瓦洛⑤,没有封布瓦洛为诗歌总监的路易十四,会发生什么情景?最伟大的天才难道光靠他们自己也能为后世留下最坚实的光辉遗产吗?恐怕拉辛会写出更多的

---

① 巴尔扎克在《贝姨》(1846)中指出:"持续不断的工作是人生的规律,也就是艺术的规律;因为艺术是最精醇的创造。所以伟大的艺术家和诗人,既不等订货,也不等买主,他们今天、明天、永远在制作,从而养成劳苦的习惯,无时无刻不认识困难,凭了这点认识,他们才和才气,才和他们的创造力打成一片。卡诺伐是在工场中起居生活的,像伏尔泰在书斋中一样。荷马和菲迪亚斯,想必也是如此。"参见傅雷译《贝姨》。

② 谢尼埃(1762—1794),法国诗人。作品多在死后才发表,有《悲歌集》、《牧歌和田园诗集》(1819)等。一般认为他是十八世纪法国最伟大的诗人,影响及于十九世纪整个诗坛。他的政治斗争和传奇式的英勇牺牲使他成为欧洲英雄诗人的典型。

③ 拉马丁(1790—1869),法国诗人和政治家,法兰西学院院士(1829)。以《沉思集》成为法国浪漫主义文学运动的主要人物之一。后期从政,为工人阶级代言。晚景凄凉,几乎被人遗忘。——编者注

④ 参见《月曜日丛谈》第二卷,第353页。

⑤ 布瓦洛(1636—1711),法国作家和古典主义文艺理论家,法兰西学院院士(1684)。《诗的艺术》(1674)是他的美学代表作。

《贝蕾妮丝》①,拉封丹会多写《故事诗》而少写《寓言诗》②,莫里哀倘若坚持《司卡班的诡计》那种写法,也许达不到《恨世者》朴实无华的高度③。总之,这些卓越的天才每个人都会屡犯错误。好在有布瓦洛,就是说凭他作为权威诗人,这才控制了他们,约束了他们,因为是他抬举了他们最优秀的作品,抬举了他们最严肃的作品。"④由此可见,圣伯夫没有看出横在作家和上流社会人物之间的鸿沟,没有懂得作家自我只在其著作中显现,而在上流社会人物面前只表现出像他们一样的一个上流社会人物,或者那些上流社会人物是另外一些作家,他们在上流社会中仅仅以作家身份出现,仍不失为上流社会人士;圣伯夫存心开创了他著名的方法,按泰纳、布尔热等许多人的看法,那是圣伯夫的荣耀;为了解一个诗人一个作家,圣伯夫的方法在于贪婪地讯问认识诗人和作家的人,跟诗人和作家来往频繁的、能给我们讲诗人和作家对女人问题抱何种态度的人,就是说弄清诗人和作家所有的问题,但恰恰排除他们真正的自我。

圣伯夫的著作,尤其《帝政时期的夏多布里昂及其文学团体》⑤,恰似一间间相通的客厅,该书作者邀请各种不同的人来谈论他们熟悉的人,交谈者提供的见证旨在驳斥别的交谈者的见证,

---

① 《贝蕾妮丝》(1670),法国古典主义悲剧作家拉辛的五幕悲剧。一向被认为是拉辛最差的悲剧。
② 拉封丹(1621—1695),法国古典主义作家。《故事诗》(1664—1685)影响不大,其文学声誉主要建立在《寓言诗》(1668—1693)之上。
③ 《司卡班的诡计》(1671),法国古典主义喜剧创建者莫里哀(1622—1673)的三幕散文喜剧。该剧上演表明莫里哀与法王路易十四的关系出现裂痕,曾支持过莫里哀的布瓦洛批评道:"我在《司卡班的诡计》中再也认不出《恨世者》(1666)的作者了。"
④ 参见《月曜日丛谈》第六卷,第417页。
⑤ 《帝政时期的夏多布里昂及其文学团体》(1861),圣伯夫在列日大学的讲稿汇编。

从而指出通常大家赞扬的人也多有可指责处,或者把说相反意见的人列入另一种派别的思想。

矛盾不是出在两次寻访之间,而是出之同一寻访人之口。圣伯夫不会错过机会提起一则趣闻,索取一封书信,吁请一位权威哲人做证,而这些想入非非的哲人求之不得横插一杠子,指出刚才表示某种意见的人原来持完全不同的意见。

莫莱①先生手持大礼帽回忆道,当拉马丁获悉鲁瓦耶-科拉尔②参加竞选法兰西学院院士,主动写信给他,提出为他投赞成票,但等到选举那天,他却投了反对票;另外一次,拉马丁明明投票反对安培入选,却派德·拉马丁夫人去雷卡米耶夫人③家向安培道贺。

我们将看到,如此肤浅显露的观念虽然未变,那种牵强附会的理想却永远消失了。需索缠身,迫使圣伯夫不得不放弃那种理想生活。他被迫辞去马扎兰图书馆馆长之后,为了生计,不得不首先接受到列日大学授课,后来为《宪政报》写专栏:《月曜日丛谈》。从此,他曾经企望的闲情逸致让位于发奋工作。他的一位秘书写道:"我不禁想起我们杰出的作家早晨梳洗时,用铅笔在某份报纸一角潦草写下一件事,一个想法,一句油然而生的句子,他脑子里已经定好这个句子应当放在什么地方,尽管文章还处在腹稿中。我来上班,就得保存好报角,容易丢失呀。圣伯夫先生对我说:'放在这样的地方……注意我要加进的内容……'他一清早就顾

---

① 莫莱(1781—1855),法国政治家,法兰西学院院士(1842)。与圣伯夫过从甚密。
② 鲁瓦耶-科拉尔(1763—1845),法国政治家和哲学家,法兰西学院院士。
③ 雷卡米耶夫人(1777—1849),法国贵妇,著名美人。她的文化沙龙嘉宾云集,安培、夏多布里昂等皆为常客。大卫著名的肖像画《雷卡米耶夫人》藏于罗浮宫。

及我的秘书工作,甚至在我们开始工作之前,突然提醒那篇写了两天的文章。但大师很快让我进入本题,我早已适应了,他头脑灵活,思维敏捷。"

想必靠此勤奋使得圣伯夫把许多想法公之于世,倘若他囿于起初喜爱的那种懒散的生活,也许他的想法永远见不了天日。他的心好像被打动了:正急需创作的某些才子,诸如法布尔、福里埃尔和丰塔纳①,倒获益匪浅。十年中,他原来留给朋友们的,留给自己的,留给一部深思熟虑的著作做素材的,尽管也许永远写不出来,他不得不把这一切络绎不绝地公布于众。他备用的思想库,我们认为有不少弥足珍贵的想法,可以用来作为一部小说的结晶,可以发展成为一首诗,可以在某天读书时,从自己的思想深处感受到某个想法极好,把它说出来,勇敢地公布出来,作为精美的献礼,但圣伯夫没有这样做,反而牺牲了他的以撒②,牺牲了他最珍爱的伊菲革涅亚③。用圣伯夫自己的话来说:"我用了一切手段,直到弹尽粮绝。"可以说,十年中他每周一放出的烟火明亮无比,在制作中,他用掉的素材,写成作品比较有可能传世。但他非常清楚,用掉不等于失掉,因为传世无非永久一点或流传一时,反正文章犹在,即使昙花一现,自会有人收集汇编,总会有人继续引用,流芳后世。事实上,这些书有时非常有趣,有时甚至着实讨人喜欢,着实使一些人消遣解闷,欢度时光;毫无疑问,这些人会真心诚意用圣

---

① 福里埃尔和丰塔纳,像法布尔一样,均为昙花一现的才子。
② 以撒,《圣经》人物。亚伯拉罕百岁生子,取名以撒。他曾向耶和华许诺,如得子,必献于神明。一日,亚伯拉罕把心爱的独子带入森林,备好劈柴,就在准备燔祭时,耶和华派天使下凡,叫亚伯拉罕手下留情。这时森林中出现一只公羊,亚伯拉罕以公羊代替以撒献祭。参见《圣经·创世记》。
③ 伊菲革涅亚,希腊神话中阿伽门农的爱女。阿氏率军出征特洛亚,途中因射杀赤牝鹿而得罪狩猎女神阿耳忒弥斯,女神大怒,降下逆风,使希军受困。先知卡尔卡斯预言,必须以伊菲革涅亚献祭才能有顺风。于是阿氏借故把女儿接来,把她献祭给女神。幸女神见怜,用一只赤牝鹿代替,使姑娘得救。

伯夫评论贺拉斯①的话来评论圣伯夫本人:"现代各族人民中,尤其在法国,贺拉斯已经成为一本必备的书,无论培养情趣和诗意,还是培养审时度势和通权达变,都必不可少。"②

圣伯夫取《月曜日丛谈》为总题,提醒我们那一篇篇文章对他来说是一周狂热的劳动和可喜的成果,是每星期一早晨在蒙帕纳斯街睡醒时的光荣感。周一早晨,冬季天亮时紧闭的窗帘上端还是灰蒙蒙的,他打开《宪政报》,感到就在同一时间他精选的词语把他发现的光辉思想作为新闻送到巴黎的许许多多房间,引起许许多多人的赞美,这种赞赏是一种自我感觉,发现自己油然而生一个好想法,比在别人文章中读到的想法更美好,并把想法表现得非常有力,发挥得淋漓尽致,连他自己起初都没有发现,有明言直说,也有暗度陈仓,两者中特别对暗示隐语爱不忍释。想必他不至于有初出茅庐的激动:初试锋芒的文章躺在报馆好久了,年轻人每天打开报纸总见不着自己的文章,到头来灰心丧气了。但一天早晨,他母亲走进他的房间,比平时更漫不经心地把报纸放在他身边,好像没有任何有趣的东西可读。然而,她把报纸放得离他很近,让他不可能会忘记读报,于是匆忙退出,生硬地阻挡正准备进屋的老女用。他笑了,因为他领会了亲爱的母亲存心不露声色,让他自己获得完全的惊喜,让他自个儿享受快乐,不因别人多嘴多舌而受刺激,因为他阅读时,若有人在旁边万一不谨慎希望分享他的快乐,他出于自尊,不得不掩盖快乐。尽管天边朝霞火红,大街小巷薄雾迷蒙,成千上万份报纸油墨未干,加上清晨湿润,随着报贩奔跑,把

---

① 贺拉斯(前65—前8),古罗马诗人。作品有《讽刺诗集》《长短句集》《歌集》《世纪之歌》和《诗艺》等。《诗艺》系其创作实践的经验之谈。贺拉斯继承传统的艺术模仿自然的观点,强调生活是创作的源泉;虽然重视艺术的形式完美,却主张文学的教育作用。《诗艺》对欧洲古典主义的影响十分明显,受到圣伯夫的推崇。

② 参见《论维吉尔》,第455页。

他的思想送到千家万户,在灯火依旧的房间里,泡入牛奶咖啡的热蛋糕不如报纸更富有营养更美味可口。他很快叫人再买几份,企图亲自用手指触及这种繁衍惊人的奇迹,设想自己是新读者,用不带偏见的眼光打开另一份,结果找到同样的思想。恰似太阳膨胀、饱满、照耀,从紫红的地平线喷薄而出,他在这同一时辰,看见自己的思想得意扬扬地在每个读者的脑海里太阳似的升起,把每个脑海染得五彩缤纷。

圣伯夫早已不是初出茅庐,体会不到上述快乐。然而,冬天的凌晨,他躺在高支柱床上想象德·博瓦涅夫人①打开《宪政报》,想象下午两点掌玺大臣②拜访德·博瓦涅夫人,跟她谈话;没准今晚他会收到阿拉尔先生或德·阿布维尔先生一封短简向他通报什么想法。因此,他的文章在他看来就像一座拱桥,一端扎根于他的思想和散文,另一端扎进读者的头脑和仰慕,从而结束其拱形曲线以及最后的表象。有篇文章,像报载的议会简报,我们读了不禁打寒噤,比如这样的句子:"部长会议主席,暨内务及宗教事务部长:你们将看到……(右翼强烈抗议,左翼热烈鼓掌,长时间喧哗。)"从句子布局看出,开头直呼职称,后跟感情波澜,中间插实际的话语,构成浑然一体。"你们将看到……"句子还没有完,紧接着"右翼强烈抗议",等等,作为结束,比中间更漂亮,与开头呼应合璧。这样看来,新闻文体之美不完全在于文本,美完成于思路中断之际,恰如断臂维纳斯。由于美从众人(哪怕众人都是精英)吸收最新的表现,这种表现总有点庸俗。记者面对这个或那个读者,斟词酌句,不肯表示赞赏与否,并寻求与自己的思想相平衡。所以,他的作品是在别人无意识合作下写成的,缺少个性。

正如刚才我们看到圣伯夫认为他所喜欢的沙龙生涯是文学必

---

① 博瓦涅夫人(1772—1866),主持沙龙的贵妇。
② 掌玺大臣,指帕斯基埃(1767—1862),法国政治家,法兰西学院院士(1842)。

不可少的,一会儿路易十四宫廷,一会儿督政府①选定的文社,同时,这位每周出现一次的创作者,经常甚至星期天都不休息,但每周一得到光荣的报酬,与优秀鉴赏家交谈津津有味,对没有出息的作家口诛笔伐,把整个文学设想为不同类型的《月曜日丛谈》,汇集成书后也许有人会重读,但写作时必须及时考虑优秀鉴赏家的意见,为了讨好卖俏,无法过多指望身后如何了。他按四时八节看待文学。他给贝朗瑞②的信中写道:"我向您宣布一个有趣的诗歌时节。有人在牧场上等待我们⋯⋯"由于他赋有崇高的古代智慧,他说:"此后适合我本人派上用场的诗歌已荡然无存,您的诗歌也不复存在了,我们之后是乱哄哄、醉醺醺的几代诗人,他们才不管三七二十一哩。"③听说他临时寻思是否以后还有人喜爱文学,他对龚古尔兄弟谈及《热尔韦泽夫人》④时指出:"回来时要容光焕发,胃口大开。这部罗马小说将适逢其时,我觉得对于你们,文学舆论已处于觉醒和知音的好奇阶段,你们只需发挥一下才华,就可一鸣惊人。"⑤文学在他看来是一件时事,人物有多少价值作品就有多少价值。总之,宁可起重要的政治作用和不操笔杆,也不可做政治反对派和写处世之道的书籍⋯⋯如此等等,简直就像爱

---

① 督政府,1795至1799年法国政府,即拿破仑称帝前的政权。
② 贝朗瑞(1780—1857),法国诗人和民歌作家。卖文为生,拒绝所有官方荣誉,包括法兰西学院院士头衔。"自由和爱国的诗歌曾经是并将永远是他伟大的首创"(圣伯夫语)。
③ 《文学家肖像》(1862—1864)第一卷,第139页。
④ 龚古尔兄弟,埃德蒙(1822—1896)和茹尔(1830—1870),法国小说家,始终不渝的合作者。其小说《热尔韦泽夫人》(1869)以真人真事为蓝本,即以他们的姑母为原型写成。热尔韦泽夫人撇下儿子,离开庸俗的丈夫,独自来到罗马,离群索居,以求安宁。但在一次复活节庆祝活动中被浓厚的艺术色彩和强烈的宗教气氛感染,狂热投身于宗教信仰,临终时受到教皇私下的祝福,激动不已,窒息而死。圣伯夫鼓励龚古尔兄弟去罗马实地勘察,忠实写出真人真事。兄弟俩遵命去做,但事倍功半,令人失望。
⑤ 《龚古尔兄弟日记》(1887)第三卷,第275页。

默生所言，必须把双轮马车套在一个星座上。圣伯夫千方百计把他的车套在最偶然的东西——政治——上，他说："为一个伟大的社会运动撰稿在我看来是有意思的。"他反复二十次惋惜夏多布里昂、拉马丁、雨果参政，但实际上政治与他们的创作无干，反正，与圣伯夫的评论相比更加无干。为什么他说拉马丁"天才旁落"？谈到夏多布里昂时竟说："他的《墓畔回忆录》确实有失和气，这是大缺陷。因为，就天才而言，夏多布里昂血管中充满恶俗和各种流弊，几乎在其著作中比比皆是，尽管如此，我们从许多篇页中觉出大师的手笔，老狮子的利爪，一边是离谱儿的幼稚，一边是突如其来的高屋建瓴，有些段落优雅，美妙，神奇般的美妙，显见神工鬼斧……"①"至于雨果，我实在无可奉告。"②

圣伯夫认为他涉足的沙龙情趣盎然，大家又彼此尊重。德·阿布维尔夫人在给他的信中写道："请记住，您若珍视人家的意见，人家便珍视您的意见。"他告诉我们，德·阿布维尔夫人在信中送给他一句座右铭："存心讨人喜欢，依旧我行我素。"事实上，我行我素，在他难以做到，在同一篇文章两页以后他自己承认，只要雷卡米耶夫人活着，他便始终诚惶诚恐，不敢说夏多布里昂的坏话，一等到雷卡米耶夫人和夏多布里昂去世，他才报了一箭之仇；我不知道他在笔记和思想录中写的是不是这层意思："久做律师之后，我急切希望成为法官。"③不管怎么说，反正把先前的观点逐字逐句加以摧毁。先前圣伯夫需要述评《墓畔回忆录》，在雷卡米耶夫人家进行诵读，当读到夏多布里昂说："那个时代谁都不愿意

---

① 《论〈墓畔回忆录〉》，1830 年 3 月 18 日，《月曜日丛谈》第一卷，第 343 页。
② 圣伯夫曾与雨果过从甚密，后因染指雨果之妻，两人闹翻。有碍于此，对雨果不便妄加评论。
③ 引语不符原文却不歪曲原意又一例。圣伯夫写道："在评论方面我做律师相当久了，现在让咱们做做法官吧。"参见《文学家肖像》第三卷，第 534 页。

是自己父亲的儿子,难道不是粗俗的自负和离奇的光景吗?是的,正是进步时代、革命时代所产生的虚妄。"圣伯夫提出异议,认为夏多布里昂律己太严,显得过于温情:"不对,在德·夏多布里昂先生身上,骑士风度是一种不可剥夺的品质,他作为绅士从未有过闪失,但也从未成为进步的障碍。"[1]等到夏多布里昂和雷卡米耶夫人死后,他重读《墓畔回忆录》,谈到这一相同的章节时,断然截住威风凛凛的叙述者下列这句话:"一看到我的贵族头衔,我就有权自以为是布列塔尼公爵们的后裔,如果我继承了父亲和兄长的自命不凡。"但这次圣伯夫改弦易辙,不再说:"那太自然不过了……"而是说:"怎么,如果不是像您所说兼有他们俩的自命不凡,您难道还自以为治愈了自命不凡?那正是双重的自命不凡,至少您所指责令尊令堂的自命不凡还比较朴实一点呢。"[2]甚至对掌玺大臣帕斯基埃也是如此,他曾经狂热颂扬过,好处说得无以复加,说什么言明意晓,情趣盎然,锲而不舍;我觉得他之所以没有反悔,大概因为德·博瓦涅夫人无限期做老寿星,阻止他反悔吧。掌玺大臣给他写信:"德·博瓦涅夫人抱怨见不到您了。请您来卢森堡公园接我,好吗?咱们好好聊聊……"正如乔治·桑给他的信中所写:"缪塞经常想去拜访您、为难您,上门邀请您来寒门一聚,但被我阻止了,尽管我随时准备陪他一起登门拜访,如果我不怕这是徒劳的话。"[3]掌玺大臣死后,德·博瓦涅夫人依然健在。[4]这了讨好这位悲伤的女朋友,圣伯夫发表三篇文章纪念掌玺大臣,颇多溢美之词。帕斯基埃去世时,圣伯夫在《当代人物肖像》专栏

---

[1] 《文学家肖像》第一卷,第25页。
[2] 《月曜日丛谈》第一卷,第350页。
[3] 缪塞(1810—1857),法国杰出的浪漫主义诗人和剧作家。与乔治·桑有一段情史。此信写于1833年9月19日。
[4] 帕斯基埃享年九十二岁;博瓦涅夫人享年九十五岁。

著文:"库赞①如是说……"可他在玛尼晚宴上对龚古尔说:"在夏多布里昂文学团体中,他(帕斯基埃)勉为其难……儒贝尔②最瞧不起他。"有趣的是,圣伯夫说了这番话后,还吹嘘自己记忆力"超群"。于是龚古尔向他宣告:"如果我死在您前面,上帝保佑我不受您的哭丧。"③

一般而言,圣伯夫敏感易怒,任性多变,对先前迷恋的东西迅速厌弃,这一切使得他"我行我素",即使别人还活在世上。用不着死掉,只需跟他翻脸就够了,这我们从他自相矛盾的文章看得出来,诸如论述雨果、拉马丁、拉姆内④……以及贝朗瑞,举他在《月曜日丛谈》中论述贝朗瑞为例:"十五年前我描绘过贝朗瑞肖像,只写光明面不写阴暗面,有人可能记得,现在恰恰为了纠正他们的视听,我决意重绘贝朗瑞肖像。十五年,够久了吧,模特儿起变化了,或至少有更成熟的标志了;对有志于艺术的人,尤其久了,有志者必须自我修正,自我塑造,自我改变,总之出自他内心深处。我年轻时给这位诗人描绘肖像不免带着友爱和激情,我不后悔,那时甚至存心串通捧场。今天,我有言在先,不捧场了,真诚希望按人与事的本来面目看待和表现人与事,至少按当前我目睹的人与事。"⑤这种"夺回的自由"使他"讨好的愿望"获得了抵消力量,这种平衡力量对于思考是必不可少的。应当补充一点,在他身上,有某种对既定权贵屈膝的禀性,既有世俗的温情和保守派的体贴,又有自由温存和自由思想家的亲切。多亏前者,我们有很大的回旋余地,七月王朝所有的政治大

---

① 库赞(1792—1867),法国哲学家,法兰西学院院士(1831)。
② 儒贝尔(1754—1824),法国伦理学家。能言善辩,博识多闻,蜚声巴黎上流社会。与夏多布里昂过从甚密。
③ 《龚古尔兄弟日记》第二卷,第189页,1864年4月11日。
④ 拉姆内(1782—1854),法国作家和思想家。
⑤ 《论贝朗瑞》,1850年7月15日,《月曜日丛谈》第二卷,第225页。

人物都在他的著作中占有一席之地；在一家家沙龙，他召集各路英雄前来交谈，心想真理越辩越明，每到一处必有莫莱先生，尽可能搜罗诺阿耶家族①的后裔，二百年后他仍狂热崇拜他们，以至因在一篇文章中全文援引圣西门②描绘的德·诺阿耶夫人肖像而倍感罪过，同时，与此相反，他愤怒申斥贵族出身的候选人申请进入法兰西学院，尽管德·布罗伊公爵入选是完全合情合理的，他竟说，这等人到头来指使他们的看门人给予称号③。

就拿他对法兰西学院的态度来看吧，他一面支持莫莱先生，一面虽认为他的好朋友波德莱尔参加候选是开玩笑，却声称他游说院士们博得了好感，已经应该为此感到骄傲："您留下了好印象，这难道微不足道吗？"他一面支持勒南④入选，一面又支持泰纳，却认为泰纳把《历史与批评文集》送交院士们审阅是卑躬屈节；他愤怒申斥杜庞卢主教大人⑤阻止利特雷⑥入选法兰西学院，从第一天起他就对秘书说："每周四我去法兰西学院，我的同事们是无名鼠辈。"他写了些讨好卖俏的文章时，私下对一些人直言不讳，但

---

① 诺阿耶家族，法国名门望族。十六至十八世纪中叶各代传人都是高官显贵，权势赫赫。著名的圣西门《回忆录》多有叙述。
② 圣西门（1675—1755），法国军人和作家。其《回忆录》是他那个时代的历史见证。——编者注
③ 布罗伊公爵（1821—1901），法国政治家和文学家，法兰西学院院士（1862）。著作甚丰。圣伯夫确实反对布罗伊公爵入选，所谓"指使看门人给予称号"，是戏拟的比喻。
④ 勒南（1823—1892），法国哲学家、历史学家和宗教学家。在圣伯夫死后十年才被选为法兰西学院院士（1879），比泰纳晚一年。
⑤ 杜庞卢（1802—1878），法国天主教主教，法兰西学院院士（1854）。强烈反对勒南、泰纳、利特雷选入法兰西学院，阻止利特雷入选一度成功，再度阻止失败后，愤然辞职而去。
⑥ 利特雷（1801—1881），法国哲学家、语文学家和政治家，法兰西学院院士（1871）。主编著名的《利特雷法语词典》（1863—1873）。

粗暴拒绝为蓬热维尔先生①说好话,他说:"今天,他进不了。"②他有他的所谓尊严感,并郑重其事地表现出来,有时显得滑稽可笑。且不说那次荒唐地被指控接受一百法郎的贿赂后,他给《辩论报》写公开信,声称这封信的语气光明正大,只有正人君子才写得出来。且不说受到彭马丹指控③后,他愤怒反驳道:"请弄清楚,先生,您若不是人微言轻,无足轻重之辈,想必是恶意中伤之徒。"更不用说他认为受到维尔曼先生④影射后大叫大嚷。他滑稽可笑。不仅如此,请看,他通知龚古尔兄弟说他准备说《热尔韦泽夫人》的坏话之后,从第三者听说龚古尔兄弟向玛蒂尔德公主⑤告状:"圣伯夫尖刻……"他大发雷霆,嚷道:"我才不尖刻呢。"当龚古尔兄弟写信询问圣伯夫何时发表他曾许诺为《热尔韦泽夫人》写的文章时,他书面回答道:

"经过深思熟虑后,我觉得很可能进退维谷,这项行动计划很难乃至几乎不可能实现:作品的细部受到一片赞扬,在这样的氛围中很难对创作手段和整体阐述提出异议,更难的是不但不可伤害两位作者,而且要避开他们好友们的评论,这些评论或多或少是宽厚的,没准是很机灵的。

"我不得不考虑我自己,所以我坦然承认。因为已经有反响,虽然不严重,但敲响了危险的警钟。

"由于我的意图和打算写这些文章的思想是非常清楚的,由

---

① 蓬热维尔(1782—1870),法国翻译家,法兰西学院院士(1830)。翻译出版大量古罗马经典著作。
② 《新月曜日丛谈》第十二卷,第 422 页。
③ 彭马丹(生卒年不详),著文攻击圣伯夫是"背德批评家,一切背德的祖师爷"。参见《月曜日丛谈》第十五卷,第 349 页。
④ 维尔曼(1790—1870),法国政治家,索邦大学文学教授,法兰西学院院士(1821)。
⑤ 玛蒂尔德公主(1820—1904),拿破仑亲侄女。她主持文化沙龙时经常接待泰纳、勒南、龚古尔兄弟、福楼拜等。

于这些文章今天与六个月前没准会是相同的,所以如果写出来,那正如我们的朋友泰纳所说,绝不会对环境的温度变化有任何贡献,那样的话我会感到难过的。"①

这是另一副面孔的圣伯夫了。

有时我寻思,圣伯夫著作中最精彩的,是不是他的诗。反正在他的诗中,一切趣味游戏中止了。笔到之处不再转弯抹角,翻手为云覆手为雨,极尽诱惑之能事。奇妙而可怕的怪圈破裂了。仿佛圣伯夫始终如一的虚妄取决于表达时矫揉造作的技巧,一旦停止以散文形式评说,便停止撒谎。就像一个大学生,当他不得不把自己的思想用拉丁文表达时,他不得不和盘托出;圣伯夫也一样,当他第一次直面现实时,他从现实获得直接感受。《金黄的阳光》和《拉辛的眼泪》以及他全部韵文②所表达的直接感受多于他的散文。只是,倘若他抛弃撒谎,他便抛弃一切优势。有如一个好酒成习的人戒酒改饮牛奶,旋即失去虚假的活力,从而一蹶不振。"这家伙,多么笨拙,多么丑陋。"③这位饮誉天下的大批评家风流倜傥,精明仔细,戏谑诙谐,善于怜悯,熟悉门路,文笔娴熟,写起诗来却黔驴技穷,真真叫人可怜。一无所长。除开他博古通今的学问和文人的生涯,他的诗才仅限于摒弃夸张、俗套、放肆,其形象讲究矫饰,选择严格,有点像安德烈·谢尼埃或阿纳托尔·法朗士,工致而精美。这叫功夫不负有心人,但不属他的天分。他仰慕忒奥克里托斯④,库珀⑤,拉辛,千方百计仿效他们。至于他自己,无意

---

① 《龚古尔兄弟日记》第三卷,第 292 页。
② 圣伯夫一生发表过三部诗集:《约瑟夫·德洛姆的生活、诗歌和思想》(1829)、《安慰集》(1830)和《八月的思想》(1837),均为早期作品,无多大文学价值。
③ 普鲁斯特想起波德莱尔的诗《信天翁》,引用于此。
④ 忒奥克里托斯(约前 300—约前 260),古希腊诗人,牧歌的创始者。
⑤ 库珀(1789—1851),美国小说家。代表作有《间谍》《拓荒者》《最后的莫希干人》《舵手》等。

识的自己,内心深处的自己,私下的自己,无非只有笨拙。东施效颦,成了他难移的本性。他的诗少得可怜,虽可爱和真挚,但也凭学识的功力,有时也靠运气,才表达出爱情的纯洁,大都市傍晚的忧郁,回忆的奇妙,阅读的激情,多疑老人的惆怅,这一切让人看到——因为我们感到这是他身上唯一真实的东西——完全没有评论作品的含义,而他的批评著作不可思议,浩如烟海,闹得沸反盈天,满城风雨,是把一切说得天花乱坠的必然结果。《月曜日丛谈》,表面文章而已。小诗几许,才是实际成果。批评家的小诗为其整体著作的不朽肩负着重荷。

热拉尔·德·奈瓦尔[①]

"热拉尔·德·奈瓦尔,像个从巴黎到慕尼黑的掮客……"[②]

这个评价今天来看似乎令人莫名惊诧,因为大家一致宣称《西尔薇》是一部杰作。但话说回来,我认为今天欣赏《西尔薇》颠倒了主次,以致我宁愿让圣伯夫把这部中篇留在遗忘之域,因为从圣伯夫只字未提的空白中走出来可以保存完好无损,会有神奇的新鲜感。即使遗忘使一部杰作受到更大的损害甚至面目全非,一旦真正把作品之优美解释透了,杰作很快会脱颖而出。古希腊的雕塑若受到学院派的注释也许更出乖露丑,拉辛的悲剧若受到新古典派的注评更名誉扫地,不如索性被忘得一干二净。与其从拉辛的作品看出康皮斯特隆[③],不如不读拉辛。今天,把抹黑的一套东西洗刷掉了,如果他不为人知的话,他就会以崭新和独特的面貌呈现在我们面前。古希腊的雕塑也是如此。这是罗丹,就是说,一位反古典主义者所指明的。

今天,按约定俗成的说法,热拉尔·德·奈瓦尔是个迟到的十

[①] 奈瓦尔(1808—1855),法国诗人和散文家。出生于大巴黎地区的瓦卢瓦,早年丧母,父亲是随拿破仑远征的军医。代表作《西尔薇》(1854)、《奥蕾丽娅》(1854)、《火焰姑娘》(1854)等,回忆青少年时期的生活,描写风景秀丽的故乡风情和少年时代恋人的形象,行文充满梦幻气氛,富有神秘色彩,语言如行云流水。在世时未受赏识,后对象征派诗歌和超现实主义颇有影响。普鲁斯特是最早给予其高度评价的人之一。
[②] 《新月曜日丛谈》第四卷,第454页。
[③] 康皮斯特隆(1656—1723),法国剧作家。以雨果为首的浪漫派,或称新古典派,讨厌拉辛,尤其讨厌康皮斯特隆。

八世纪作家,浪漫主义影响不了一个纯高卢人,既守传统又乡土气十足,给《西尔薇》涂上一层把法兰西生活理想化的稚拙而纯清的油彩。这就是人们为奈瓦尔绘制的肖像,而奈瓦尔二十岁就翻译了《浮士德》,去魏玛拜访歌德,为浪漫主义供应全部的外国灵感;从青年时代就犯精神病,后来被禁闭;他怀念东方不能自拔①,最后吊死在肮脏不堪的院子暗门上,遥向东方而离世;由于他生性乖戾,神经错乱,他的举止和结交稀奇古怪,人们难以确定他是在精神病发作时自缢身亡,还是被与他厮守的某个伙伴暗杀,这两种可能同样说得通!精神病人,若不是那种纯气质性的疯子,丝毫不影响思维性质,正如我们熟悉的这类发疯的病人,他们除精神病发作外,非常通情达理,头脑几乎过分有理性,过分讲究实际,只因体貌忧郁而苦恼。在热拉尔·德·奈瓦尔身上,与生俱来的疯癫在未发作时,仅仅表现为过分主观,可以说比大家更加重视一场梦幻一个回忆,更加重视感觉的个人品位;对于现实,大家的感觉和觉察相同,他却更为注重。这种艺术禀性,用福楼拜的话来讲,导致把现实仅"用来当幻觉描绘"的天赋,导致造成假象的天赋,这原本用来描绘某种现实是很有价值的,最后却变成癫狂,正好切合文学独有的精华演变,随着他对癫狂的体验,不断把癫狂描写出来,至少只要还可以描写的时候是如此吧,如同艺术家追忆睡觉时从清醒到入睡的有意识阶段,直到进入梦乡才结束二重分裂。也是在他生命的这个时期,他写下了了不起的诗歌,没准有法兰西语言中最美丽的诗句,但像马拉梅的诗一般晦涩,按泰奥菲尔·戈蒂埃②

---

① 奈瓦尔曾远游埃及、君士坦丁堡等地,发表《东方游记》(1851),当年精神病复发。
② 戈蒂埃(1811—1872),法国诗人。在其小说《莫班小姐》的序言中提出"为艺术而艺术"的主张。

的说法,晦涩得令利科夫龙①相形见绌,更不用说其他诗人了……

  我是冥府的人……②

  然而,在诗人热拉尔和《西尔薇》的作者之间没有丝毫中断性跨越。甚至可以说他的诗和中篇小说只不过是为表达相同的东西进行不同的尝试,就像波德莱尔的《散文诗》和《恶之花》;这当然是人家对他的一种责备,但也不失为一种特色,作为作者,即使不算二流,至少也没有真正确定的天才,但不管怎样,他既创造了艺术形式又形成了自己的思想。在这样的天才身上,内心的想象是肯定无疑的,非常强烈的。但,意志的病变,果断本能的缺乏,智力的优势,这一切表明宁愿走不同的路,而不愿一条道走到底,所以先试着写诗,然后为了不失去最先的想法,又着手写散文,如此并行不悖。

  我们看到有些诗句差不多表达相同的东西。在波德莱尔的作品中同样如此,我们举个例子,波氏韵文中有一句:

  纯清的天空中颤抖永恒的热。③

与此相应,《散文诗》有一句:

  在纯清的天空消失永恒的热。④

同样,大家从我此刻引的一句诗认出西尔薇的窗户:

  葡萄架上葡萄藤联姻玫瑰花。⑤

---

① 利科夫龙(活动时期前3世纪末),古希腊悲剧诗人和语法学家。这位满腹经纶的大师认为诗愈晦涩愈好。
② 《幻景·不幸的人》。
③ 《恶之花·头发》,第20行。
④ 《巴黎的忧郁·头发中的半个世界》。以上两句诗,普鲁斯特凭记忆引用,与原文有出入。——编者注
⑤ 《不幸的人》,第8行。

《西尔薇》写到窗户上:

  葡萄藤缠绕拥抱玫瑰花。

再说,在《西尔薇》中,每幢房屋前后都有玫瑰花与葡萄株交织并长,朱尔·勒梅特先生在著作《论拉辛》①中引了《西尔薇》开始的一段:"姑娘们在草坪上一边跳圆圈舞一边唱母亲们传下来的老歌,歌词的法语是那样的自然纯粹,令人感到实实在在生活在瓦卢瓦这块古老的土地上,法兰西的心脏一千多年就在此跳动呢。"②我的援引丝毫不针对《论拉辛》的作者,下面我将做出解释。悠久的法兰西传统?我完全不认为如此。应当把这句话重新放在应有的位置上。这是在似梦非梦的情况下说的:"我重新上床,久久不能入睡。进入半睡半醒时,迷迷蒙蒙,整个青年时代重新回忆起来了。其时所处的状态是,意识依然抵抗着梦幻的离奇组合,还经常能够看见一长段生活中最显著的画面在几分钟内接踵而至。"③你们立刻认出热拉尔的诗句:

  我宁愿为一首曲子牺牲
  全部的罗西尼、莫扎特、韦伯④

这里我们所看见的,是非现实色彩的画面,是我们在现实中看不见的,甚至词语难以追述的,但有时我们会在梦中见到或由音乐唤起。有时入睡的那一瞬我们有所瞥见,很想把画面轮廓固定下来。可是惊醒了,什么也看不见了,只好作罢;要不然把画面固定下来以前就睡着了,仿佛不允许智力看清似的。这类画面中生灵本身

---

① 勒梅特(1853—1914),法国作家和批评家,法兰西学院院士(1896)。《论拉辛》被誉为法兰西批评的经典。
② 普鲁斯特记忆有误,此段引文不在《西尔薇》开始,而在第二章第二段。参见七星丛书版《西尔薇》,第 269 页。
③ 《西尔薇》第二章。
④ 《幻想曲》,第 1—2 行。

也在做梦哩。

> 我记忆犹新,曾见过
> 也许他生再相聚的女人①

　　这与拉辛不是风马牛不相及吗?渴求和梦想的对象恰恰是拉辛身体力行的法兰西魅力,说他表达了这种魅力而未有感觉,那是非常可能的,但觉得好像把绝对同类的东西归并了:把一杯清凉的净水和一个发热的病人归类,因为病人渴求解渴;把姑娘的天真和老人的好色归类,因为前者是后者的梦想。我指出这一点,丝毫不影响我对勒梅特先生崇敬至深,也毫不影响他那本精彩的书的价值,他的《论拉辛》是无与伦比的;勒梅特是创造者,在这个时代尤为难能可贵,他独创了一种批评,阐述了一系列创见,其中最具特色的篇章将留传后世,因为完全是他个人独到之见,他喜欢从一部著作中抽取大量的东西,洋洋洒洒,真有点像一个个魔术杯,取之不尽似的。

　　然而,实际上,这一切的一切无论在《菲德拉》还是在《巴雅泽》②中连一点儿影子都没有。如果出于某种原因在一本书中引入土耳其这个词,再说如果作者对此毫无观念、毫无印象、毫无要求,我们就不能说土耳其存在于这本书中。什么拉辛如太阳,如日中天,光辉普照,等等。在艺术上只能以已表达的或感受到的东西为依据。说土耳其与一部著作无关,指的是书中没有关于土耳其的观念,没有对土耳其的感受,等等。

　　我很清楚,对某些地方,除了有文学性质的依恋之外,还存在其他形式的依恋,这些形式比较无意识,但也同样重要。我知道有些人不是艺术家,诸如公营部门头目,大小资产者,医生,他们当中有些人不在巴黎买漂亮的公寓套房,也不买汽车,不上剧院,却把

---

① 《幻想曲》,第 15—16 页。
② 《菲德拉》(1677)、《巴雅泽》(1672),拉辛的悲剧作品。

他们的一部分收入投到布列塔尼去买一幢小房子，在那里他们傍晚散步，无意中得到艺术享受，最多时不时说一声"天气真好，舒适极了"，或"傍晚散步，令人心旷神怡"。但丝毫不能说这在拉辛的著作中是存在的，不管怎样，丝毫没有怀旧的性质，没有《西尔薇》的梦幻色彩。今天出现了整整一个学派，虽然反弹占统治地位的所谓抽象是在玩弄词义，但给艺术强加了一种新的游戏，硬说革新了旧的游戏，并且开始有了新的约定俗成：为了不使句子累赘，把句子的内容全部抽空；为了使全书的轮廓更加清晰，干脆把难以表达的一切印象统统排除，把一切思想统统排除；为了保存语言的传统性，老是满足于千篇一律的套语，连重新想一想的力气都不肯费。所谓笔调简练，句法优雅，句步轻快，不是非常可取的。跑步之前如果把肩负的所有财宝统统扔进河里并不困难嘛。一味轻装前进迅速到达，轻快倒是轻快，但无足轻重，因为抵达目的地时什么也没带到。

以为某种艺术可以依仗过去，那就错了。不管怎样，不应该依仗任何人，更不应该依仗热拉尔·德·奈瓦尔。他们之所以相信这一套，是因为他们喜欢作茧自缚，在他们的文章诗歌小说里描绘法兰西美景，那是一种"适得其中的美，明快的建筑，可爱的天幕，山坡和教堂，而且要像达马尔坦和埃姆农维尔那样的山坡和教堂"①。这就同《西尔薇》相去甚远了。

当巴雷斯先生给我们讲尚蒂伊、贡比涅和埃姆农维尔各乡各镇，当他给我们讲登上瓦卢瓦河诸岛或进入沙阿利森林或蓬塔梅森林，我们之所以感到津津有味，是因为这些地名在《西尔薇》中已经读到，并非因回忆真实的时间而为我们所知，而为这个"有趣

---

① 巴雷斯语。

的疯子"①所感受到的,他带着清新的愉快和怀着忐忑不安的心情感受这一切;对他来说,这是把森林中度过的早晨或更确切地说把地名"似梦非梦"的回忆变成令人心荡神驰的魅力。大巴黎地区,整齐划一,错落有致,颇为优美,等等。嘿!这与《西尔薇》相差多远哪!除了清凉,除了早晨,除了天气晴朗,除了追忆过去,还有某种难以言表的东西,正是这种东西使得热拉尔跳起来舞起来唱起来,但不是由于健康的喜悦,而是向我们传送那种无限的心乱:每当我们想起那边地域依旧,我们可以前往西尔薇的故乡散步,就有心乱的感觉。对此,巴雷斯先生有什么高见呢?② 他给我们点了这些地名,说了带有传统色彩的事情,他的感受是,身临其境感到开心,一切都属于今天的,不怎么庄重了,不怎么"颇为优美"了,不怎么像"大巴黎地区"了,好似在我们大白天葬礼中摇晃的蜡烛所透出的神圣温柔,好似十月薄雾轻绕的教堂大钟,这是哈莱斯先生③和布朗热先生④的说法。最后的证据是几页之后可以读到相同的追忆,那是巴雷斯先生写给德·沃盖先生⑤的,当时德·沃盖留连都兰区,观光"按我们的情趣构建"的景色,观赏金色的卢瓦河。这一切与热拉尔·德·奈瓦尔相去十万八千里!诚然,我们清楚记得冬天最初的早晨令人陶醉,记得旅行的欲望,记得远处阳光灿烂的妙景。但我们的愉悦是由心荡神驰激起的。终于有一天在热拉尔身上变成疯魔。暂且谈不上什么整齐划一,什么典型的

---

① 暗指热拉尔·德·奈瓦尔。
② 巴雷斯1906年入选法兰西学院,接替1894年入选的诗人埃雷迪亚(1842—1905)。后者原籍古巴,九岁随父定居法国瓦卢瓦地区。因此,巴雷斯在入选仪式上大讲该地风情、水土、人物、文化等,又因埃雷迪亚是颇有建树的诗人,自然把他与奈瓦尔联系在一起,尽管牵强附会。
③ 哈莱斯(1859—1930),原籍英国的法国杂文家。
④ 布朗热,兄雅克(1870—1944),有专著《在奈瓦尔的家乡》(1914);弟马塞尔(1873—1932),新古典主义评论家。此处可能指雅克。
⑤ 沃盖(1848—1910),法国作家和批评家,俄罗斯文学专家。

法国式。热拉尔的天才使这些地方浸透了愉悦。我想一切感觉敏锐的人都可以接受梦幻的暗示,这种梦幻引人入胜,像引路的箭头,"因为没有比'无穷'的箭头更为锋利的了"。并非谈论爱情,我们的情妇就引我们心乱,而是说到她的生活细节,比如她套裙的一角,她的名字,等等,我们这才追忆无穷。所以其余一切无关紧要,关键是地名,诸如沙阿利,蓬塔梅,大巴黎地区水域诸岛,这些地名使我们陶醉,每当我们想起某个晴朗的冬天早晨可以出发观光如梦如幻的地方,那里热拉尔曾经悠悠漫步过。

  所以,关于一些地方,人家尽可以向我们吹得神乎其神,我们却无动于衷。而我们多么愿意写下《西尔薇》这样的篇章。正如波德莱尔所言,人们不可能既享受天空又富有金钱①。人们不可能用智力和情趣凭空创造风景,哪怕像雨果,哪怕像埃雷迪亚,不可能使一个地方像瓦卢瓦那样笼罩热拉尔留下的梦幻氛围,因为正是先有热拉尔的梦想才有这样的氛围。我们可以想到雨果精彩的《维勒基耶》②和埃雷迪亚精彩的《卢瓦河》③而不感到心荡神驰,而读到火车时刻表上彭塔梅这个地名时则心跳神慌。热拉尔身上有某种只可意会不可言传的东西,人们乐意通过估量去理解它而不一定切身体验之,但这是一种独创因素,组成天才的一种成分,非天才不具备这种成分,属于凡夫俗子以外的东西,就像钟情比仰慕美和雅有更多一层的东西。这就是梦幻的启迪,恰如置身路易十三式的古堡前产生的感觉,即便智力聪慧到了勒梅特那般程度,把热拉尔作为有板有眼的优美典范加以表扬,未免阴差阳错了吧。热拉尔是个病态缠身的典范……明白这一点后,指出他的

---

  ① 《恶之花·意料之外》。
  ② 《维勒基耶》(1846),雨果怀念女儿的多篇诗作之一。1843年4月,雨果长女莱奥波尔迪娜婚后半年,同丈夫划船游玩,不幸溺死于维勒基耶附近的塞纳河中。这些怀念诗收入《静观集》(1856)。
  ③ 《卢瓦河》收入诗集《自然与梦幻》。

疯魔就无甚大碍了,差不多是传统的,古已有之,在这种情况下再管他叫"有趣的疯子",那巴雷斯就不失为风趣了。

那么热拉尔为创作《西尔薇》,是否重访了瓦卢瓦地区呢?当然去了。激情以为其对象是真实的,对一地区梦寐以求的情钟一定要目睹为快的。否则就不是真心诚意了。热拉尔天真可掬,所以云游四海。马塞尔·普雷沃[①]心想,足不出户才是梦。归根到底只有难以表达的东西才算梦,人们以为无法写进书里去的东西才是梦。梦是模糊而纠缠不休的东西,仿佛挥之不去的回忆。梦是一团朦胧的氛围。《西尔薇》中的氛围是似蓝非蓝的,赤紫橘红的。这种难以表达的东西,当我们体验不到时,我们好不得意我们的作品与有体验的人的作品平分秋色,因为说到底,词语是相同的嘛。只不过这种难以表达的东西不在词中而在言外,存在于字里行间,如同尚蒂伊的晨雾一般不可捉摸。

如果有一位作家,他与明快简易的水彩画背道而驰,千方百计艰辛树立自己,抓住和廓清模糊的色调、深奥的法则和人类心灵几乎难以把握的印象,那便是《西尔薇》中的热拉尔·德·奈瓦尔。你们称西尔薇的故事为稚拙的画卷,请记住,这个故事是梦中之梦。热拉尔试图回忆他曾爱恋的一个女人,其时他同时爱着另一个女人,他追忆的女人就这样占据他生活的某些时辰,每天晚上某个时候抓住他不放。在如梦似幻的图景中追忆那个时刻,使他产生奔赴那个地方的欲望,于是他下楼,叫人打开大门,乘车出发了。马车朝卢瓦济行驶,尽管一路颠簸,他仍回忆着,讲述着。经过一夜未眠,他终于到达,当时所看到的可以说是因彻夜未眠而从现实脱缰的东西,他返回的地方对他来说是一件往事,既存于他的心中,也至少在地图上有迹可循,与他络绎不绝的回忆紧密交织在一

[①] 普雷沃(1862—1941),法国作家,法兰西学院院士。

起,以至于我们不得不时时翻回去弄清所处何时何地,到底是现时还是过去的回顾。

　　书中人物就像上面我们援引的那句诗:"我记忆犹新,曾见过/也许他生再相聚的女人。"热拉尔以为阿德里埃娜是个女演员,其实使他坠入情网的,不是女演员,而是那些古堡,那些他仿佛目睹的过去生活其间的贵族绅士,圣巴托罗缪节①那天的节庆,他并不十分肯定是在举行节庆还是一场梦幻,他写道:"古堡看守的儿子脸色不好……"②我可以肯定地说,整篇作品中,人物只是一场梦幻的影子。上午一路风和日丽,拜访西尔薇祖母的房舍,这些都是真实的……不要忘记,那天夜里他只在露天睡了一会儿,做了一个奇怪的梦,还记得梦中发生的事情,因为醒来时耳朵里还在回响"三钟经"钟声,但循声听去,并没有什么钟声。

　　这样的早晨是真实的,如果要追根究底的话。但有激奋的气氛:稍微有一点点美丽之处都让人陶醉,都让人有做梦的快活,尽管现实通常并不允许。每件东西准确的颜色就像和谐那样叫你怦然心动。看见玫瑰花是粉红的,叫你激动得直想哭,抑或冬天,也是如此,每当看见树干上美丽的绿色几乎是反射的,如有一抹阳光照射,比如夕阳西下时分,白色丁香在绿色中更显其雪白,我们感到沉浸在美景之中。大自然清洌的空气无论吹进住家还是农舍或古堡都叫你激奋,这种激奋与散步时的激奋同样强烈;一件旧物,使我们陷入遐思梦想,更令人激奋。多少讲究实际的古堡主妇被我弄得莫名其妙,当我情不自禁向她们深表感激或赞赏,仅仅因为登上铺着五颜六色地毯的楼梯,或吃午饭时看见三月苍白的太阳

---

① 圣巴托罗缪节,宗教节日,在每年八月二十四日。1572年圣巴托罗缪节期间,信奉加尔文教(即胡格诺派)的贵族应邀前往巴黎参加纳瓦拉的亨利(日后的法王亨利四世)的婚礼,被信奉天主教的王太后下密令屠杀,数千人遭殃,史称圣巴托罗缪惨案。

② 普鲁斯特记忆有误,原文是:"那天晚上,西尔薇的兄弟脸色有点不好。"

照射大花园,透明的嫩绿呈现青翠欲滴,树干油光水亮,苍白的阳光也来到熊熊炉火旁的地毯上取暖,其时马车夫前来听候吩咐,我们正准备外出散步。这就是备受赞美的上午:经历了失眠,旅途上精神困顿,体力下降,幸逢特殊的时机,我们的时日坚石般牢固,奇迹般保存着美不胜收的暖色斑斓,保存着梦的魅力,因为梦把五色斑斓隔离在我们的记忆里,如同形成氛围特殊的洞穴,美妙,神奇,五光十色。

《西尔薇》的颜色,是鲜红,玫瑰红,如紫红丝绒或淡紫红丝绒的那种红色,完全不是地形错落有致的大巴黎区那种水彩色调。随时随地红色是主调,如红色头巾,等等。连西尔薇的名字也是绯红的,含有两个 i,真正的火焰姑娘。我发现《西尔薇》体现了一些神秘的思想法则,正是我经常渴望表达的,我以为可以将其一一列举出来,算起来有五六种之多;我断言,一时兴感之作和杰作不可同日而语,所谓看破红尘的作家和热拉尔不可同日而语,后者有完美的创作方法而前者则没有,这说明了一切:那些看破红尘的作家倒可以仗恃热拉尔·德·奈瓦尔闯天下,而不是那些自以为是的人,他们竟认为完美的创作方法不难获得,其实他们什么创作方法都没有,简直一窍不通。诚然,热拉尔展现的画面简朴得美不可言。这是他的天才独特的财富。热拉尔表达的感觉充满主观性,如果我们仅仅指出引起这些感觉充满主观性,如果我们在分析自己的印象时试图表明印象的主观性,那我们就使形象和画面化为乌有了。因此,在绝望之余,我们只好尽量用下列东西来充实我们的幻想:用我们称之为不必解释的梦,用火车时刻表,用乡镇的店名和街名,用巴赞先生[①]笔记中每种树木的命名;用这一切作为养

---

① 巴赞(1853—1932),法国作家,法兰西学院院士。著名的《东西两半球》杂志撰稿人。

料总比皮埃尔·洛蒂①过分主观的作品强一些吧。然而,热拉尔独辟蹊径,除了描写还是描写,给他描绘的画面蒙上他梦幻的斑斓。也许他的中篇小说中智力的成分稍微多了一点,这就暂且不管了……

---

① 洛蒂(1850—1923),法国作家。擅长描写异国风情,代表作有《冰岛渔夫》等。

圣伯夫与波德莱尔

有一位诗人，你①既喜欢又不喜欢，圣伯夫跟他过从甚密，理应对他表示最有远见最有预见的赞赏，他，就是波德莱尔。可是，圣伯夫虽说有感于波德莱尔的仰慕、敬重、殷勤，波德莱尔时而寄诗给他，时而送去香料蜜糖面包②，给他写去一封封热情洋溢的信，颂扬《约瑟夫·德洛姆》《安慰集》《月曜日丛谈》，外加充满深情的书信，但他从来没有满足波德莱尔一再的请求，连一篇专论波德莱尔的文章都没有写过。波德莱尔这位十九世纪最伟大的诗人，况且是他的朋友，从未在《月曜日丛谈》出现，而专栏却充斥一大堆伯爵，如达吕③、阿尔通·谢之流。充其量只附带提到波德莱尔。有一次，波德莱尔被人起诉④，恳求圣伯夫写信出面替他辩护：圣伯夫认为自己与帝政的联系不允许他出面，仅限于不公开具名起草一份辩护提纲，授权律师辩护时使用，但不可提及圣伯夫大名；提纲指出贝朗瑞像波德莱尔一样大胆，并添加道："我绝对没有丝毫贬低一位杰出诗人（指贝朗瑞而不是波德莱尔）的荣耀，他

---

① 普鲁斯特设计《驳圣伯夫》系列文章时，假借跟母亲交谈的形式，所以这本书中，只要出现"你"，就是指他的母亲，以下不再一一注明。
② 波德莱尔1860年7月1日给圣伯夫的信中写道："不久前我突然想见您，那是一种纯洁的需要，就像安泰需要大地，我去了蒙帕纳斯街。路上，我经过一家香料蜜糖面包店。突然产生一个固执的想法：您一定喜欢香料蜜糖面包……我真心希望您不会把那块混有当归的香料蜜糖面包视为顽童的玩笑，而直截了当把它吃掉。"
③ 达吕（1767—1829），法国政治家。曾保护过斯当达尔。
④ 指《恶之花》被控案。法庭审判结果，课以罚金三百法郎，六首诗禁止刊出。——编者注

是一位民族诗人,人人爱戴,皇上明示应受公葬……"克雷佩先生①竟赞扬圣伯夫的行为,天真地说:"圣伯夫欣慰既能帮助他的朋友又不使自己受牵连。"

圣伯夫给波德莱尔写过一封信②,谈及《恶之花》,后发表于《月曜日丛谈》专栏,特意说明先前写这封信是想为波德莱尔辩护的,大概为了减轻有关赞语的分量吧。他开始先感谢波德莱尔给他的题献,拿不定主意说什么表扬的话,只是说他曾经过目的这些诗篇如今汇集起来"别有一种效果",诗集当然令人狼狈不堪,蹩脚得叫人难受,不用多说波德莱尔本人是胸中有数的,诸如此类足有一页,却不见一个形容词让人猜想圣伯夫觉得诗集可取。文章只告诉我们波德莱尔非常热爱圣伯夫,而圣伯夫知道波德莱尔心地善良。终于在第二页中间他上劲了,终于说出一句赏识的话(请注意这是一封感谢信,写给对他情深似海敬重备至的人):"这么做是精妙的(第一个赏识语,但可从好处理解也可从坏处理解),是讲究的,有一种好奇的才气(第一个赞语,如果算得上赞语,总之,这几乎是唯一的赞语了),论说时(异体字是圣伯夫原文就有的),故作风雅地不用成语熟语,或模仿彼特拉克的文体来论说丑恶……"然后慈父般写道:"您必定很苦恼吧,我亲爱的孩子。"接下来又批评了几句,之后只对两首诗大加赞扬:十四行诗《月亮的忧伤》"好似莎士比亚青年时的一个英国青年";对《给太快乐的女人》,他指出:"为什么这首诗不用拉丁文写,或更确切地说为什么不用希腊文写?"我忘了,稍前面一点他向波德莱尔谈到"行文的巧妙"。由于他喜欢连串的隐语,最后他这样写道:"再一次说明关键不在于向我们喜欢的人说恭维话……"可是人家波德莱尔刚给他寄去《恶之花》呀,更何况圣伯夫一辈子给那么多无才

---

① 克雷佩(生卒年不详),法国出版家和评论家。曾出版圣伯夫等人的著作。
② 此信写于1857年7月20日。参见《月曜日丛谈》第十一卷,第527页。

的作家说尽了恭维话……

但这还不是事情的全部,这封信,圣伯夫一旦得知人家想发表,又要了回来,大概为了看看是否信笔写了太多的赞语(仅仅是在下的猜测,不足为训)。不管怎样,他把信发表在《月曜日丛谈》时,认为有必要外加小序,说明信"是想帮助波德莱尔辩护"而写的;恕我直言,这个前言削弱了书信的意义。请看前言如何谈论《恶之花》,尽管这次他不再寄语"他的诗人朋友",不必加以训斥,可以说好话了,但他写道:"诗人波德莱尔……花了几年时间从各种各样的花朵(意思是说写《恶之花》)提炼了一种有毒的液汁,甚至应当指出,是相当令人愉悦的毒汁。其实(老生常谈!)这是个有才气的人(!),他顺心时相当和蔼可亲(确实,波德莱尔给他的信中写道:'我需要见您如同安泰需要接触大地'①),非常能够对人体贴入微(对《恶之花》的作者能说的确实都说了,正如他同样已经向我们指出斯当达尔为人谦虚,福楼拜是善良的汉子)。当波德莱尔出版名为《恶之花》的诗集('我知道您写诗,您从未想过出本小诗集吗?'有位沙龙雅士曾如此问德·诺阿耶夫人②),他面临的不仅仅是批评界,而且司法界也介入了,好像当真大难临头,什么'优美的韵脚包含和暗示这些恶念'……"接下来几行似乎表示歉意(至少我的印象是如此),因为这封信以美言帮了被告的忙。顺便提醒一句,"包含恶念"云云与"您必定很苦恼吧,我亲爱的孩子"显得颇不协调。读圣伯夫,多少次我们恨不得痛骂几声:老畜生或老恶棍。

想必因为圣伯夫受到波德莱尔友人的公开抨击,说他没有勇

---

① 参见前注波德莱尔书信(1860年7月1日)摘要。
② 诺阿耶夫人(1876—1933),法国女诗人和小说家。著有诗集《诉不尽的衷情》(1901)、《白天的阴影》(1902)等;小说《新的希望》(1903)等。

气跟多尔维利①等人一起到重罪法庭为波德莱尔做证,有一次涉及法兰西学院选举院士,圣伯夫写了一篇文章,论及好几位候选人。波德莱尔是候选人。圣伯夫一向喜欢给学院的同事们上文学课,就如他喜欢给参议院的同事们上自由立宪课,因为,虽说他仍处在他的社会环境中,却是绝对的佼佼者,他心血来潮,喜爱冲动,急切接受新艺术,急切反对教权主义,急切支持革命,而他谈到《恶之花》则言语简捷,辞藻漂亮,说什么"诗人在文学的堪察加尽头为自己造了这个小别墅②,我管它叫'波德莱尔疯魔'"。依然玩弄字眼,供风流雅士取笑时引用:他称之为"波德莱尔疯魔"。只不过,清谈家们在晚宴上引用的词儿,当涉及夏多布里昂或鲁瓦耶-科拉尔,尚可应付。但他们谈起波德莱尔就傻眼了,不知其人。圣伯夫的结束语出奇得无以复加:有一点可以肯定,那就是波德莱尔"改善了外观,在那种地方大家预计会见到一个怪人,离奇怪僻,不料大家发现候选人彬彬有礼,恭恭敬敬,行为规范,和蔼可亲,改善了外观,形式上完全符合古典"。我难以想象圣伯夫在写下和蔼可亲,改善了外观,形式上完全符合古典这些词语时,竟没有语言失控,这叫语言歇斯底里发作,有时使他产生难以抑制的话语愉悦,活像不会写文章的资产者,说什么《包法利夫人》"开头笔触细腻"。

圣伯夫采用老一套的手法,即朋友似的赞扬几句福楼拜,龚古尔兄弟,波德莱尔,说什么在私人交往中他们是最文雅的人士,最可靠的朋友。在回顾斯当达尔的文章里,依旧老一套,说什么"创作方法上比较有把握"。在劝说波德莱尔撤销候选人资格之后,

---

① 多尔维利,一般称巴尔贝·多尔维利(1808—1889),法国作家和评论家。出身诺曼底小贵族家庭,毕生保持诺曼底人特性。在巴尔扎克、斯当达尔和波德莱尔的作品尚未充分为人所认识时,即已肯定其成就。

② 堪察加,俄罗斯半岛,位于西伯利亚最东端。此处是圣伯夫的俏皮话,讥讽波德莱尔为了独树一帜,躲进文学象牙塔,自成一家。

由于波德莱尔唯命是从,写信退出竞选,圣伯夫大加赞扬,百般安慰如下:"学院会议上,当读完您的感谢信最后一句那么谦虚有礼的话,大家大声齐说:很好。这样您为自己给人留下好印象。这难道微不足道吗?"那么给德·萨西先生和维埃纳先生留下谦虚和蔼的印象,难道也微不足道吗①?作为波德莱尔的好朋友,虽然给波德莱尔的辩护律师出谋划策,但不许别人提及他的大名,拒绝为《恶之花》写任何文章,只字不提波德莱尔翻译埃德加·坡的作品②,到头来却称"波德莱尔疯魔"是可爱的小别墅云云,难道是微过细故吗?

圣伯夫以为对波德莱尔已经仁至义尽。最令人感到可怕的,是波德莱尔本人竟然接受圣伯夫的意见。若按我上述分析作为依据,看起来着实难以置信。波德莱尔的朋友对圣伯夫在波德莱尔打官司时撒手不管非常气愤,在报界流露不满情绪,波德莱尔却张皇失措,连连给圣伯夫写信,一再强调他本人丝毫没有插手舆论抨击,并且给普莱-马拉西和阿瑟利诺写信说:"瞧你们闹的,这事弄得我多么狼狈哟……巴布很清楚,我与伯夫大叔关系密切,我非常珍视跟他的交情,每当同他意见相悖,我总是煞费苦心把自己的见解隐藏起来。诸如此类,巴布一清二楚,可偏煞有介事替我辩护,去反对曾帮过我许多忙的人。"③波德莱尔给圣伯夫的信中说,根本没有授意写那篇文章,向文章作者认定:"您(圣伯夫)能做该做

---

① 萨西(1613—1684),法国神甫,王巷修道院著名隐士。维埃纳(生卒年不详),想必也是十七世纪冉森派教士。此处影射圣伯夫力作《王巷修道院史》(即《波尔-罗雅尔修道院史》,六卷,1840—1859)。因为圣伯夫同情天主教内部接近新教的冉森派,时不时表示敬意,故普鲁斯特借其作品予以讽刺。

② 埃德加·爱伦·坡(1809—1849)原先名不见经传,多亏波德莱尔译介了他的《创作哲学》(1846)和《诗歌原理》(1850),才蜚声大西洋两岸。法国人习惯称他为埃德加·坡。

③ 致普莱-马拉西,1859年2月28日。普莱-马拉西(1825—1878),《恶之花》的出版者。阿瑟利诺(1820—1874),波德莱尔友人,《恶之花》第三版的编订者之一。信中所谓巴布,即巴尔贝·多尔维利。——编者注

的一切，都已尽力而为。不久前我还跟马拉西谈起您的深情厚谊，使我甚感荣幸……"①

假设波德莱尔言不由衷，出于策略才坚持不得罪圣伯夫，才坚持让圣伯夫相信他认为圣伯夫行之有理，归根结底都是一回事，都证明波德莱尔重视圣伯夫为他写篇文章，尽管没有得到，但不得已求其次，说几句赞扬的话也行，这最后总算得到了。你瞧见了吧！那是些什么话哟！但，那几句话，不管我们觉得多么干瘪，波德莱尔却喜出望外。所谓"改善了外观，和蔼可亲"，"波德莱尔疯魔"，等等，那篇东西波德莱尔读了以后，给圣伯夫写信说："您又帮了一次忙，我又欠了一次情！何时了结？怎么谢您呢？亲爱的朋友，无法用几句话来描绘您使我获得的特殊愉悦……至于您所谓'我的堪察加'，我若经常收到如此有力的鼓励，我相信会有力量建造宏伟的大厦，覆盖一望无际的西伯利亚……当我看到您的活动，您的生命力，我感到自惭形秽(文学上力不从心！)。我，喜欢《黄光》和《情欲》②始终不渝，热爱诗人和小说家圣伯夫始终不渝，现在我必须赞美新闻记者圣伯夫，是吗？您怎么发挥得出如此高的水平？……我再一次发现您说话娓娓动听……"最后说："普莱-马拉西渴望用您精彩的文章出一本小册子。"③他写信表示感谢尚嫌不够，而且在《逸事杂志》发表一篇未署名的文章论及圣伯夫那篇东西："文章通篇是杰作，充满诙谐，快乐，智慧，良知和揶揄。一切有幸深入了解《约瑟夫·德洛姆》作者的人都……"圣伯夫感谢杂志主编，说到最后再次显露使词义多歧的癖好："我问候和体恤好心的匿名者。"然而，波德莱尔仍不放心圣伯夫是否已经认出他

---

① 致圣伯夫，1859年2月21日。
② 《黄光》，圣伯夫诗集《约瑟夫·德洛姆的生活、诗歌和思想》里的一首诗，构思新奇怪异：诗境中一切都是黄颜色的；《情欲》(1834)，圣伯夫忏悔录式的心理分析小说。
③ 致圣伯夫，1862年1月25日。

的手笔,特意写信直告文章是他写的。

这一切说明我跟你讲的完全有根有据:一切具有伟大天才的人,虽然与常人相同只有一个躯体,但天才和躯体关系甚微,亲近者识其躯体而已,故像圣伯夫那样以其人或友人所言来判断诗人,那是无稽之谈。至于其人,只是一个而已,完全可能不知寓于其身的诗人有何所求。这样也许更好。从诗人的作品挖掘其伟大靠的是我们的推理,所以诗人是天之骄子;我们推理的眼睛把诗人看作天之骄子,希望诗人有天之骄子的表现。但诗人丝毫不应该如此看待自己,为的是他描绘的现实对他保持客观,为的是他不想到自己。因此,他自视人微权轻,受到公爵家的邀请便受宠若惊,获得法兰西学院嘉奖便好不得意。倘若这种谦卑是其真诚和著作的必备,那就让它受赞美吧。波德莱尔难道对自己误解到了如此地步?理论上讲,不见得吧。但,如果说他的谦虚他的恭敬是耍滑头,那他实际上对自己并不怎么误解,因为他写下《阳台》《旅行》《七个老头子》之后,发觉自己处在一个层面,那里法兰西学院的一把交椅,圣伯夫的一篇文章,在他看来至关重要。可以说往往是最优秀最聪明的人在那个层面上写下《恶之花》《红与黑》《情感教育》,却很快从那里坠落,我们可以觉察出来,因为我们只认书本,就是说只认天才,不受虚饰的形象所干扰,那个层面比写下《月曜日丛谈》《嘉尔曼》《安蒂亚娜》的层面要高得多,在那里人们出于敬重,带着私心,凭着潇洒的性格或友情接受圣伯夫、梅里美、乔治·桑虚有其表的优越。① 如此自然的二重性颇令人心里难过。看到波德莱尔灵魂出窍,对圣伯夫毕恭毕敬;看到那么多人角逐十字勋章,看到刚写完《命运集》的维尼②乞求报界登个广告(我记不太

---

① 作者的意思是,天才作家波德莱尔、斯当达尔、福楼拜一时不为人们接受和理解,甚至受到谴责,受到声势赫赫的圣伯夫、梅里美、乔治·桑的贬压,其地位远远低于这些非天才的作家。
② 维尼(1797—1863),法国诗人。《命运集》(1864)是他的代表诗作。

清楚了,但大抵不错),这真令人感到难堪。

有如天主教神学的天堂由好多个重叠的层面组成,我们人的表面是我们的躯体载着个脑袋,再由脑袋把我们的思想圈禁在小球里,而我们的精神人格由好多个重叠的人格组成。对诗人来说也许更加敏感,诗人多了一层天,有一层中介天夹在他们天才的天域和他们日常的智力、宽厚、灵敏的天域之间,这就是他们的散文。当缪塞写《故事》①时,丝绸一般的柔软,跃跃欲试飞但翅膀总掀不起来。有一句诗再好不过地说明了这种状态:

　　鸟儿即使行走,也似运用翅膀。②

诗人写散文,当然不包括散文诗,譬如波德莱尔写《散文诗》和缪塞写剧本,就拿缪塞来说吧,当他写《故事》写评论写法兰西学院报告,他把天才搁置一旁,此时的他停止向专属于他的超然物外的世界吸取形式,尽管他记忆犹新,尽管也在提醒我们。有时读到某个铺叙,我们想到一些著名的诗句,玄妙的,缥缈的,但模糊不定的形式仿佛透明的,这些诗句好像都是大家说得出的看得清的,既优雅又庄严,充满感人肺腑的讽喻。诗人已经逐渐消失,但在缥缈的烟云中仍瞥见他的映象。在常人身上,在日常生活中的人身上,在赴晚宴的人身上,在野心勃勃的人身上,所剩下的东西微不足道,而圣伯夫偏偏要在这样的人身上找到一种层面的人,结果两手空空如也。

我理解你既喜欢又不喜欢波德莱尔。你觉得他的书信就像斯当达尔的书信,有一些对其家庭冷酷无情的东西。冷酷无情,是

---

① 《故事》,全名《西班牙和意大利故事》(1830)。缪塞第一部诗集,共收十余篇短诗和一篇长诗《玛多舒》。二十岁的诗人没出过国门一步,完全凭想象描绘异国风情,诗句充满激情和美感。这部抒情诗集使缪塞一举成名。
② 据查考,这句名诗出自一位无名法国诗人勒米埃尔(1727—1793)。

的,他在诗中就是冷酷无情的,带着无限的情怀;更令人惊讶的,是他对无情的感受之严厉甚于痛苦,他嘲笑痛苦描述痛苦时不动声色,我们感觉得到,他对痛苦的感受已经到达神经的末梢,无动于衷了。毫无疑问,在《小老太婆》这样了不起的诗中,老妇们的痛苦没有一桩他不知晓。不仅对她们巨大的痛苦了如指掌:

> 这些眼睛是充满泪水的深井
> ……
> 她们本可以把眼泪汇成长河!①

而且深入到她们的躯体,跟她们的神经一起战栗,同她们的脆弱一起哆嗦:

> ……冒强凶霸道的北风鞭笞,
> 受公共马车隆隆滚动的惊吓,
> ……
> 她们如受伤的野兽步履艰难②

诗的画面需要有特征的描绘的美,但这不妨碍他采用任何冷酷无情的细节:

> 或跳不愿跳的舞,可怜的铃铛
> ……
> 那个老太婆直腰挺胸像煞有介事,
> ……
> 你们可曾察觉到老妪的棺材
> 小得近乎跟儿童的棺材一般?
> 高明的死神在这类棺木装进

---

① 《小老太婆》,第33、48行。引波德莱尔诗,皆出《恶之花》。普鲁斯特的引用,有时不依原诗顺序。
② 同上,第9—10、14行。

> 一种离奇而诱人的情趣象征。
> ……
> 如果不进行几何学上的思量,
> 一见到不协调的四肢我便想,
> 工人要多少次改变棺材形状
> 才按大小把这些躯体往里装。①

瞧这一节尤其冷酷无情:

> 可我怜惜地注视你们,从远处
> 不安地盯视你们迟疑的脚步,
> 我活像你们父亲,哦,不可思议!
> 瞒着你们,我默默地享受乐趣。②

他的《瞎子》一诗是如此开始的:

> 观察他们,亲爱的,他们好难看!③

　　这真叫人喜欢波德莱尔,如圣伯夫所说,我也经常受这种说法的诱惑,但我不允许自己拿来为己所用,起草这篇文章必须排除一切趣味游戏,不可模仿古人,鄙见如鲠在喉,不吐不快,前人的名字——回忆起来或就在嘴边;所谓喜欢波德莱尔,我想说对他这些无情而入情的诗爱得发疯,并不一定表明有很大的感受力。波德莱尔发表这些视觉景象,其实心里痛苦不堪,我确信无疑,其画面非常强烈,摈弃一切多愁善感的表现,以致酷爱表象和含讥带讽的智者,铁石心肠之徒,都为之喜笑颜开。《小老太婆》有一句妙不可言的诗:

---

① 《小老太婆》,第 15、17、21—24、29—32 行。
② 同上,第 73—76 行。
③ 《瞎子》,第 1 行。

>人类的烂果败絮期待着永恒!①

各路英雄,大慈大善者,竞相引用。但多少次我听见某个聪明绝顶的女人津津乐道地引用,她是我所遇见过的最无人性最无善心最无人格的女人,她借以取乐,把这句诗同俏皮而毒辣的侮辱掺和起来应用,把它作为预言抛出来,估计她憎恨的某些老妪将不久于人世。读这些诗,我们应当既深感切肤之痛,又有相当的自制力,以直面各种痛苦,还能忍受人为恶意引起的痛苦。讲起这句诗竟忘了指出下面这句美妙而毒辣的诗句:

>战栗的小提琴像受折磨的心②

哦,琴声颤抖如一颗受伤的心,刚才老妪们仅仅因为公共马车的隆隆滚动而惊吓得神经紧张。

也许把感受隶属于真情实况,把感受力从属于表现力,实质上是天才的标志,艺术力高于个人感情用事的标志。但,波德莱尔的情况更为奇特。在他使某些情感具有极致的表现中,似乎他着力于情感形状的外部描绘,没有投入自己的同情心。波德莱尔有关善行的诗句中最令人赞叹,也是海阔天空最舒展优游的,当首推:

>为了你能在耶稣驾临的时候,
>用你的善行铺设凯旋的地毯。

可诗中看不出任何一丝慈悲的情感,即使有意的,也没有关系:

>狂怒的天使雄鹰般俯冲下凡,
>猛一把揪住不信教者的头发,
>摇撼着喝令:"你定要知道教规!
>我是你的护佑神,明白?我执法!

---

① 《小老太婆》,第72行。
② 《黄昏的和谐》,第9行。

> 不管穷人或坏蛋,废人或笨蛋,
> 记住要喜爱他们而不皱眉头,
> 为了你能在耶稣驾临的时候,
> 用你的善行铺设凯旋的地毯。"①

诚然,他懂得所有这些德行的全部含义,但他似乎将其精华排除出他的诗文。《小老太婆》一诗中的德行精华,正是赤胆忠心的献身精神:

> 全体让我飘飘然!柔弱的人哪,
> 她们有的竟把痛苦化作蜜糖,
> 让献身精神给她们提供翅膀:
> "万能的马鹰②啊,带我进入天堂!"③

他好像以语言异乎寻常、闻所未闻的力量(不管怎么说,比雨果的语言力量强一百倍)使某种情感得以永恒,而他命名这种情感时,与其说表达不如说描绘,竭力避免切身感受。他从普天下的痛苦和温馨中找到闻所未闻的形式,正是他的精神世界所喜闻乐见的,永远不适合其他任何世界,只适合他单独居住的星球,与我们熟悉的星球毫无共同之处。对每种类型的人他都配备一种可观的形状,既热乎又好闻,装满烈酒和香料,口袋似的容得下一瓶东西或一条火腿,但,如果他雷鸣般摇唇鼓舌,那他仿佛竭力限于摇唇鼓舌,尽管别人觉得他深有感受,洞若观火,反正他具有最敏锐的感受力和最高超的智力。

> 一个因祖国受难而训练吃苦,
> 一个忍受丈夫超负荷的折磨,

---

① 《反抗者》,第1—8行。
② 马鹰,希腊神话中半马半鹰的有翅怪物。
③ 《小老太婆》,第41—44行。

>一个为孩子像圣母被剑穿胸①。
>她们本可以把眼泪汇成长河!②

训练吃苦,极妙;超负荷,极妙;被剑穿胸,极妙。每个词组体现思想时都有一种漂亮的形式,阴郁的,显著的,富有营养的。

>一个因祖国受难而训练吃苦,

他发明了上述漂亮的艺术形式,给他列举的事实配备可观的形状,既热烈又斑斓,在这些漂亮的艺术形式中确有一部分隐喻古希腊罗马作家笔下的祖国。

>一个因祖国受难而训练吃苦,③

>有些人高兴逃离无行的祖国,④

>这是穷人的钱包,古老的祖国,⑤

有关家庭题材的漂亮形式,如"有些人高兴逃离摇篮的恐怖"⑥,很快并入《圣经》型的种类,归入各种强有力的形象群,《祝福》一诗激昂有力,诗中艺术的崇高使一切升华壮大了:

>给他吃的面包喝的葡萄酒里,
>他们掺入灰烬和污秽的唾液;
>假惺惺扔掉他接触过的东西,
>还自责曾因循他的脚步而行。

---

① 圣母被剑穿胸,是表现耶稣受难的圣像画中常见的情景,寓意痛苦万分。
② 《小老太婆》,第45—48行。
③ 《小老太婆》,第45行。
④ 《旅行》,第9行。
⑤ 《穷人的死神》,第13行。
⑥ 《旅行》,第10行。

他的妻子到广场去大声宣告：

……

我将要专搞古代偶像的勾当，

……

啊！我多么愿意生下一盘毒蛇，

也不要养这一钱不值的东西！①

波德莱尔的诗中拉辛式的诗句屡见不鲜：

他存心爱的人都怯怯凝视他。②

除此之外，还有火焰般闪光的庄严，"如同圣体发光"（《黄昏的和谐》，第 16 行）这样的诗句，为他的诗篇增光添彩：

她亲自在祭场的尽头垒柴堆，

准备进行火葬以便惩治母罪。③

波德莱尔天才的其他要素还多着哩，我若有时间，真想给你一一述说。但在这首名为《祝福》的诗中天主教神学的美丽形象已经占据上风。

您邀请诗人参加永恒的节庆

去见宝座、德行、权势诸位天使④。

我知道痛苦就是独特的骨气，

不论人间和地狱都无法锉磨，

为了编织我神奇玄妙的桂冠

---

① 《祝福》，第 33—36、37、39、5—6 行。
② 同上，第 29 行。
③ 《祝福》，第 18—19 行。
④ 天使，在天主教神学中分为九品，宝座、德行、权势是其中的三品。

> 必须征服一切时间一切天地。①

这一痛苦的形象算不上讽刺性的,不像上面列举的献身和慈善的形象,虽然依旧十分无动于衷,形式上更美,讽喻天主教中世纪艺术作品,此处描绘多于抒情!

我不议论有关圣母马利亚的诗句,因为那恰好采用的是天主教种种形式的规则。但很快我们见到更美妙绝伦的形象:

> 我拖着咬住我的鞋的蛇行走②

他非常喜欢鞋这个词:

> 你不穿鞋光着脚多么美丽,哦,公主!③

不信基督教的女人把鞋留在教堂脚下,"她脚下的蛇多如基督脚下的",incalcabis aspidem(你将踩到眼镜蛇)。慢慢离题了,倒把众所周知的诗句忽略了,没准是最要紧的呢,我觉得可以开始按形式给你展现波德莱尔的思想境界,即他天才的世界,每首诗仅仅是个思想片段,只要读一个片段就联想起我们所熟悉的其他片段,比如在一间沙龙,我们还未注意到画框就突然瞥见某座古代风格的山,晚霞绯红,一个脸蛋儿像女人的诗人顺道而过,后面跟着两三个缪斯④,就是说一幅古代生活的画面,这种生活以自然的方式为人所知,这些缪斯作为真实存在的女人,傍晚三三两两跟一个诗人一起散步,等等,这一切在某个时刻,在某个时辰,在瞬息即逝的情景中,使不朽的传说赋有某种现实的东西,使人感觉到了居斯

---

① 《祝福》,第63—68行。
② 《声音》,第20行。
③ 此处作者引用《圣经·雅歌》有误,意思颠倒了,原文是:"王女啊,你的脚在鞋中何其美好。"参见《圣经·雅歌》第七章第一节。
④ 缪斯,此处指引起诗人灵感的女人。

塔夫·莫罗①家乡的某个地方。为此,你需要了解所有港口,不仅充满帆和桅的港口,而且在这样的港口里:

> 船在黄金液和波纹绸里滑行,
> 张开巨大的臂膀去拥抱荣光,
> 纯清的天空中颤抖永恒的热。②

其实港口只是些柱廊通道:

> 我在宽敞的柱廊下居住很久,
> 海上日光照得柱廊火光斑斓。③

> 那是向未知天国敞开的柱廊。④

非洲的椰子树在诗人的眼里苍白得好似幽灵:

> 壮丽的非洲椰林她多么向往,
> 偏有浓雾茫茫的大墙来阻挡。⑤

> 不见椰林却追寻散落的幽灵。⑥

傍晚,夕阳西沉,霞光四射:

> 如美丽的烛光倾泻四面八方,
> 映在素色台布和哔叽窗帘上。⑦

---

① 莫罗(1826—1898),法国画家。深受帕拿斯派和象征派诗人的赏识,尤其受到普鲁斯特的赞赏。
② 《头发》,第17—19行。
③ 《先前的生活》,第1—2行。
④ 《穷人的死神》,第14行。
⑤ 《天鹅》,第43—44行。
⑥ 《致一个马拉巴尔姑娘》,第28行。
⑦ 《我没有忘记》,第9—10行。

直到这样的时辰:

> 玫瑰红和神秘蓝组成了黄昏。①

再加上始终残存于诗人身上的乐音,使他能够创造自贝多芬《英雄交响曲》以来最美妙的激昂:

> 谛听丰富的铜管乐器音乐会,
> 有时士兵们大批来公园演奏,
> 在金色的傍晚听众倍感振奋,
> 市民心里注进一些英雄气概。②

> 小号声声吹得多么美妙动听,
> 在天国收获葡萄庄严的黄昏。③

葡萄酒不仅在所有非凡的诗篇中从葡萄成熟时就得到歌颂:

> 我知道在火焰般灼热的山冈,
> 要多么辛劳、汗水、灼人的骄阳,
> ……
> 他火热的胸膛是温馨的坟场。④

直到劳动者"火热的胸膛"变成"温馨的坟场",但到处,酒和一切酏剂,包括由土荆芥提炼的植物醇(诗人个人配制的另一种酏剂),悄悄进入形象的配制,正如他谈及死神时指出的:

> 死神像烈酒使我们振奋陶醉,
> 鼓励我们直走到人生的黄昏。⑤

---

① 《情侣的死亡》,第9行。
② 《小老太婆》,第53—56行。
③ 《意料之外》,第49—50行。
④ 《酒魂》,第5—6、11行。
⑤ 《穷人的死神》,第3—4行。

蓝色地平线点缀着白帆：

> 日夜窥视单桅双桅三桅船只，
> 远处各式船只在蔚蓝中闪烁。①

还有黑女人和猫②，好似生活在马奈的一幅画中……再说，难道还有他不曾描绘的东西吗？我不谈热带地区，他这方面的天才大家太熟悉了，至少咱们就太熟悉了，既然我费了九牛二虎之力才使你适应《头发》，瞧，他不是把"坠入北极地狱的太阳"描绘成"一块红彤彤的冰"③吗？如果说他写月光的诗好比磨而未雕的宝石，有待提取猫眼石，好像罩在玻璃框下，装在燧石内里，又好比海上明月，中间透过一道虹彩，如其诗所言，"像猫眼石碎片呈现虹色闪光"④，像另一种浓液的流线：紫堇液汁或黄金熔液，那么他描绘月亮就截然不同：月亮"像一枚崭新的奖章"⑤；我略去秋天不谈，你跟我一样，对他写秋的诗句记得滚瓜烂熟，可他写春的诗却迥然不同，美妙非凡：

> 可爱的春天失去了他的气味。⑥

他不管谈论什么都以象征来显示，并且把整个心都扑上去，总是那么实在，那么感人，那么具体，总是用最有力最常用最得体的词语，这样的句式难道数得清吗？

> 流亡者的拐棍，发明家的明灯，

---

① 《莱斯博斯》，第48—49行。
② 黑女人，指诗人的终身伴侣让娜·迪瓦尔，黑白混血，被诗人称为黑色维纳斯，激发诗人创作灵感，写下诸多诗篇。在一些诗，如《恶之花·猫（来，我美丽的猫）》中，诗人将她比作猫。
③ 《秋之歌》，第9—10行。
④ 《月之愁》，第13行。
⑤ 《坦白》，第5行。
⑥ 《虚无的滋味》，第10行。

……
你使被逐者目光冷静而孤高,
横眉冷对断头台旁的围观族。①

有关死亡:

那是写入圣书的著名的旅店②,
那里有吃可睡还能坐下休息,
……
给赤条条的穷人们重整床铺。

那是诸神的荣耀,神秘的粮食,
……
那是向未知天国敞开的柱廊。③

有关烟斗:

当作家痛苦得万般难熬,
我便小茅舍似的猛冒烟。④

诗人笔下的一切都会说话:所有的女人,所有的春天及其气味,所有的早晨及其道路尘埃,所有密集如蚂蚁窝的城市屋宇,所有天花乱坠的说话声,还有图书馆里的说话声,还有迎船人的说话声;有声音说:

地球是一块甜蜜可口的蛋糕。⑤

---

① 《祷文献给撒旦》,第40、16—17行。
② 著名的旅店,典出《圣经·路加福音》第十章:耶稣说,有个人半路遭难,被强人夺去钱财衣物并挨毒打,有人见死不救,唯有一个撒玛利亚人发善心,给他疗伤,送他去旅店,付钱让他住下养伤。
③ 《穷人的死神》,第7—8、11、12、64行。
④ 《烟斗》,第5—6行。
⑤ 《声音》,第6行。

还有声音说：

> 香甜的忘忧果！就在此地收获，
> 你们饥饿的心期待神奇之果；①

记得吧,所有真实的现代的诗意的颜色,都是波德莱尔发现的,虽不十分精细,却美不可言,尤其玫瑰红,搭配蓝色、金色或绿色：

> 您是秋天的晴空,明亮又粉红。②
> 阳台傍晚的玫瑰红雾霭溟蒙。③

每天晚上都有玫瑰红晚霞。

在诗的境界中,另一种气氛更加强烈,包含在芳香之中,说来话长,暂且不管它；总之,我们随便取他哪首诗,不用说伟大到极致的诗篇,如你我都喜欢的《阳台》《旅行》等,就拿次要的诗篇来说吧,你会满意地看到每三四句诗中必有一句出名的,不一定波德莱尔式的,叫你看不出出处,至少不那么波德莱尔式的,却依然不同凡响：

> 没珠宝的宝盒,没信物的颈饰。④

这是一句模具诗,似乎又普通又新奇,是似曾相识千句同归的诗,但从未有人作得如此完美,而且各种类型的诗句都有。叫你以为是雨果的诗,如：

> 还有苍穹使人凝神向往永恒。⑤

---

① 《旅行》,第128—129行。
② 《谈心》,第1行。
③ 《阳台》,第7行。
④ 《喜爱虚幻》,第19行。
⑤ 《风景》,第8行。

叫你以为是戈蒂埃的话,如:

> 你的眼睛似肖像画那般诱人。①

叫你以为是苏利·普律多姆②的诗,如:

> 哦,我原本会爱你,哦你很明白!③

叫你以为是拉辛的诗,如:

> 他存心爱的人都怯怯凝视他。④

叫你以为是马拉梅的诗,如:

> 哦,虚无的魅力,疯婆似的滑稽。⑤

还有许多你以为是圣伯夫的诗,热拉尔·德·奈瓦尔的诗,他跟他们过从甚密,但比他们心肠更热;他也有家庭纠纷,啊,斯当达尔,波德莱尔,热拉尔·德·奈瓦尔何其相似乃尔!他好热心肠哟,跟热拉尔一样是个神经症患者,如热拉尔那样写下最优美的诗句,一再为世人传诵,也像热拉尔懒于顾及细节的确实,布局的妥帖。多么稀奇有趣,波德莱尔诗篇中那些雄浑的诗句,受他天才笔触的调遣,在前半句诗句的转折处⑥,全力转动轴心去完成雄伟的诗篇,由此充分展现他的诗丰富多彩,雄辩动人,以及他的无限天才:

---

① 《喜爱虚幻》,第8行。
② 普律多姆(1839—1907),法国诗人,法兰西学院院士(1881),第一位诺贝尔文学奖获得者(1901)。擅长用诗描绘上流社会的沙龙生活,咏叹细腻的感情和孤独的人生。
③ 《给一位过路女子》,第14行。
④ 《祝福》,第20行。
⑤ 《骷髅舞》,第16行。
⑥ 波德莱尔的诗大多采用传统的亚历山大体,即每句诗有十二个音节,半句诗有六个音节,每六音节有一处停顿,称转折点。我们的译文每句用十二个字,即十二个音符,以求近似。

> 其外貌原可引得雨注的施舍,(转折点)
> 他双眼若不闪烁凶恶的光束。①

> 安德洛玛刻②,我想起您!那小河,
> 可怜又愁闷的明镜曾映照过,(转折点)
> 您孀居万般痛苦的无限尊严。③

还可列举其他上百例句。有时候,接下来的诗句算不上极致,但节奏缓慢有致,令人称奇,那半句诗驾轻就熟地驶入下句诗,好似荡秋千,越荡越高,缓慢而无宏旨,只求荡得更好:

> 没有任何区别,来自相同地狱。
> 〔为了更好阐明思想〕(转折点)④

这些诗篇的结尾,似折断的翅膀,戛然中止,仿佛诗人没有力量继续下去了,但却在末尾第二句诗还打算让轻车插上翅膀飞向广阔的舞台。如《天鹅》的结尾:

> 想到俘虏,败兵,以及其他许多!⑤

《旅行》的结尾:

> 到未知王国尽头寻找新天地。⑥

《七个老头子》的结尾:

> 我的灵魂跳呀舞呀,这旧驳船,

---

① 《七个老头子》,第 15—16 行。
② 安德洛玛刻,希腊神话中的人物。她以爱恋丈夫赫克托耳著称,为忠贞妻子的典范。她的故事形象不但使欧里庇得斯得到启迪,也使近代的拉辛得到灵感。
③ 《天鹅》,第 1—3 行。
④ 《七个老头子》,第 30 行。
⑤ 《天鹅》,第 52 行。
⑥ 《旅行》,第 146 行。

没有桅杆,在无岸的苦海漂泊!①

确实,波德莱尔诗中某些重复似乎是一种情致,不能视为凑音步或韵脚。

可叹,该来的日子终于来了,用波德莱尔的话来说,对他,那是惩罚傲慢的日子:

> 瞬息之间他的理智消失殆尽,
> 如太阳的光辉蒙上一层黑纱;
> 有才智的头脑变得乱七八糟,
> 昔日光耀的殿堂有序又富裕,
> 穹顶下的排场多么富丽堂皇。
> 今日寂静和黑夜占据了殿堂,
> 恰似丢失钥匙而空关的酒窖。
> 从此他活像流落街头的走兽,
> 当他外出时木然看不清去向,
> 穿过田野时茫然辨不清冬夏,
> 龌龊无用丑陋如同一只散履,
> 供孩子们乐呵呵戏弄和嘲笑。②

于是,他什么话也说不出来了,只简单吐出几个词,如"姓""名",而他,曾在几天之前还暂时持有最强有力的言语,为人们竞相传诵,但瞥见镜子里有个女友,是那种粗野的女人,以为强迫您治病是为了您好,不怕给不知自己病入膏肓的人一面镜子让他照见垂死的脸,而近乎闭上眼睛的垂死者则在想象自己还有一张生气勃勃的面容,这女友递给他镜子让他梳头,他认不出自己了,还

---

① 《七个老头子》,第51—52行。
② 《傲慢的惩罚》,第15—26行。

向镜子里的人致敬呢!①

  凡此种种我都想到了,由于圣伯夫还谈到其他许多人,我不能想象,他,不管怎么说,曾是个大评论家,此公竟然如此胡说八道,大言不惭,什么对波德莱尔极有好感,不断注视波氏作品,更有甚者,硬说波氏作品与他自己的作品相近,"《约瑟夫·德洛姆》是未定型的《恶之花》",却只写下几行文字评论波德莱尔,除了俏皮话"文学的堪察加""波德莱尔疯魔",剩下的评语同样适用于许多追逐女性的家伙:"和蔼可亲的汉子,赢得了名声,彬彬有礼,给人好印象。"

  然而,圣伯夫毕竟才智卓越,仍属于较好理解波德莱尔的一群,而他,波德莱尔,一生为克服贫困和抵制诬蔑而奋斗,当他去世时,人们曾口诛笔伐,把他说成疯子和生理反常,她母亲惊得发呆时收到圣伯夫一封信,喜出望外,圣伯夫谈起她的儿子就像议论一个聪明又善良的人。可怜的波德莱尔不得不一辈子为不顾众人的鄙视而奋斗。但,

> 他清醒的头脑发射万丈闪光,
> 为他遮掩疯狂的族群的面目。②

  索性疯狂到底:当他卧床不起时,那个他曾一往情深的黑女人却来雪上加霜,一味向他索取钱财,使他更加痛苦;他百般无奈,忍无可忍,患失语症的嘴含混不清地咒骂邪恶;他出言不逊,忤逆不道,辱骂女修道院院长,他不得不离开给他治病的修道院。幸而他酷似热拉尔:

> 他同风做游戏,跟云高谈阔论,

---

① 波德莱尔晚年瘫痪,患失语症。镜中女友,指让娜·迪瓦尔。
② 《祝福》,第55—56行。

唱着歌儿陶醉于耶稣受难图。①

也像热拉尔一样要求别人对他父母说他聪明(待查证)。这个时期他已满头白发,他说很像"一个(外国的)院士"!他这幅最后的肖像与雨果、维尼和勒孔特·德·李勒②相像得难以置信,好像他们四个只不过是同一张脸稍有点不同的版画式样,那是伟大诗人的容貌,自从盘古开天地,实际上是合成一体的;在人类生命的长河中,伟大诗人的生命时有时无;本世纪,人类苦恼而严峻的时刻,我们称之为波德莱尔的生活,勤劳和从容的时刻,我们称之为雨果的生活,流浪而无忧的时刻,我们称之为热拉尔·德·奈瓦尔的生活,或许也是弗朗西斯·雅姆的生活,人类因怀抱脱离实情的、野心勃勃的目的而迷失和堕落,我们称之为托尔斯泰后期的生活,如同拉辛、帕斯卡尔、罗斯金的生活,或许也像梅特林克的生活。

---

① 《祝福》,第 25—26 行。
② 李勒(1818—1894),法国诗人,法兰西学院院士(1886)。学识渊博,通晓古希腊、古罗马、古埃及、古印度、古伊斯兰国家,包括西欧和北欧的文明史。有两部著名诗集:《古代诗集》和《蛮荒诗集》,曾把荷马史诗翻译成法文。

圣伯夫与巴尔扎克

同代人中还有一个不受圣伯夫赏识的,那就是巴尔扎克。你皱眉头了。我知道你不喜欢他。这次你不是完全没有道理。巴尔扎克的情感庸俗不堪,无法造就。不光在未谙世事的拉斯蒂涅①那个年龄,他对生活所抱的目的便是满足最卑劣的野心,抑或至少这个目的非常巧妙地同比较崇高的目的混杂在一起,两者几乎难分难辨。甚至去世前一年,他即将实现一生孜孜追求的上流社会爱情,即将与他爱恋十六年之久的韩斯卡夫人结婚,他还向妹妹写下这些话:"喏,洛尔,要想有出息非得在巴黎不可,开办沙龙,集结社会精英,找出一位文雅的女子,王后般令人肃然起敬,与名门贵族联姻,她要聪明风雅,极有教养,姿貌出众。那样就大有作为了……有什么办法呢,对我来说,眼下事务在身,顾不上感情了(失败会使我精神崩溃),要么拥有一切,要么彻底完蛋;要么全部翻本,要么加倍输钱……胆量,智慧,雄心,在我只意味着我十六年来所追求的东西;假如这个巨大的幸福从我手中溜走,那我就一无所有了。不要以为我喜欢奢华。我之所以喜欢幸运街②的豪华,事出有因:那里有一位美丽的女子,出身高贵,家道殷实,交游广阔,来往的尽是最高贵的人

---

① 拉斯蒂涅,巴尔扎克《人间喜剧》中的人物。在许多作品中出现,尤其是《高老头》《幻灭》《妇女研究》《驴皮记》等。这里指在《高老头》中,他从外省到巴黎就学,野心勃勃闯一番事业。

② 巴尔扎克和韩斯卡夫人新婚居所所在街道,位于巴黎十七区。

物。"①别处又谈起她,是这么写的:"这位女子随身带来(财富不算在内)最珍贵的社会优势。"②读了此信,我们就不会惊异《幽谷百合》中巴氏最理想的女子,"天使"德·莫尔索夫人临终写给她心爱的男子、小伙子费利克斯·德·旺德奈斯那封信了,后者把信铭记在心,化为神圣的回忆,许多年后还说:"可爱的声音在夜阑人静时突然回荡,秀丽的脸庞突然呈现,为我指明真正的道路。"巴尔扎克从中得到发迹的艺术启示。诚实发迹,以基督教徒式的方式发迹。因为巴尔扎克明白他必须向我们描绘一幅圣女的形象。但他不能想象甚至在圣女的眼里,社会上发迹并不是最高目的。他向妹妹和侄女们道破隐私,宣布他心爱的女子是个了不起的人物,当他称赞这种私情的种种好处时,那女子的至善至美为她们传递的信息落实到某种高贵的举止,即善于表示和保持年龄差距,等等,显示戏票不算在内,"意大利剧院的座位,歌剧院的座位,歌剧喜剧院的座位"。拉斯蒂涅喜欢上姑母德·鲍赛昂夫人时,单纯地向她承认:"您可以操纵我的。"③德·鲍赛昂夫人不感到惊奇,嫣然一笑。请比较一下德·诺阿耶夫人《新的希望》的女主人公,当似乎在向她求爱的男子对她说"给我扪好亲事罢",她大惊失色,这说明她精神高尚。

我不讲巴尔扎克语言的粗俗,确实粗俗到骨子里,甚至把语汇都败坏了,把最草率的谈话也糟蹋了。《吉诺拉的本领》④起初竟定名为《吉诺拉的花招》。描写德·阿泰兹的惊愕,说什么"他背

---

① 致洛尔·絮维尔,1849 年 3 月 22 日。
② 其实是同一封信中的话,不是"别处"。
③ 此处有误,德·鲍赛昂夫人是外省青年拉斯蒂涅的表姐,经后者姑母德·玛西阿克太太介绍,二人相识。此处引言虽无歪曲,却不符原文:"(我)愿意跪在你裙下,为你出生入死。"参见傅雷译《高老头》。
④ 《吉诺拉的本领》,巴尔扎克一部不太成功的剧作。

上发冷"。① 但有时候他用的语汇好像对上流社会的读者包含深奥的社会真知:"德·旺德奈斯先前的女友:德·埃斯巴夫人,德·玛奈维尔夫人,杜德莱夫人,以及几个不大知名的淑女,感到盘结在她们心底的蛇苏醒了,她们忌妒费利克斯的幸福,恨不得使出她们漂亮的拖鞋叫他大难临头。"② 每次巴尔扎克掩饰这种粗俗,他总庸人似的故作文雅,活像难看得要死的交易所胖经纪人:他们坐着马车在布洛涅森林散步时,故意摆出多情的姿态,用指头装作风雅地支着前额。其时见到女的就说"亲爱的",或觉得用意大利文"Cara"更妙,道别时也用意大利文"addio",不一而足。

你有时觉得福楼拜写信时在有些方面显得粗俗。其实福楼拜与粗俗无缘,因为他懂得作家的生活目的在于其著作,剩下的只不过"运用幻想来描述"。而巴尔扎克把生活的得意和文学的成功相提并论。他给妹妹的信中写道:"假如我不因《人间喜剧》而成伟人,那也会因这次成功(成功地同韩斯卡夫人结婚)而如愿以偿。"福楼拜、马拉梅等人的真知灼见叫我们有点腻烦了,未始不可渴求对立的谬误里可能存有的一星半点真理,有如某人因小便有蛋白,进行长期有益的饮食节制之后需要食盐,又如自感"口臭难忍"的野蛮人,按保罗·亚当③的说法,扑向别的野蛮族啃食其皮肤所含的盐分,不是吗?

但,你不知道,这种粗俗本身也许正是巴尔扎克某些描写强有力的原因。即使我们当中的一些人,因不肯容忍庸俗的动机,因谴

---

① 背上发冷(avoir froid dans le dos),指天冷穿衣太少时的感觉,而因惊讶或害怕而战栗应说:Faire froid à qn dans le dos(使人不寒而栗或使人身上凉了半截)。此处引言有误,原文是:"他(德·阿泰兹)木木望着王妃。"参见《卡迪央王妃的秘密》。
② 引言基本符合原文,但大大缩略了。参见《夏娃的女儿》。"使出她们漂亮的拖鞋",是巴尔扎克杜撰的隐语,意思是"胡编乱造咒语"。
③ 亚当(1862—1920),法国作家。始为自然主义者,继为象征主义者,后为社会小说家。

责并清除庸俗的动机,而变得崇高,这种庸俗动机其实依然寓于他们的身上,改头换面了而已。不管怎么说,即使当野心家有崇高的爱情,即使不把野心勃勃的思想加以改头换面,唉,崇高的爱情也不会持续一辈子,往往只是青春年华的一段美好时光。一个作家光凭自己这段经历写得出一本书。但有很大一段经历是被排斥在外的。所以,看到拉斯蒂涅一次由衷的爱情,旺德奈斯一次由衷的爱情,我们究竟能找到多大的真实性,就是说,这个拉斯蒂涅这个旺德奈斯,他们这些人都是冷酷的野心家,一辈子都在计算和抱有野心,他们青年时代离奇的遭遇(是的,与其说是巴尔扎克的遭遇,不如说是他们青年时代的遭遇)已经被遗忘了,回想起来只淡然一笑,别人和当事者谈起德·莫尔索夫人的奇遇就像谈论随便一桩奇遇,根本不愁她会一辈子念念不忘、耿耿于怀。根据上流社会和人生经验来如此确定生活意识,就是说,生活中有约定俗成:爱情不持久,是年轻人的失误,野心和肉欲起了很大的作用,而这一切终将有一天会显得微不足道,将表明最理想的情感也不过是一面棱镜,野心家借这面棱镜把自己的野心改头换面,其表现方式也许是无意识的,却最为激动人心,就是说,有人主观上一厢情愿地自认为是理想的情人,而作者则把这等人客观地表现为最无情的冒险家,这没准是一种天赋,创作的必要条件,作者把最高尚的情操用极其庸俗的方式加以构思,竟天然成趣,以致他给我们大讲这门婚事的社会利益时,还以为给我们描绘的幸福人生的梦想实现了。这里没有必要把巴尔扎克的书信和小说分开。大家都说,对于巴尔扎克,小说人物实有其人,他认真探讨某某办法较有利于德·葛朗利厄小姐或欧也妮·葛朗台,可以说,他的生活是他以完全相同的方式构建的一部小说。在现实生活(在我们看来并非真实的)和巴氏小说中的生活(作家唯一真正的生活)之间没有分界线。在给妹妹的信中,他谈起与韩斯卡夫人的姻缘,不仅一切像小说那般构思,而且所有的特征像他书中作为使情节明朗化的因素,统统摆出来,加以分析,加以描绘。他存心向妹妹指出,母亲在信中把他当小男孩一般对待,并且挑明如果向外透露,他,巴尔扎克,本人负债累累不算,而且全家背债,那很可能使他的婚姻受挫,使韩斯卡夫人改变主意,另作他谋,他写这一切仿佛创作《图尔的本堂神甫》,给妹妹洛尔的信是这样写的:"于是我们获悉,雕塑家诸事不顺,政府缩减订单,工程停工,艺术家曾负债,虽已付清,但尚欠大理石加工商,欠制粗坯的雕塑工人,他指望以自己的劳动来偿还债务……一个已婚的兄弟来信向你们透露他为妻子和孩子们勇敢地奋斗,尽管处境岌岌可危;一个姐妹嫁错了人家,远在加尔各答,穷得一贫如洗;末了你们得知雕塑家有个老母亲,不得不赡养其终身……假设在这种情势下,另一位婚姻对象上门求婚,年轻人既体面又不背债,享有三万法郎年金,并且当上代理检察长。絮维尔夫人和丈夫如何选择呢?他们发现雕塑家那方家境贫穷,前途未卜,他们找到了借口,于是索菲成为代理检察长的妻子,享用三万法郎年金。被谢绝的雕塑家心想:'真见鬼,母亲干吗给我写信?真见鬼,加尔各答的姐妹干吗给我写信诉说她的处境?我兄弟干吗不安分守己?咱们全讨了便宜啦!我有了一门亲事,本可以让我发财,更重要的,可以让我获得幸福,现在全泡汤了。'"①

别处则像在写《绝对之探求》,巴尔扎克在信中说有办法在撒丁岛找到古罗马人遗留的矿藏②。他的妹妹、妹夫、母亲就像他经历的活小说《一桩婚姻大事》③中的人物叫我喜爱。他酷爱母亲的同时,并不像伟大的人物对母亲有令人感动的谦恭,那些伟人对待母亲就像孩子似的忘乎所以,而他们的母亲压根儿忘记他们有

---

① 致洛尔·絮维尔,1849年3月22日。
② 1838年巴尔扎克在意大利撒丁岛研究如何开发古罗马人遗留的铅渣并从中提炼银子。他写信给妹妹洛尔·絮维尔,让她相信这异想天开的主意。
③ 指巴尔扎克和韩斯卡夫人的婚事。巴氏信中谈起这桩婚事就像写小说,所以普鲁斯特给这些信取名为《一桩婚姻大事》。

天才。他说:"我可怜的母亲,一个像我这样的人的母亲,最终宣称她的母爱取决于我的操作(一位母亲自己做主爱或不爱像我这样的儿子)。这位母亲写信给像大卫①或像普拉迪埃②或像安格尔③这样的儿子,信中她对儿子就像对待小男孩,对他说她爱他是有条件的。"而当巴尔扎克讲到他对母亲表露的爱,在母亲面前的谦恭,就像描绘德·莫尔索夫人天使般的理想品性,他推动、赞扬、夸张这个理想人物,但始终带有不纯的掺杂:在他,不管怎样,一个理想的女人,乐于让陌生人拥吻双肩,她熟悉社交手腕,并津津乐道。巴尔扎克的天使,属鲁本斯画笔下的天使,张着翅膀,颈脖结实。同样,他对待他的藏画也像对待亲人一样,或他自己陈列室的藏画,或他在维埃晓尼亚④所看到的藏画,几乎全部要搬往幸运街,这些画也是"小说人物",每幅画都有简短的经历,附有爱好者的概述,对画的欣赏很快转向幻想,绝对不像出现于巴尔扎克的艺术品陈列室,而像出现于邦斯舅舅⑤和克拉埃⑥的陈列室,或像出现于沙帕鲁神甫⑦简朴的书柜里,在巴尔扎克的这些小说里,有些

---

① 大卫(1748—1825),法国新古典主义画家。画风严谨,技法精工。多以历史英雄人物为题材,如《贺拉斯兄弟之誓》《布鲁特斯》《马拉之死》等。后成为拿破仑宫廷画家,作品有《加冕式》《授旗式》等。
② 普拉迪埃(1792—1852),法国雕塑家。主要作品有巴黎协和广场上的《里尔城》和《斯特拉斯堡城》群雕、拿破仑墓的十二座胜利女神、凯旋门上的《无名战役》等。
③ 安格尔(1780—1867),法国画家,新古典主义画派最后的代表人物。画法工致,重视线条造型,尤长于肖像画。作品有《爱蒙夫人像》《泉》《土耳其浴室》等。
④ 韩斯卡夫人公馆所在地,位于乌克兰。
⑤ 邦斯舅舅,巴尔扎克晚期小说《邦斯舅舅》的主人公。虽然穷困潦倒,却收藏价值连城的艺术珍品。
⑥ 克拉埃,《绝对之探求》的主人公。因执迷于化学研究,根本不爱惜艺术珍藏,挥霍掉六代人积累的巨产。
⑦ 沙帕鲁,《图尔的本堂神甫》中的人物。他把书柜放在陈列室游廊,颇有风格。

画就像他的人物,夸佩尔①最差的画都"不比最美的陈列厅的画"逊色,同样,毕安训可以同居维叶,拉马克②,若弗鲁瓦·圣伊莱尔③并驾齐驱。巴尔扎克描绘邦斯舅舅或克拉埃的家什,不比幸运街或维埃晓尼亚的陈列室更富有爱心,更具有现实感,更抱有幻想:"我收到贝尔纳·帕利西④为亨利二世或查理九世制作的餐厅喷泉,这是帕利西早期的一件作品,稀奇有趣的无价珍品,直径为四十至五十厘米,高达七十厘米,等等。幸运街的小公馆将收藏一些美丽的画:格勒兹⑤的一幅可爱的头像画,来自波兰末代国王的陈列室;卡纳莱托⑥的两幅画,原属教皇克雷芒八世;还有范·海瑟姆⑦的两幅画,凡·戴克⑧的一幅肖像画,被誉为意大利格勒兹的罗塔里⑨的三幅油画;还有克拉纳赫⑩的《犹滴》,一件妙不可言的珍品,等等。这些画都是 di primo cartello(一流的),不比最美的艺术品陈列室逊色。""我陈列室的那幅霍尔拜因⑪经历三百年依

---

① 夸佩尔(1661—1722),法国画家。其名作《抚弄小狗的女孩子》藏于罗浮宫。
② 拉马克(1744—1829),法国博物学家。
③ 圣伊莱尔(1685—1752),法国博物学家。
④ 帕利西(1510—1590),法国学者,陶瓷制作家。
⑤ 格勒兹(1725—1805),法国画家。代表作有《父亲向孩子们解说〈圣经〉》《受罚的坏儿子》《破罐》《吉他演奏者》等。
⑥ 卡纳莱托(1697—1768),意大利画家。擅长画城市景观,如《威尼斯耶稣升天节》等。
⑦ 海瑟姆,十七、十八世纪荷兰海瑟姆家族父子三人皆为画家。此处不知指哪一位。
⑧ 凡·戴克(1599—1641),佛兰德画家。作品以贵族肖像为主,如英王查理一世肖像多幅。
⑨ 罗塔里(1707—1762),意大利画家。
⑩ 克拉纳赫(1472—1553),德国画家。在宗教改革运动时期表现出人文主义倾向。作品有《马丁·路德肖像》《维纳斯与小爱神》等。
⑪ 霍尔拜因(1497—1543),德国肖像画家和版画家。其《死神舞》讽刺罗马天主教,在宗教改革运动中起了一定的作用。晚年任英王亨利八世的宫廷画师。素描精练,生动传神,木版画刀法细致柔韧,富有韵律感。代表作有《伊拉斯谟像》《德国商人吉兹像》等。

旧鲜亮清纯，无可比拟。""霍尔拜因那幅《圣彼得》是公认的精品；若公开出售，可卖到三千法郎。"在罗马，巴尔扎克买下"塞巴斯蒂亚诺·德·皮翁波的一幅画，布龙齐诺的一幅画，米尔韦的一幅极美的画"①。他有一些塞夫勒瓷瓶，"原先必定是送给拉特雷耶②的"，因此如此费工夫做出的瓷瓶只能献给"昆虫学上顶尖的名流。这是一项真正的新发现，我从未有过如此的机遇"。别处，他谈起自己的枝形吊灯时，说那是"来自德国某国皇帝的家什，因为吊灯顶上置有双头雄鹰"。关于他收藏的那幅玛丽王后，他说："不是出自夸佩尔之手，但出自夸佩尔画室的一名学生，或朗克雷③或别人，行家才看得出不是夸佩尔的真品。""纳图瓦④一幅优美的画，带有本人签名，确认是原画，挂在我的书房，同那些扎实过硬的油画放在一起，显得有点儿小家子气。""纳图瓦一幅有趣的稿图，表现路易十四诞生，《牧羊人崇拜耶稣》，画中牧羊人戴着当时流行的头饰，表示崇敬路易十四及其大臣们。"⑤巴尔扎克谈起自己收藏的《马耳他的骑士》，说道："这幅画中一切都很和谐，就像提香一幅保存完好的原作；最令人叹为观止的，是衣着，用内行人的说法，把人撑起来了……塞巴斯蒂亚诺·德·皮翁波做不到这一点。不管怎么说，这是意大利文艺复兴时期最美的作品之一，属拉斐尔画派，在色彩上又有所改进。""但，只要您没见过我藏品中的格勒兹画的女人肖像，您不会知道什么是法兰西画派，请相信我的话。在某种意义上讲，鲁本斯，伦勃朗，拉斐尔，提香不比他强

---

① 皮翁波（1485—1547）、布龙齐诺（1503—1572）、米尔韦（生卒年不详），均为意大利画家。
② 拉特雷耶（1762—1833），法国博物学家，昆虫学创始人。
③ 朗克雷（1690—1743），法国画家。
④ 纳图瓦（1700—1777），法国画家。
⑤ 致韩斯卡夫人，多封，1846年。

多少。格勒兹的风俗画同《马耳他的骑士》一样美。圭多①那幅笔触刚劲的《曙光》,已经蕴藏了整个儿的卡拉瓦乔②。这使人想起卡纳莱托,但更加雄伟。总之,至少窃以为这是无与伦比的。"③巴尔扎克经常说"至少窃以为"。说起《邦斯舅舅》,他说:"至少窃以为这是一部优秀的作品。"他母亲不得不提醒他:"喂,一谈起这些事,你就说:至少窃以为。"他还写道:"我有一套华托④餐具,其中牛奶罐漂亮极了,还有两个茶筒。"⑤"我那幅格勒兹的画是我所见最优美的,是格勒兹献给若弗兰夫人⑥的,还有两幅华托的画也是献给若弗兰夫人的:这三幅画价值八万法郎。除此以外,有两幅莱斯利的画:雅克二世和他的第一任妻子;还有凡·戴克、克拉纳赫、米尼亚尔、里戈各一幅精品⑦,卡纳莱托的三幅画是由波兰国王买下的,凡·戴克的一幅画是由韩斯卡夫人的高祖父向凡·戴克本人买来的,还有伦勃朗的一幅油画,多么名贵的画哟,伯爵夫人⑧要把三幅卡纳莱托放到我的陈列室。有两幅范·海瑟姆的画价值连城,即便用铺满这两幅画的钻石的价值也买不到。波兰那些名

---

① 圭多,即蒙福者安吉利科(1395—1455),原名圭多·迪·彼得罗,又名乔凡尼·达·菲耶索莱修士。意大利画家,十五世纪最伟大的画家之一。
② 卡拉瓦乔(1571—1610),意大利画家。初期作品多为风俗画和静物画,后成为以批判精神处理宗教题材的倡导者。擅长运用强光黑影突出主要物体,具有刚劲的风格。作品有《女卜者》《耶稣之葬》《酒神》《弹曼陀铃的女郎》等。
③ 致乔治·姆尼泽克,1846年8月。
④ 华托(1684—1721),法国画家。突破路易十四时期学院古典主义束缚,创造了抒情性的画风,如大幅油画《画店》。多数作品描绘贵族生活,人物忧郁,精神空虚。代表作有《惜别爱情岛》等。
⑤ 《致托雷》1846年12月。
⑥ 若弗兰夫人(1699—1777),著名沙龙主持人。接待诸多名流,资助百科全书派人士,招待外宾,在欧洲享有盛名。
⑦ 莱斯利(1609—1685)、米尼亚尔(1612—1695)、里戈(1659—1743),均为法国画家。
⑧ 伯爵夫人,指韩斯卡夫人的女儿。

门望族珍藏多少财宝哇！"①

这种不伦不类的现实，于生活过分虚幻，于文学过分实在，导致我们经常在巴尔扎克的文学中品尝近乎生活赋予我们的乐趣。每当他想列举杰出的医生杰出的艺术家，往往把真名实姓和他小说的人物混为一谈，这绝非幻觉。他会说："他的天才不亚于克洛德·贝尔纳，皮沙②，德普兰，毕安训③等人"，恰似全景画家，把真实人物放在前景，让他们具有立体感，而在背景上采用骗眼术制造假象。通常巴尔扎克的真实人物变得不那么真实了。巴氏人物的生活具有巴氏艺术的效应，给作者带来不属于艺术范畴的满足。他讲起他们如同真实的人物，甚至如同杰出的人物，"已故的著名内阁总理德·玛赛是七月革命产生的唯一伟大的国务活动家，唯一能使法国获救的人物"④；他时而以暴发户的得意不满足于收藏名画，但不断吹嘘画家的盛名和人家向他开的画价，时而以孩子般的幼稚，一旦把玩偶人物命名后，就确信她们具有真正的生命，他甚而至于一下子叫出她们的名字，当她们还名不见经传时，就叫出她们的小名，无论是卡迪央王妃（"诚然，狄安娜看不出已经二十五岁了"⑤），还是德·赛里齐夫人（"谁都跟不上莱翁蒂娜，她飞也似的"⑥），还是德·巴塔斯夫人（"《圣经》中的？菲菲娜惊异地

---

① 致洛尔·絮维尔，1849年10月。
② 贝尔纳（1813—1878），法国生理学家。皮沙（1776—1802），法国医生、解剖学家和生理学家。
③ 德普兰，巴尔扎克小说中的高尚人物。《无神论者望弥撒》的主人公，在《比哀兰特》《烟花女荣辱记》（一译《交际花盛衰记》）中重新出现，是"古今最伟大的外科医生"。毕安训是他的弟子。
④ 玛赛，巴尔扎克世界的著名人物，在《十三人故事》《幻灭》中多有出现。他属纨绔子弟，上流社会的风流人物，七月王朝时参政，官至内阁总理。
⑤ 参见《卡迪央王妃的秘密》。
⑥ 参见《高老头》。

反问"①),我们看到这种随便的谈吐有点粗俗,但绝非赶时髦,不像纽沁根夫人为赶时髦管葛朗利厄夫人叫"克洛蒂尔德",巴尔扎克说:"她以唤别人小名的形式显示好像出身高里奥家的人,是一向与上流社会来往的②"。

圣伯夫责备巴尔扎克美化脱鲁倍神甫③,使他最后高大得好似黎塞留,等等。他同样也美化伏脱冷④,以及其他许多人。不仅仅因为赞赏和美化他的人物,并使他们成为同类的佼佼者,比如把毕安训和德普兰与贝尔纳或拉埃内克⑤摆在同等地位,或把他的人物与德·格兰维尔⑥和德·阿格索⑦相提并论,而且因为巴尔扎克所热衷的一种错误理论,这种理论吹嘘生不逢时的伟人,事实上这恰恰是他作为小说家的对象:创造无名史,研究某些人的历史特性,有如他们的出现与历史因素无关,而正是历史因素使他们变得高大。只要巴尔扎克坚持这种观点,那就不会引起反感。吕西安·德·吕邦泼雷自杀前给伏脱冷留下一封信,写道:"上帝乐意的话,这批神秘人物便是摩西,阿提拉,查理曼大帝,穆罕默德,抑或拿破仑,但上帝若让这批当工具使的巨人沉入汪洋似的人海底层生锈,那么他们必定是普加乔夫,富歇⑧,卢韦尔⑨或卡尔洛·

---

① 参见《幻灭》。
② 高里奥出身低微,靠买卖面粉发迹,他的小女儿黛尔菲娜虽然嫁给银行家,依然摆脱不了俗气。参见《高老头》。
③ 脱鲁倍神甫,巴尔扎克人物。为人阴险奸诈,打击同行抬高自己,最后得逞,在本教区确立权势,并得以晋升。参见《图尔的本堂神甫》。
④ 伏脱冷,绰号鬼上当。奸诈,强悍,看破世态炎凉,玩世不恭,是《人间喜剧》的特殊人物。在《高老头》《幻灭》《烟花女荣辱记》等中都有出现。
⑤ 拉埃内克(1781—1826),法国著名医生。
⑥ 格兰维尔(1803—1847),法国画家。
⑦ 阿格索(1668—1751),法国法官和政治家。
⑧ 富歇(1759—1820),拿破仑的警察首脑。——编者注
⑨ 卢韦尔(1783—1820),法国工人。因刺杀贝里公爵被处死刑。——编者注

埃雷拉神甫①……永别了！永别了！您倘若走正道,本可以胜过希门尼斯②,胜过黎塞留……"③吕西安说话太像巴尔扎克了,与所有其他人物都不相同,不像真实的人物了。尽管巴尔扎克人物形形色色,多种多样,叫人不可思议,又有同一性,但有时由于这样或那样的原因,总免不了叫人产生似曾相识之感。

例如,尽管在巴尔扎克著作中典型少于个体,但读者觉出雷同,往往同一典型以不同姓名出现。有时候,德·朗热夫人很像德·卡迪央夫人,或德·莫尔索先生很像德·巴日东先生。

根据这些特征,我们认出巴尔扎克后,不禁怀着同情会心一笑。但也有鉴于此,一切使小说人物更近似真实人物的细节得到适得其反的效果；人物虽栩栩如生,巴尔扎克得意之余却画蛇添足,如列举嫁妆的数目,跟《人间喜剧》其他人物的种种联姻,进而联姻的人物也被视为真实人物,在他,似乎起到一箭双雕的作用："德·赛里齐夫人没有受到接待,尽管娘家姓德·龙克罗尔"④。由于读者看出巴尔扎克的技巧,反倒不大相信葛朗利厄夫妇不接待德·赛里齐夫人的现实性。江湖郎中和艺人的活力越引人注意,那么艺术作品活生生的印象就越受到损害！但不管怎么说,艺术品毕竟是艺术品,如果稍为歪曲一点过于真实的细节,如果窜改一点蜡像馆似的真实,那就可以利用细节,把细节稍加艺术化。再者,由于这一切涉及某个时代,展现其过时的外表,极聪明地判断其实质,所以当小说的趣味用尽时,便作为历史资料重新开始新的生命历程。又如,《埃涅阿斯纪》中凡使诗人不感兴趣的东西都可以让神学家着迷,同样,我们觉得佩拉德,费利克斯·德·旺德奈斯,以及其他许多巴尔扎克的人物,都没有多大生命力。阿尔贝·

---

① 埃雷拉神甫,伏脱冷的一个身份。——编者注
② 希门尼斯(1436—1517),西班牙高级教士。——编者注
③ 参见《烟花女荣辱记》。
④ 同上。

索雷尔①会对我们说,非得通过这些巴尔扎克人物才可研究执政府时期的警察或王政复辟时期的政治。当我们不得不依依惜别某个小说人物,尽管巴尔扎克推迟离别的时刻,当这个人物即将消失,只剩下梦幻,而得知他又将在别的小说中重新出现,有如我们即将离开在旅途中认识的人,却又获悉他们跟我们乘同一列火车将在巴黎重新见面;索雷尔对我们说:"嗨,不是梦幻嘛,好好研究这些人物,这就是真实,这就是历史嘛!"

所以,读巴尔扎克的小说,我们一如既往激情满怀,近乎能满足痴情,而高雅文学则应当为我们治愈这种痴情。托尔斯泰在小说中描写上流社会的晚会总把作家的思想置于君临的地位,正如亚里士多德所说,我们的凡俗在作品中得以净化;而在巴尔扎克的小说中我们几乎得到身临其境的世俗满足。巴氏小说的标题便带有这种实证的印记。通常作家所取的标题多少带有某种象征,某种形象,命题时必须考虑比较普遍的含义,比较有诗意的含义,而这种含义在阅读时心领神会,但,巴氏小说则适得其反。他那本叫作《幻灭》的书很精彩,读后倒觉得《幻灭》这样的好书名受到了限制和坐实。这个标题意味着吕西安·德·吕邦泼雷来到巴黎时发觉德·巴日东太太不伦不类和乡里乡气,发觉新闻记者狡猾奸诈,发觉生活困难重重。种种个人的幻想,种种飘忽的幻想,一旦毁灭,就可能使吕西安陷于绝望,从而给小说打上强烈的现实烙印,但必定有损于书名所赋有的哲理意味。每部小说的标题必须按字面的意义来确定:《外省大人物在巴黎》《烟花女荣辱记》《老叟情爱价几何》,等等。在《绝对之探求》中,绝对与其说是哲学公式,哲学内容,不如说是炼丹术公式,炼丹术内容。况且,无关宏旨。小说的主题与其说是疯魔的破坏,不如说是疯魔的自私使一个温情脉脉的家庭深受其害,不管这种疯魔的对象是何物。巴尔塔扎

---

① 索雷尔(1842—1906),法国历史学家和作家,法兰西学院院士。

尔·克拉埃是于洛、葛朗台等人的兄弟。谁要撰写神经衰弱患者的家庭生活，定能得到同一类型的写照。

风格是作家的思想使现实得以加工的标记，因此巴尔扎克的作品不存在严格意义上的风格。圣伯夫在这个问题上大错特错了，他写道："巴尔扎克的风格软弱无力，往往既敏感又乏力，染满和渗透各种色调，是一种引人入胜的蛊惑风格，如我们的大师们所说，彻底的亚洲风格，比善于模仿别人姿态的古代哑剧演员的躯体更筋疲力尽，更衰弱萎靡。"①简直荒谬绝伦。就拿福楼拜的风格来说，现实的各个部分都归化为同一种物质，在大面积上呈现单调的闪光。任何杂质荡然无存。表面明净照人。所有的事物显得一清二楚，但通过反照，并不损害清一色的物质。而在巴尔扎克的作品中则相反，一种尚未形成的风格的各种因素共处并存，既未消化也未加工。巴氏风格既非启发性的也非映照性的，而是解释性的。况且借用最扣人心弦的形象加以解释，又不使形象跟其余部分融合，形象表达了他想说的意思，正如在交谈中想让人领会其意，当交谈天然融洽时，就不必担心整体的和谐，用不着考虑干预。巴尔扎克之所以在书信中说："门当户对的婚姻就像奶油，一不当心就变坏了"②，是因为这类婚姻的形象所造成的，就是说形象虽惊心动魄，准确无误，却是不协调的，解释性而非启发性的，不隶属于任何美的目的和任何和谐的目的，以致巴尔扎克如此运用形象："德·巴日东先生的笑好似沉睡后突然惊醒的一串球"③，等等；"他脸上泛起热色，就像内里点灯的一件瓷器"④；"一言以蔽之，描绘此人可从一个特征下手，其价值将得到惯于商谈生意的人的赏识，那就是他常戴蓝眼镜，用来遮掩他的目光，借口保护眼睛不

---

① 所引不全，根据原著译出。参见《月曜日丛谈》第二卷，第351页。
② 参见致洛尔·絮维尔，1849年3月22日。
③ 参见《幻灭》。
④ 参见《朗热公爵夫人》。

受光线强烈反射"①。

由此,对形象美产生一种非常可笑的见解,以致德·莫尔索夫人给费利克斯·德·旺德奈斯写信道:"用形象来说明吧,好让您这诗人的头脑铭记:一个巨大的数字,无论用黄金标出还是用铅笔写下,永远只将是个数字"②。

如果说巴尔扎克满足于找出特征,使我们明白其人如何,而不必将其融入美丽的整体格局,那么同样他列出确切的事例而不点明事例可能包括的内涵。他描写德·巴日东太太的精神状态时如此写道:"她猜想约阿尼纳总督③的为人,恨不得在他后宫中和他搏斗;觉得被人装入布袋丢下水去,伟大得很。她羡慕沙漠中的女才子,以斯帖·斯唐诺普夫人"④。就这样,他不满足于启发我们对一件事物的感觉,而迫不及待自己出来定性:"他的表情难看得可怕。可当时他目光出神"⑤。接着他向我们诉说德·巴日东太太的才能,但这种才能很快使她对外省的鸡毛蒜皮也吹毛求疵起来。他加添道:"诚然,落日是一首雄壮的诗"⑥,口气就像艾丝卡芭雅丝伯爵夫人⑦。甚至,他在《幽谷百合》中自己介入说:"古堡建石中最精雕细凿的一块石头";大家知道巴尔扎克一再向印刷厂厂主索取校样,同一份清样多达七八次,他写作时一向匆忙,句子能安排好就行了。他通过词句向读者提供情况,让词句自行完

---

① 参见《幻灭》。
② 参见《幽谷百合》。
③ 约阿尼纳(1741—1822),希腊塞萨利地区总督。原系土匪出身,以阴险残暴闻名。
④ 斯唐诺普夫人(1776—1839),英国女冒险家。性情乖戾,行为怪僻,1810年后定居黎巴嫩。
⑤ 参见《幽谷百合》。
⑥ 同上。
⑦ 艾丝卡芭雅丝伯爵夫人,莫里哀同名独幕滑稽剧(1672)女主人公。同德·巴日东太太一样,居住昂古莱姆,也是可笑的女才子,周围有一小群仰慕者,自以为得天独厚,摆出贵妇架势,自欺欺人。

成任务:"尽管炎热,我仍走下草坪去观赏安德尔河及其诸岛,河谷及其山峦,面对这派景色,我像一个狂热的欣赏者。"①

巴尔扎克把头脑里随时出现的想法统统拿来使用,不求融会贯通,不把各种思想融进一种风格,使其协调一致,并暗示他想说的道理。不,他把一切直截了当说出来,不管形象多么混杂和不协调,都将其并列在一起,但形象总是准确无误的。"巴日东先生的微笑好像久睡初醒的圆炮弹。""德·夏特莱先复活像甜瓜,一夜之间由绿变黄。""我们不能不把X先生比作:一条冻僵的毒蛇。"②

词句是由一种特殊的物质组成的,一切以谈话、学问等为对象的东西都应在句子中消失和辨认不出来,但巴尔扎克不是这样构思词句的,他给每个词语加添他对词语的概念,再从加添概念引起他所做的思考。他若讲起一位艺术家,立即说出他对艺术家的所知,简单插入同位语就了事。讲起赛夏印刷厂,他说有必要使纸张适应法兰西文明的需求,而法兰西文明快要把争论扩展到一切地方,快要把重心基于个体思想无休止的表现上,这才是真正的不幸,因为唇枪舌剑的百姓很少有什么实际行动。如此之类,不一而足。就这样他的各种思考和盘托出,由于天生粗俗,往往平庸不堪,幼稚至极,以致在一个句子内出现颇为引人发笑的东西。何况"为……固有的"这类成语出现在句子中原本正是用来下定义和提供情况的,就越发显得郑重其事了。例如在《夏倍上校》里,好多次提到"诉讼代理人天生胆子大","诉讼代理人天生不轻信"。需要解释时,巴尔扎克便单刀直入,写道事出有因,接着洋洋洒洒一大章。同样,他写概要时,必定判定我们应当知道一切,不露声色,不作谦让:"大卫自结婚第二个月就把绝大部分时间用于……

---

① 参见《幽谷百合》。
② 参见《幻灭》。

抵达昂古莱姆三个月后……";"修女领唱《圣母赞歌》,唱到丰富而优雅的开展部时,不同的节奏显示人间的快乐"①;"女歌唱家演唱华彩经过句时乐旨显得光彩熠熠,她的歌声小鸟似的欢蹦乱跳"②,等等。

巴尔扎克不遮不掩,他和盘托出。所以我们发现他的作品中有种种奇妙的沉默效果时,不免感到惊异。龚古尔对福楼拜的《情感教育》感到惊讶,而我对巴尔扎克著作的隐秘更为惊奇。"你们认识拉斯蒂涅吗?真的?……"

巴尔扎克很像这些人,当他们听到一位先生谈起德·奥玛尔公爵时言必称"亲王",对一位女公爵说话时口口声声"公爵夫人",当他们见到公爵把自己的帽子放在客厅的地上,只听得有人称呼亲王:王子叫德·巴黎伯爵,或德·茹万亲王,或沙特尔公爵,便问道:"为什么您言必称亲王,既然他是公爵?为什么您口口声声公爵夫人,像个用人似的",等等。但,自从他们得知这是习俗,他们便以为向来知道的,或即使他们记得曾经有过这类微词,也少不了要教训别人,自告奋勇向别人解释上流社会的习俗,尽管他们新近才知道这些习俗。他们像急就章学者所持的自以为是的语气,恰恰是巴尔扎克所采用的语气,当他教训说什么该做什么不该做的时候。巴尔扎克在把德·阿泰兹介绍给卡迪央王妃时写道:"王妃没有向这位名人说任何恭维话,而庸俗之辈则对他极尽阿谀之能事。像王妃这般高雅的女子与众不同,尤其表现在她们聆听别人说话的姿态上。晚餐饭局上,德·阿泰兹给安排在王妃身边,她远不像好作媚态的女人那样过分节食,却吃得好香"③,等等。又,巴尔扎克把费利克斯·德·旺德奈斯介绍给德·莫尔索夫人时写道:"德·莫尔索夫人谈起当地情况,谈起收获,尽讲些

---

① 参见《幻灭》。
② 参见《朗热公爵夫人》。
③ 参见《卡迪央王妃的秘密》。

我不知道的事情。一位女主人如此行事,表明缺乏教养,等等。但几个月后我才明白有多深的含义"①,等等。这种坚信的语气至少在这里是不言自明的,因为他只是验证习俗。但他作出判断时,语气依然坚信不疑:"人世间,谁也不关心痛苦,不关心厄运,一切过问都是空话",抑或他作出评注:"德·绍利欧公爵来书房会见等候他的德·葛朗利厄公爵:'喂,亨利!'这两个公爵以你相称,互相直呼其名。这是已发明的多种细微差别的一种,用来表示私人情感的程度,抵制法语通俗化的泛滥,打压死要面子。"②况且应当说巴尔扎克很像新基督教人文学者,他们赋予教会对人文学者文章以极大的权力,连控制正统派教义的最严厉的教皇也望尘莫及,而他授予公爵们的天赋连已把他们捧上天的圣西门见了都会瞠目结舌:"公爵向卡缪索太太投去一道目光,大爵爷们就是用这样的目光剖析人生,还常常用来剖析灵魂。啊!法官妻子若能了解公爵们的天禀就好了。"③假如巴尔扎克时代的公爵们真有这种天禀,那应该承认当今之下,用通常的说法,事情起变化了。

有时候巴尔扎克不直接抒发由只言片语所引发的仰慕。他让场景中的人物表达这种仰慕。巴尔扎克有一篇非常著名的中篇小说,叫《妇女再研究》。由两个短篇故事组成④,没有很大的场面表现,但巴氏人物围绕叙述者几乎全出场了,就像法兰西喜剧院每逢周年纪念日、百年大庆所排演的"应时剧"或"典礼节目",全体出动。每个人都插得上嘴,就像死人们展开对话,以显示整整一个时代。每时每刻都有一个人物出现。德·玛赛开讲时指出,国务活动家是一种冷血怪物。杜德莱老勋爵插话:"您的解释说明为什么法国国务活动家寥若晨星。"玛赛继续讲,这种怪物,之所以成

---

① 参见《幽谷百合》。
② 参见《烟花女荣辱记》。
③ 同上。
④ 实际上由五个短篇故事组成。

为怪物,得助于一个女人。"我原以为我们葬送的政治家大大多于我们造就的呢。"德·蒙柯奈夫人微笑道。"如果讲的是一件风流韵事,我要求大家免开尊口,不要打断他。"德·纽沁根男爵夫人说。"此时发表感想是最不善于思考的。"约瑟夫·勃里杜嚷道。"他不愿意留下吃宵夜。"德·赛里齐夫人说。"饶了我们吧,别说那些可怕的警句了。"德·冈夫人微笑道。然后轮流出场的有卡迪央王妃,巴里莫尔夫人,德·埃斯巴侯爵夫人,德·图希小姐,德·旺德奈斯夫人,勃龙代,达尼埃尔·德·阿泰兹,德·蒙特里沃侯爵,亚当·拉金斯基,等等,依次逐个发表高见,好似法兰西喜剧院的分红演员每逢莫里哀诞辰纪念日列队到诗人半身雕像前,献上一束棕榈枝。然而,这些有点人为聚集在一起的听众,对巴尔扎克来说,是好得不能再好的听众了,巴尔扎克本人又是听众又是自己的代言人。德·玛赛发表感想说:"专一和真正的爱情产生一种肉体麻木,同堕入凝神静观状态相一致。脑子整个儿复杂化了,于是绞尽脑汁,勾勒异想天开的事情,把幻想当作现实,构成挥之不去的苦恼,因此这类忌妒既惹人疼爱又予人难堪。"一位外国大臣听了会心一笑,因为他想起一件往事,认为这番评论符合实情。过了一会儿,德·玛赛描绘他的一个情妇时用的比喻不太雅,但巴尔扎克大概很喜欢,因为我们在《卡迪央王妃的秘密》中重新读到相似的比喻:"最漂亮最像天使的女人总有一股少见的猴气。"巴尔扎克写道:"听到此话,所有在场的女人都垂下眼帘,好像她们被如此残酷地说出的如此残酷的真理伤害了。"

德·玛赛接着说:"那一夜和以后一星期我是如何度过的,就免说了吧。反正我认出自己能当国务活动家了。"——"此话说得如此有力,我们大家不禁都作了叹为观止的表示。"德·玛赛接下来解释说,他的情妇假模假样,对他忠贞不贰:"她没有我,活不下去,等等,最后竟说,她把我当作她的上帝。"女士们听了德·玛赛这番话显得受委屈了,因为她们眼睁睁看着自己被他模仿得惟妙惟肖。德·玛赛晚些时候说:"体面的女子可能遭人恶意中伤,但永远不会提供别人诽谤自己的口实。"——"此话虽令人悚然,但千真万确。"卡迪央王妃道。以卡迪央王妃的特殊性格看,此话不无道理。况且巴尔扎克早已事先让我们知道有大的乐事供我们享受:"只有在巴黎,这种特殊的精神才得以焕发……巴黎,风雅之都;唯独巴黎掌握把交谈变为交锋的学问……""机灵敏捷的对答,精到细微的评论,美妙绝伦的戏言,明晰夺目的描绘,全部妙语连珠,纷至沓来,供大家美美地领略和细细地玩味。"众所周知,巴尔扎克所言极是。我们不总是像这批听众那样做到即时赞赏。因为我们不像他们那样目睹叙述者的模拟表演,舍此,"这种人见人爱的即兴表演"是无法用文字表达的。我们果然不得不相信巴尔扎克所说的话,他说德·玛赛每说一句话都"伴随着面部表情,头部动作和意味深长的忸怩作态",抑或勃龙代装腔作势说出这番戏言,女士们不禁哑然失笑。

因此,巴尔扎克存心让我们知道每次发言取得成功的情景。"这声发自肺腑的叫喊在宾客中引起了共鸣,挑动了他们原已跃跃欲试的好奇心。""这话引起大家的骚动,恰如记者在报道议会演说时所描写的:全体轰动。"德·玛赛在那个我们没有参加的晚会上讲故事获得成功,巴尔扎克通过描绘这次成功来表现他自己,是他巴尔扎克的成功呢,还是仅仅信笔所至引起的自我欣赏呢?恐怕两者皆有。我有一个朋友,在我认识的人中真正是凤毛麟角,有一种了不起的巴尔扎克式高傲。他在一家剧院作了一场演讲,我没有参加,他在向我复讲时,不时拍手打断自己的话头儿,以示听众当时的鼓掌。但,他投入了那样的狂兴那样的激奋那样的执着,以致我深信,他与其说是向我忠实地描绘演讲场景,倒不如说是像巴尔扎克似的自我欣赏。

然而,恰恰这一切是喜爱巴尔扎克的人们所喜闻乐见的,他们微笑着传言送语:"阿梅莉这个名字难听死了","《圣经》中的? 菲菲娜惊异地反问"①;"卡迪央王妃最精于穿着打扮"②。喜爱巴尔扎克! 圣伯夫那么喜爱给何谓喜爱下定义,本可以在此大做文章。因为其他小说家,我们喜爱他们的同时对他们言听计从,我们捧读一本托尔斯泰的书如同从比自己高大比自己能干的人那里获得真理。巴尔扎克的种种粗俗众所周知。初读时经常叫我们扫兴,但读多了倒喜爱起他来,于是对他的种种幼稚话报以微微一笑;我们喜爱他,带着一点掺着柔情的讥讽;我们了解他的怪僻、他的狭窄,我们喜爱他正因为这些缺点强烈地显出他的特征。

巴尔扎克在某些方面保持着一种无条理的风格,可以相信:他没有致力于使其人物语言客观化,或当他使语言客观化时,他立即情不自已地每时每刻指出人物的特性。然而事实上完全相反。正是他本人,表面上幼稚地炫耀他的历史观艺术观等等,实际深藏不露,让人物的语言自行显露出真实面目,巧妙得让人觉察不出这种语言的真实性,而他不动声色,从不点破。美丽的罗甘太太是风雅的巴黎人,在图尔嫁给了省长,当巴尔扎克让她说话,比如她含讥带讽地挖苦罗格龙一家内务时所说的种种戏言,完全是她的语言,而不是巴尔扎克的!

还有,诉讼代理人的书记们嘲笑伏脱冷的吟唱,"特兰,拉,拉,特兰!"德·葛朗利厄公爵和德·帕米埃主教代理官无聊的谈话:"德·蒙特里沃伯爵死了,"主教代理官说,"他是个粗壮的人,对牡蛎的嗜好令人难以想象。"——"他到底吃多少?"德·葛朗利厄问。——"每天十打。"——"没有不舒服?"——"根本没有。"——"哇呀! 非同寻常嘛! 这嗜好没让他得结石病?"——

---

① 参见《幻灭》。
② 参见《卡迪央王妃的秘密》。

"没有,他身体好极了,可死于车祸。"——"车祸!他天生好吃牡蛎,在他很可能牡蛎是不可缺少的。"①吕西安·德·吕邦泼雷,即使在私谈时也吐露出活泼的俗气,那种缺乏教养的青年流气,大概很讨伏脱冷喜欢:"这么说,"吕西安心想,"他会玩布约特纸牌游戏。""他被揭穿了。""真是阿拉伯人的性格!"吕西安心里对自己说:"我给他许个空愿罢。"②"此人狡猾透顶,不比我更像神甫。"③实际上,伏脱冷不是唯一喜欢吕西安·德·吕邦泼雷的人。奥斯卡·王尔德早期说过:"只是有了湖畔派④诗人以后,泰晤士河上才有浓雾。"可叹后来生活教他懂得现实中令人心碎的痛苦多于书本上读到的,王尔德说:"我一生中最大的悲哀,是吕西安·德·吕邦泼雷在《烟花女荣辱记》中死掉了。"其时王尔德处于生活的辉煌期,他对吕西安·德·吕邦泼雷的偏爱和对吕西安之死的柔情,就特别富于戏剧性。他对吕西安之死的同情,想必同所有的读者一样,站在伏脱冷的立场上看问题,其实伏脱冷的观点就是巴尔扎克的观点。但,我们不禁联想,几年之后,王尔德竟成了活生生的吕西安·德·吕邦泼雷。吕西安·德·吕邦泼雷最后被关押在警卫官监狱,看到了自己在上流社会发迹的生涯毁于一旦,因为他同一个苦役犯过从甚密,证据确凿,这个下场只是把后来恰恰发生在王尔德身上的事情提前罢了,而当时王尔德确实不知道自己会有同样的下场。

巴尔扎克的四部曲⑤第一部最后一个场景中,每句话,每个举动,都有伏笔,作者不向读者透露,这些伏笔有了不起的深度,因

---

① 参见《朗热公爵夫人》。
② 参见《幻灭》。
③ 参见《烟花女荣辱记》。
④ 湖畔派,英国十八世纪末十九世纪初以华兹华斯为首的浪漫主义诗歌流派。
⑤ 所谓《四部曲》,是指《幻灭》中的三部(《两个诗人》《外省大人物在巴黎》《发明家的苦难》)以及《烟花女荣辱记》。

为，在巴尔扎克的小说中，很少有独一体小说，往往是组合体小说，即一部小说是一组小说的一部分。很明显巴尔扎克对每一组小说都经过长期的准备，如《金眼女郎》《萨拉金》《朗热公爵夫人》等，主题逐渐收紧，最后死死抓住不放。还采用了时代插入法，例如《朗热公爵夫人》《萨拉金》，就像一块场地上混有不同时期的熔岩石。这些伏笔，隶属于一种非常特别的心理学，除巴尔扎克，还未见他人发掘出来，但要指出哪些伏笔属于这类心理学是相当棘手的。不妨举例试述，就拿伏脱冷在大路上阻拦吕西安自杀来说吧，他并不认识吕西安，因此只有吕西安的外貌能引起他的兴趣，直到"挽吕西安的胳膊"，"把手臂围在吕西安腰里"这样情不自禁的动作，这中间除了用控制欲的理论、用两人搭档的理论外，找不出更为不同、更为确切的解释，总之，假教士把吕西安的眼睛，也许把自己的眼睛，蒙上一层不可告人的思想阴影。伏脱冷插讲嗜好吃纸的故事①，难道不是表明伏脱冷了不起的性格这一特征吗？也可以说是跟伏脱冷相似的人的个性特征，不是吗？也是他们特别喜爱的理论之一，是他们很少流露的一点点秘密，不是吗？那段妙文是无可争议的至美佳作，即描述两个旅行者（伏脱冷和吕西安）观光拉斯蒂涅家荒芜的乡绅住宅。我管这叫作同性恋的奥林匹欧的悲哀②："他决意把一切重新看上一遍，包括喷泉旁的水塘。"③我们知道，伏脱冷在《高老头》中的伏盖公寓曾对拉斯蒂涅抱有控制

---

① 从前有个年轻的秘书因吃掉关于芬兰的条约被瑞典国王判处死刑，之后畏罪潜逃到拉脱维亚当上公爵的秘书。公爵挥霍无度，年轻美貌的秘书竟把数目巨大的账单吃掉，半夜去跪在公爵夫人脚下求救。这个美男子非但没有受到惩罚，反被公爵夫人看中，等到公爵死后，和公爵夫人结了婚。
② 雨果《光影集》（1840）有一首诗，题名《奥林匹欧的悲哀》，又《心声集》（1837）中有《致奥林匹欧》。雨果说，奥林匹欧这个象征性人物是他本人的写照和化身，"依然是人，但不再是我了"。我们可以把他看作雨果诗的化身。普鲁斯特在《追忆似水年华》第二卷中提到"鸡奸的奥林匹欧的悲哀"。
③ 参见《幻灭》。

的意图,但没有成功,如今把同样的意图施加在吕西安·德·吕邦泼雷的身上。他在拉斯蒂涅身上失败了,但并不因此而减少介入拉斯蒂涅的生活:伏脱冷唆使别人暗杀泰伊番公子,好让拉斯蒂涅和维克托莉·泰伊番结婚。后来,当拉斯蒂涅跟吕西安·德·吕邦泼雷作对,戴着假面具的伏脱冷提醒他在伏盖公寓的某些事情,从而迫使他保护吕西安,甚至在吕西安死后,拉斯蒂涅还经常约伏脱冷到一条暗街去会面。

这样的效果之所以可能实现,完全多亏巴尔扎克的发明:把同一人物保留在所有的小说中。因此从作品深处折射出的一抹光线,掠过整个生命,以凄凉和混浊的光亮,照射到多尔多涅那座乡绅住宅,照射到我们两位旅行者歇脚的地方。圣伯夫一窍不通,全然不懂为何让人物保留姓名,他写道:"这种自负最终导致最虚假最乏味的构思,我指的是让相同的人物不断出现在这部或那部小说中,好像众所周知的哑角。我们动不动就面对相同的嘴脸。"①这表明巴尔扎克天才的构思遭到圣伯夫的否认。也许人家会说,巴尔扎克不是一下子产生这种想法的。譬如某个部分只是事后才并入他的大组合小说。不要紧嘛。瓦格纳在想到写《帕西法尔》之前,先创作一首曲子,名叫《耶稣受难日的奇观》,后来才纳入《帕西法尔》。至于附加部分,添加的东西美不胜收,天才突然瞥见自己作品的分离部分之间出现新的关联,便把它们衔接起来,使之全盘皆活,浑然不可分隔,难道不正是作者最妙的直觉吗?巴尔扎克的妹妹向我们讲述他产生这个想法的那天是如何欢欣雀跃;我觉得这个想法很了不起,他如果在开始事业之前就有此想法,相比之下,也毫不逊色。这是突然出现的一道光芒,普照在他作品的各个不同部分,本来一直暗淡无

---

① 参见《当代人物肖像》。

光，顿然使各部分浑然一体，生机勃勃，光辉灿烂，但这道光芒并非不是出自他的神思英发。

圣伯夫的其他批评同样荒诞不经。他始而责备巴尔扎克生造"文字乐趣"，不幸他的文笔在这方面确实欠缺，然后又责备巴尔扎克缺少情趣，巴氏的作品也确实情趣不多，但圣伯夫举了一个句子作为例子，而这个句子引自非常精彩的段落，不管怎么说，巴尔扎克著作中这样的段落还是很多的，在这类段落里思想和风格融为一体。句子原文是这样的：老姑娘们"全部住在城里，遍分各处，其方式恰似一株植物的毛细管，她们像叶子吸收露水那样贪婪地收集各家的新闻和秘密，吮吸过后自动传递给脱鲁倍神甫，宛如叶子把吮吸的新鲜水分立即输给茎梗"①。圣伯夫又责备后面几页中的一段话："城里人沸沸扬扬，假仁假义地对迦玛小姐表示同情。'迦玛小姐一生清白，这场官司侮辱了她，她受不了。她虽然理直，一气之下也快气死了。皮罗托害了恩人性命……'那个无孔不入的女人帮口所放的空气，内容就是这几句话，图尔城里的人挺高兴争相传说"②。圣伯夫还竟敢把巴氏小说成功的原因归咎为巴尔扎克吹捧那些青春开始衰退的妇女的短处，如《三十岁的女人》，他说："我严厉的朋友说过：亨利四世靠战胜一个个城市夺取他的王国，而巴尔扎克则靠描写种种缺陷征服病态的读者。今天三十岁的女人，明天是五十岁的女人（甚至已经出现六十岁的女人），后天是得萎黄病的女人，在《绝对之探求》中还有畸形的女人"，等等。他竟敢因巴尔扎克迅速风靡法兰西上下而横加解释："他的技巧在于根据故事的下文逐一选择地点。"③将来人们会在索缪尔的一条街上向旅行者指点欧也妮·葛朗台的故居；在杜埃

---

① 参见《图尔的本堂神甫》。
② 同上。
③ 参见《当代人物肖像》，第341页。

大概已经可以指出克拉埃的故居了。石榴园的占有者①,不管他是多么宽容的图尔人,微笑时必定带着几分傲慢。作者向他安插人物的每个城市奉献的这份殷勤,使他赢得了人心。圣伯夫在谈到缪塞时说自己喜欢糖果和玫瑰,等等,加添道:"一旦咱们喜欢过那么多东西……"我们理解他的意思。这都是圣伯夫喜欢说的事情,他谈起夏多布里昂时也说过这类话。但他对巴尔扎克构思阔大、描绘纷繁表示不满时,他把这种现象称作可怕的杂乱无章:"他的故事中即使不算《三十岁的女人》《被遗弃的女人》《新兵》《石榴园》《独身者的故事》,他的小说中即使不算《路易·朗贝尔》和他的杰作《欧也妮·葛朗台》,还剩下卷帙浩繁、多如牛毛的故事和小说,各种各样的:诙谐的,经济的,哲学的,磁性的和神智的,不一而足!"②然而,这恰恰是巴尔扎克著作伟大之处。圣伯夫说巴尔扎克投入十九世纪,一如全力投入其主题:社会是女人,要求有替她作画的画师,他就是社会的画师,他描绘社会时完全不照传统的方法,他更新了手段,更换了笔法,以适应这个野心勃勃和标新立异的社会,而这个社会执意开辟新时代,独树一帜。然而,巴尔扎克不满足于简单地描绘社会,至少在描绘准确的肖像这层简单的意义上来讲是如此。他的书是卓越思想的产物,不妨说是进行卓越描绘的思想产物,描绘的有效产物,描绘的伟大构思产物,因为他经常在一种艺术的形式中构思另一种艺术。由于他在描绘的效果中发现一种卓越的思想,同样也能在书的构思中发现卓越的效果。每当他为自己想象一幅画面,总有一些扣人心弦的独创之处,叫人惊叹不已。不妨想象一下今天某个文学家,他想以各种不同的手法,前后二十次表现同一主题,并要求有某种深沉

---

① 指短篇小说《石榴园》的作者巴尔扎克。该短篇描写贵妇失节后的内心痛苦和她两个私生子的悲惨处境。此处普鲁斯特仿圣伯夫的无礼口吻非难巴尔扎克。

② 参见《当代人物肖像》,第341页。

感,精妙感,力量感,重压感,新颖感,强烈感,就像莫奈画的五十幅鲁昂大教堂或四十幅睡莲。巴尔扎克是狂热的绘画爱好者,他有时候在兴头上竟想自己也有卓越的绘画构思,想出一幅令人心醉神迷的图画。但毕竟是一种构思,一种支配性的构思,不像圣伯夫所认为的那样,是一幅未经预想的图画。在这一点上,甚至福楼拜都不像他这般带有先入之见。如《萨朗波》《包法利夫人》的色调。一旦从他不喜欢的主题着手,福楼拜便毫不选择地投入工作。但,所有的大作家在某些方面都殊途同归,就像一个天才人物,独自一人经历人类不同的时刻,有时是相矛盾的时刻。在这点上福楼拜与巴尔扎克趋同,他说:"我必须为菲莉茜黛①设想一个光辉的结局。"

巴尔扎克的小说把现实写得栩栩如生,他的小说使我们生活中千百种事物具有某种文学价值,而在此之前,我们觉得这些事情纯属偶然。恰恰是这些偶然所形成的规律从他的作品脱颖而出。不必重述巴尔扎克式的事件、人物。咱俩②不是说好永远只说别人没说过的事吗?譬如一个放荡的女人读了巴尔扎克,她若处在不为人知的地方,就会如愿以偿地感到一种真诚的爱;或甚至把事情引申到一个过去有劣迹的男子,或政治名声不好的男子,他若处在不为人知的地方,就会建立深情厚谊,周围形成愉快的关系网,想到很快别人会打听他是何许人,没准会疏远他,于是千方百计避免风波。在即将离开度假之地的路上,那里也许对他不利的消息很快传到,他虽说离群索居,忧虑伤感,但这种感伤不无迷人之处,因为他读了《卡迪央王妃的秘密》,知道自己身处的境况具有某种文学性,从而具有某种美的情调。当车辆在秋天的大路上行驶,把他送去会见依然可信的朋友们,他心中不免忧喜参半,如果无诗意

---

① 菲莉茜黛,《淳朴的心》的女主人公。
② 作者始终假设与他母亲对话。

可言，则爱的惆怅也就没有魅力了。更有甚者，假如别人指责他的那些罪过是子虚乌有的，那他何必那么迫不及待让德·阿泰兹还有德·拉斯蒂涅和德·玛赛的信徒们受到名誉损害。境况的真实可以说是偶然的，个别的，使得作者可以把一些人名置于许多境况之上，比如拉斯蒂涅娶情妇黛尔菲娜·德·纽沁根的女儿，又如吕西安·德·吕邦泼雷被捕的前夕娶了德·葛朗利厄小姐，再如伏脱冷继承吕西安·德·吕邦泼雷的财产，而在这之前他千方百计让吕西安发迹，再如朗蒂一家财富惊人，却建立在主教对一位儿时被去势的歌手的爱慕上，歌手虽是个小老头儿，却受人尊敬。巴尔扎克从社交生活的表层采集种种微妙的真情实况，并且都有相当程度的普遍性，以致很久以后，大家还能拍案叫绝：多么真实！在《夏娃的女儿》中，两姐妹德·旺德奈斯夫人和杜·蒂耶太太虽然以完全不同的方式出嫁，但手足深情依旧；由于革命的动荡，出身低微的妹夫杜·蒂耶摇身一变成为贵族院议员，而费利克斯·德·旺德奈斯却失掉了贵族院议员的桂冠，从此，两姐妹德·旺德奈斯伯爵夫人和德·旺德奈斯侯爵夫人（原杜·蒂耶太太）因享有相同的贵族姓氏而造成一些不愉快的事情。还有更深刻的相似哩，比如芭基塔·瓦勒戴斯所爱的男子恰恰很像同她住在一起的女人，又如伏脱冷豢养的女人可以天天与他的儿子萨尔诺夫幽会，又如萨尔诺夫娶了德·莱斯托拉夫人的女儿。就这样，在戏剧表面的、外部的情节下，运行着灵与肉的神秘法则。

　　我们对巴尔扎克著作作这般解释，唯一有点使人担心的，恰恰是他在书信中从不谈及的事情，他写信时不管谈到自己的什么书，都说好得不得了，但谈到《金眼女郎》却非常不以为然，只字不提《幻灭》的尾声，就是我讲的那个很精彩的场景。夏娃·沙尔东的性格，我们觉得毫无可取之处，在他则好像奇珍异宝。但这一切可以从我们拥有的书信中偶尔获悉，甚至从巴尔扎克亲自写的书信中获悉。

圣伯夫一如既往，我行我素，对待巴尔扎克也不例外。他不谈巴尔扎克笔下的三十岁的女人，而讲巴尔扎克书外的三十岁的女人；就《绝对之探求》中的巴尔塔扎尔·克拉埃讲了几句话后，他便大讲真实生活中的一个克拉埃，此人恰好留下一本著作，论述他自己的绝对之探求，然后圣伯夫连篇引用这本科学小册子，自然都是没有文学价值的东西。圣伯夫关于文学猎奇的想法是虚假的，有害的，他竟居高临下按自己的想法错误地评判巴尔扎克对《贝姨》中斯坦卜克的严厉态度：斯坦卜克是半吊子艺术家，不实践，不创作，不懂得必须全心投入艺术才能成为艺术家。有鉴于此，圣伯夫好像被触犯到他的尊严，奋起抨击巴尔扎克的说法："荷马……曾与诗神缪斯姘居。"此话也许不大恰当。但，实际上，要阐释过去的杰作，只能用撰写杰作的人的观点去评说，不可以从外部，怀着学院式的恭谦，敬而远之地加以评说。文学创作的外部条件在上个世纪已经变化了，文学家的职业变得更有吸引力更有排他性了，这都是可能的。但文学创作的内在规律、精神法则，并没有变。一个作家，凭一时的天才就想一辈子在文学社交界清谈文艺，安享天年，那是一种错误的想法，幼稚的想法，就像一位圣徒过了一辈子高尚的精神生活却向往到天堂享受世俗的快乐。像巴尔扎克那样理解古代伟人，比圣伯夫那样理解，更接近古代伟人。文艺猎奇从来没有创造过任何东西。贺拉斯本人肯定更接近巴尔扎克，而与达吕先生或莫莱先生则相去甚远。

德·盖芒特①先生心目中的巴尔扎克

巴尔扎克自然同其他小说家一样,甚至比其他小说家拥有更多的这类读者,他们在小说作品里不寻求文学性,而只对想象力和观察力感兴趣。对于这批人来说,巴尔扎克文笔上的缺点就无伤大雅了,要紧的倒是他的才具和探求。德·盖芒特先生在公馆二楼有一间小书房,礼拜天只要听见他妻子的客人按第一次门铃,他便立刻躲进书房,连吃点心的时候也叫人把果子露和饼干送上去;他拥有巴尔扎克的全部著作,全部牛皮烫金精装封面,并带有绿皮标签,由贝谢或韦尔代出版社出版,巴尔扎克写信给这两家出版商说,他将不遗余力给他们寄去由三页扩成五页的版面,他管这叫不同凡响的著作版面,要求他们出这种版本,以额外酬金作为补偿。经常,我去看望德·盖芒特夫人,当她觉得客人们使我感到无聊时,便对我说:"请上楼去见见亨利吧!他说他不在家,但您嘛,他是很乐意见的!"就这样一下子打破了德·盖芒特先生的重重设防,他小心翼翼不让人知道他在家,不让人觉得他不露面是不礼貌的。"您只要叫人领您上二楼书房,您一定会发现他在读巴尔扎克。""嗨!您要是跟我丈夫聊起巴尔扎克!"她经常这样说,神情既像诉苦又像道喜,仿佛巴尔扎克既不合时宜,因为妨碍外出和取消散步,又是赋予德·盖芒特先生的一种特许,而这种特许不是人人都可得到的,所以我应该感到受宠若惊,不胜欣幸之至。

---

① 盖芒特,《追忆似水年华》中一个重要人物。小说第三卷《盖芒特家那边》主要讲德·盖芒特家族的故事。

德·盖芒特夫人对不知内情的人说道："你们知道,我丈夫呀,一旦跟他聊起巴尔扎克,就像跟他谈论体视镜,他给你们说得出每张照片的出处,呈现的是什么地方;我不知道他怎么记住这一切,不管怎么说,这跟巴尔扎克总有天壤之别吧,我不明白他怎么能够同时对付得了如此截然不同的东西。"一位不知趣的女亲戚,德·塔普子爵夫人,在这样的时刻,总板起冷面孔,装作没听见,摆出心不在焉的样子,但责备不贷,因为她认为波利娜说德·盖芒特先生"同时对付",显得不伦不类,缺乏涵养;事实上,德·盖芒特先生的许多风流韵事也许更耗费精力,本该更加引起他妻子的注意,而不必操心他读巴尔扎克和玩体视镜。说真的,我在那里得天独厚,因为只需我同意展示体视镜就行了。体视镜装有澳大利亚照片,我不知道谁给德·盖芒特先生捎回来的,但这些照片如果是德·盖芒特先生本人对着风景拍摄的,表明他第一个勘探、开垦和殖民,那"展示体视镜"这门学问就不至于显得这般珍贵这般直通他本人这般困难从他那里得到。如果在雨果家,一位客人希望晚宴后主人把一部未发表的剧本拿出来读一读,想必雨果也不至于对这个大胆的建议像德·盖芒特先生那样感到羞怯,如果在盖芒特家哪个冒失鬼询问晚宴后伯爵是否可以展示一下体视镜。德·盖芒特夫人会举起双臂,好像说:"你们的要求太过分啦!"但某些特殊的日子,他们存心对某个宾客特别赏脸,或表示不忘别人奔走效劳,伯爵夫人会悄声说话,羞怯的、机密的、赞美的神情溢于眉间,好像没有绝对的把握,不敢抱太大的希望,但大家觉出,她即使没有把握地说出来,也显得有十分的把握:"我想晚饭后,德·盖芒特先生将展示体视镜。"假如德·盖芒特先生特意为我展示,她便说:"天哪,有什么办法呢,你们知道,为这个小伙子,我不知道我丈夫什么事情不肯做。"在场的人羡慕地盯视我,有个可怜的表亲,叫德·维尔帕里济的,她特别喜欢奉承盖芒特夫妇,酸溜溜故作风雅说殷勤话:"先生并不是独一无二的嘛,我清楚记得两年前我表哥就专门为我展示过体视镜呢,您不记得了吗?嘿!我可忘不了这些事情,我好自豪哇!"但这位表妹不可以上二楼书房。

书房很清凉,护窗板总关着,如果外面太热,窗户也关上。假如下雨,窗户便打开,听得见雨打树叶的声音,但即使雨停了,伯爵也不开护窗板,生怕别人从楼下望见他,知道他在书房。我若走近窗户,他便赶紧把我拉开:"当心别让人看见,不然人家猜得出我在书房,"他哪里晓得他妻子当着大家的面对我说,"上二楼去见见我丈夫吧。"我不认为打在窗户上的雨声会在他的身心引发一阵淡薄的冷香,而肖邦在其著名的乐曲《雨》中把这种脆弱而珍贵的养分表现得如此淋漓尽致。肖邦,这位大艺术家,病恹恹的,敏于感受,自私自利,时髦放荡,却一时间在其乐曲中温柔地铺展一种隐秘的心境所表现的相继而对立的几个部分,这种心境不断变化,在变化的瞬间,依然逐渐展开,直到另一种完全不同的心境来阻拦它,撞击它,并与之并置,但始终带着隐秘的病态音调在其狂乱的行动中保持着自省,此时只有感受,没有感情,经常是疯狂的冲动,从来没有舒缓,没有温柔,一味回归自身,不像舒曼那样与其他东西融合。温柔的音乐像女人的目光,望见一整天不放晴的阴霾天空,女人唯一的动作是用手把珍贵的毛皮松松地围在肩上,她在潮湿的屋子里缺乏勇气站起来,一切都麻木了,她与麻木浑然一体,没有勇气到隔壁房间去讲和解的话,豪迈的话,热情的话,生气勃勃的话,而听任她的意志慢慢衰弱,听任她的躯体一秒一秒地冻结,仿佛她咽下的每滴眼泪,消逝的每一秒钟,落下的每一滴雨,都是从她身上流出的一滴滴血,使她更加虚弱更加冰冷更加容易感受白天病病恹恹的温柔。

况且,雨尽管落在树上,花冠和树叶依旧亭亭然,仿佛表示太阳和炎热即将重现,这是肯定无疑的,是坚不可摧,如花似玉的允诺,这雨像一种浇灌的声音,稍为长了一点,但听起来不感到忧伤。然而不管雨声如此这般从敞开的窗户传进来,不管在骄阳炽热的下午听得见远处传来的军管乐或街头音乐，如同炎热的尘埃绣上一圈明亮的镶边，德·盖芒特先生仍喜欢待在书房，他一到便把护窗板关上，这样就把太阳从他的长沙发上赶走，从挂在长沙发上方的安茹王国旧地图上赶走，好似对阳光说："滚开，把位置让给我。"于是他在那里一直坐到准备出门，叫跟班备好衣物，叫马夫套马备车。

如果此时正好我父亲要外出办事，德·盖芒特先生便跑向家父，为家父整理外套，与家父握手还嫌不够，一把抓住家父的手，就像牵什么似的一直把家父从楼梯门领到门房，其实他跟家父只不过有点交情，常托他做些顺水人情的事罢了。有些大爵爷迫切想献殷勤，为了表明他们与您之间没有任何距离，显得仆从般地讨好于人，甚至有失庄重地阿谀逢迎。伯爵有个缺陷，他总是手汗淋漓；有鉴于此，家父装作没瞧见他，没听见他说话，甚至不回答他的直接问话。伯爵则若无其事，只是说："我想他太'专心'了吧。"于是转身找他的马车去了。

他的几匹马好多次举蹄踢破花店的玻璃橱窗和花盆。伯爵不给任何赔偿，受到打官司的威胁后，便认为花商可恶透顶，"要知道伯爵夫人为家族和街区做过多少好事。"但花商则相反，好像对伯爵夫人"为家族和街区做过多少好事"一无所知，甚至觉得伯爵夫人举行招待会从不买他的花，倒从另一个角度看待这件事情，于是伯爵认为他可恶透顶。况且，花商老称呼他"先生"，从不叫"伯爵先生"。伯爵没有抱怨，但有一天，刚搬进四楼居住的德·普罗子爵正跟伯爵聊天时，想买花，其时花商还不知道他的门第，便称呼"普罗先生"。伯爵出于对子爵的好意，失声大笑道："普罗先生，妙极了！嘿！照时下这光景，没让人家称呼您普罗公民，就算万幸了。"

伯爵每天在俱乐部吃饭，礼拜天则同妻子共进午餐。气候宜人的季节，伯爵夫人每天下午两点到三点接待客人。伯爵去花园抽雪茄，询问园丁："这种是什么花？今年我们苹果有收成吗？"园丁感动得仿佛第一次见到伯爵，回答的神情与其说毕恭毕敬，不如说感激不尽，好像面对伯爵如此关心花木，他得代表花木向伯爵致谢。但，伯爵一听见第一批拜访伯爵夫人的客人按门铃，便赶紧上楼躲进书房，尽管当差正准备往花园给他送维希黑醋栗酒和矿泉水。

晚上经常瞥见德·X公爵和德·Y侯爵出现在窄小的花园，他们一周来好几回；由于年华老去，他们严以律己，始终衣冠楚楚，整个晚会正襟危坐在不太舒适的椅子上，待在花园的小角落里，眼前只见得到醋栗树，而有那么多的大金融家豪华公馆巴不得请他们去哩，在那里他们可以短装穿着，坐在柔软的沙发里，喝高档的饮料抽高级的雪茄。但伯爵的牛排和咖啡是不与坏思想为伍的，这显然是他们在伯爵家找到的乐趣。男士们都很有教养，有时伯爵出于风流韵事的需要，带回家一个"谁都不认识"的年轻人，他们很善于讨新人喜欢，跟他谈他所熟悉的话题（"您是建筑师，先生？"），谈得很有学问，很有情趣，甚至十分亲切，但谈话结束道别时却十二分冷淡；然而，有一次新客人走后，他们满怀好感地议论开来，仿佛为让他进入圈子的一时之兴而辩护，他们赞扬他的才智，他的风度，好几次提及他的姓氏，如同练习刚刚学到的一个新词儿，一个陌生而珍贵的词儿。大家谈论家族计划内的婚事，那个年轻人始终是个极好的谈话题目，他们为伊莎贝尔感到高兴，商讨着从姓氏角度来看伯爵女儿是否嫁得门当户对。所有这些出身贵族和家境殷实的人士，反倒夸耀贵族头衔和家庭财富不如他们的，好像他们很乐意别人也这般对待他们。伯爵常说："因为他有万贯家财"，或"他的姓氏是最古老的，联姻的家族是最好的最伟大的"，言下之意，伯爵自己的出身也同样高贵，联姻也同样美满。

倘若伯爵夫人做出人家不赞成的事情，人家并不责怪她，从不对伯爵或伯爵夫人做的事情发表意见，这就叫有良好的教养。再说,说话非常缓慢,声音很低。唯有亲族关系能煽动一下伯爵,让他开口说话。当听到一个姓氏,他便嚷道:"嘿!那是我表姐妹嘛!"好像抓住了出乎意料的机会,好像说话的语气让人乐意回答:"我又没说不是呀。"而且他主要是对着外族人说的,因为德·X公爵和德·Y侯爵在这方面无须从他那里得到任何东西。有时候他们还抢在前面说:"嘿,那是您表姐妹呀,阿斯托尔夫属蒙莫朗西家族。"——"自然嘛!"阿斯托尔夫嚷道,生怕德·X公爵的肯定意见还不是绝对肯定。

伯爵夫人模仿好听的"乡土"口吻说话。她说:"是阿斯托尔夫家族那边的一位表姐妹嘛,她呀,笨得像一只鹅。德·鲁昂(应是德·罗昂)公爵夫人在赛马场上。"不过她的语言漂亮。伯爵则相反,谈话时庸俗到极点,几乎集语言弊病之大成,酷似某些沙滩特别受动物学家的青睐,因为在那里找得到大量的软体动物。诸如"我的德·维尔帕里济姨妈是块好料子",或"身手不凡",或"十分的机灵",或"十足的害人精","我向您保证,他没有叫他赶紧走开","他还痴心妄想呢",不一而足。如果简单取消一个冠词或从单数变成复数使一个词更为粗俗,可以肯定伯爵必定采用这种形式的词。说一名马伕从罗特希尔德夫妇家出来,原本是很自然的事。可伯爵说:"他从罗特希尔德处出来",不点明他到底认识哪个罗特希尔德,说话的语气像个平民,就是说出身贵族却长在耶稣会士之家,单说"罗特希尔德",毕竟算平民。在句子中遇到"留髭"一词,一般用名词复数比较好,他偏用单数:"留小胡子"。如果有人建议他去挽女主人的手臂,要是德·X公爵在场,他便说:"我不想抢在德·X公爵的前面……"当他写东西,那就更糟糕了,词语对他从来没有确切的含义,他总用其他系列的词儿来搭配。"请您来农艺会找我,因为从去年开始我属于这个地方了","我遗憾未能结识布尔热先生,不然我会很高兴跟这个杰出的才智握手","您的信可爱极了,尤其结束语","我遗憾未能为稀奇有趣的独奏音乐会鼓掌（确实他竟画蛇添足加上'精妙的音乐'，结果成了'精妙音乐的独奏音乐会'）"，他觉得音乐一词的复数比单数说起来更讲究；他把"致以崇高的敬意"中"崇高"和"敬意"的位置颠倒过来了。

况且伯爵讲话时用的一般词语大大少于姓氏。他认识的人多于牛毛，只需借助"恰好"作连接，便立即说得出上流社会所谓的一则"逸事"，一般都是这样的："恰好在一八六七年……对啦，一八六七年，我应邀赴晚宴，在德·巴登夫人家，恰好是亲王的姐妹，其时的德·魏玛，已是皇储，娶了我的外甥女儿维尔帕里济；我记得很清楚，大公夫人非常和蔼，她赏脸把我安排在她身旁入席，她好意告诉我说，保存毛皮唯一的办法，请原谅我采用这个有点粗俗的说法：'她有时真不怕辛辣'，她主张不放樟脑丸而放白萝卜削下来的红皮。我向你们保证当时在场的人没有一个是聋子，大家听得清清楚楚。况且我们把秘诀给了凯蒂·德·德勒-布雷泽和阿夫尔河畔玛里尼埃尔小教堂市的卢卢，她们高兴得不得了，是吗，弗洛丽娅娜？"伯爵夫人直爽回答："是的，好极了。您不妨试试，朱丽叶，试了就知道了。您要不要我派人送点儿到府上？我们家的佣工很有一套手法，他们可以把秘方教给府上的佣工。知道做了，其实一点也不难。"

有时候侯爵来看他的弟弟，在这种情况下，他们往往"闲聊"巴尔扎克，因为想当年他们一起读书，在他们父亲的书房读书，恰好就是伯爵家现在的书房，由伯爵继承下来了。他们对巴尔扎克还保留着原来稚拙的情趣，偏爱当时阅读的书，那还是在巴尔扎克成为大作家以前的事，就这样以不变应万变对付文学情趣的变迁。每当有人提起巴尔扎克，如果此人是 persona grata（受欢迎的人），伯爵便引出几部书的标题，都不是我们最欣赏的巴尔扎克小说的书名。他说："嗨！巴尔扎克！巴尔扎克！要花时间哪！譬如《苏

147

镇舞会》吧！您读过《苏镇舞会》了？很吸引人的！"同样,谈起《幽谷百合》,他确实说过:"德·莫尔索夫人！你们这些人,没读过她的种种事情吧,嗯！夏尔(他招呼他的哥哥),德·莫尔索夫人,《幽谷百合》,很吸引人哪！"他也提到《婚约》,声称原题为《豌豆花》,也提起《猫打球商店》。伯爵聊巴尔扎克上瘾的日子,他引述的著作有的根本不是巴尔扎克的,而是罗歇·德·博瓦尔和塞莱斯特·德·沙布里扬①的。但应当谅解他,当他待在小书房里,除了用人替他送上果汁和饼干,下雨的日子打开窗,若楼下没有人能看得见他,他便接受杨树的拜见,风迫使白杨每分钟向他鞠躬三次;书房的藏书同时有巴尔扎克的,阿方斯·卡尔②的,德·沙布里扬的,罗歇·德·博瓦尔和亚历山大·杜瓦尔③的,所有的书装订得一模一样。书一旦打开,相同的薄纸上印满大号字,向您展现女主人公的名字,绝对好像是女主人公本人以轻便和舒适的外表向您作自我介绍,带着淡淡的糨糊味儿灰尘味儿陈旧味儿,仿佛散发着她的魅力,所以很难在这些书中间进行文学划分,因为所谓的文学划分是人为地建立在既不符合小说主题又不切合装帧外表的想法上的！布朗什·德·莫尔索等人向您诉说时,人物的个性那么清晰那么有说服力,以致不可能不认为讲故事的人不是同一个人,欧也妮·葛朗台和德·梅尔公爵夫人之间的亲戚关系不比《欧也妮·葛朗台》和一法郎一本的巴氏小说之间的连带关系更加密切,您唯一要做的努力就是顺着往下念,一页页往后翻:纸张因为陈旧变得透明发黄,但依旧平纹细布似的柔软。

我应当承认我理解德·盖芒特先生,我整个童年就是以这种方式读书的,《高龙巴》那本书,人家很长时间不准我读其中的《伊

---

① 博瓦尔(1809—1866)、沙布里扬(1824—1909),均为法国作家。
② 卡尔(1808—1890),法国作家。
③ 杜瓦尔(1767—1842),法国剧作家。

尔的维纳斯》①,"人家",就是你呀!② 这一卷卷的书,我们第一次读一篇作品,好比见到某个女人的第一件连衣裙,它们向我们表明所读的作品对我们意味着什么,也表明我们对这部作品意味着什么。寻找第一次阅读的书籍,是我作为珍本爱好者唯一的方式。我第一次阅读的书籍版本,我印象独特的书籍版本,就是我这个珍本爱好者的唯一"最初"版本,"原始版本"。但这已足够使我记得那些珍藏的书籍。陈旧的页面布满渗透回忆的细孔,我简直害怕那些书籍会把今天的印象吸进去,以致再也找不着我昔日的印象。每每想到那些书,我就想要它们自动打开当年我掩卷的那一页,其时我在灯旁或坐在花园柳条椅上读书,时不时爸爸冲我说:"坐直!"

有时我自问,时至今日我的读书方法是否仍旧更接近德·盖芒特先生,而不同于当代的评论家。在我,一部著作依旧是个活生生的人,我恭恭敬敬地听他讲话,只要我跟他在一起,总觉得他言之成理,我不挑选也不争论。当我读到法盖③先生在其《批评随笔》中说《弗拉卡斯统领》④上卷很精彩,可下卷平淡无奇,又说《高老头》中有关高老头的部分全部是一流的,有关拉斯蒂涅的部分则全部是末流的,我感到不胜惊讶,就像听到有人说孔布雷的周围,梅泽格利兹那边很丑,而盖芒特那边很美。法盖先生继续说什

---

① 《伊尔的维纳斯》(1837),收入以《高龙巴》为题的小说集。伊尔位于东比利牛斯山脉。一个古董迷在自家花园发现一尊维纳斯铜像,他的儿子正准备结婚,在一次回力球比赛中,嫌手上那个大的钻石戒指碍事,便取下来套在维纳斯铜像的手指上,但维纳斯指上的戒指怎么也取不下来了。年轻人大惊失色,以为中邪。当他进入洞房,维纳斯上前亲吻,年轻人当场毙命,其妻立刻发疯。
② 作者依然假托与母亲对话。
③ 法盖(1847—1916),法国批评家,法兰西学院院士(1900)。
④ 《弗拉卡斯统领》(1863),戈蒂埃的一部长篇小说。写十七世纪上半叶路易十三治下一群江湖艺人的流浪生活。

么业余爱好者只读《弗拉卡斯统领》上卷,不读下卷,我只能替业余爱好者感到惋惜,我本人就非常喜欢下卷;但他加添道,上卷是写给业余爱好者看的,而下卷是写给小学生看的,于是我对业余爱好者的同情变成了对自己的轻视,因为我发现我依旧是小学生。总之,他信誓旦旦地说戈蒂埃在写下卷时内心深感无聊,我惊异读起来津津有味的文章怎么写作的时候会那么厌倦烦恼。

就这样,圣伯夫和法盖对巴尔扎克进行一番去伪存真,认为初期作品令人赞赏,后期作品一钱不值。颇为滑稽却相当令人放心的倒是,圣伯夫说:"谁(比巴尔扎克)更精彩地描绘王政复辟时期的公爵夫人?"法盖先生则对巴尔扎克笔下的公爵夫人嗤之以鼻,于是求助于弗耶①先生。还有布鲁姆②先生,他喜欢区别对待,欣赏巴尔扎克笔下的公爵夫人,但不把她们看作王政复辟时期的公爵夫人。此处,我承认,我同意圣伯夫下列说法:"谁对您说的?对此您知道什么?……就这个问题而论,我宁愿相信认识那些公爵夫人的人……"首先相信圣伯夫说的话。与童年相比,在这方面我能得到的唯一进步,我和德·盖芒特先生唯一不同的地方,就是他那个上流社会是不可改变的,铁板一块,难以突破,这个既存现实,我把它的界限扩大了一点,在我它不再是一本单独的书,而是一个作者的著作。我看不出巴尔扎克不同的著作有多大的不同之处。像法盖先生这样的评论家认为巴尔扎克的《独身者故事》是一部杰作,而《幽谷百合》则是一部最糟糕的著作,他们使我莫名其妙,就像德·盖芒特夫人认为德·X公爵有些晚上聪明,有些晚上愚蠢。我对人的才智的想法,有时会改变,但我清楚知道是我自己的想法变了,而不是他们的才智有什么变化。我不相信才智是一种变化的力量,什么上帝时而创造强智时而创造弱智。我相

---

① 弗耶(1821—1890),法国作家,法兰西学院院士。
② 布鲁姆(1872—1950),法国作家和政治家。

信才智在头脑里所处的高度是恒定的,无论《独身者故事》还是《幽谷百合》,恰恰处在那个恒定的高度上,它耸立在同过去沟通的一个个花瓶里,这些花瓶就是著作……

然而,德·盖芒特先生所谓的"吸引人",实际上就是供消遣的,谈不上真知灼见,比如他觉得的"生活变化",又如他觉得勒内·隆格维尔或费利克斯·德·旺德奈斯的故事"吸引人",他经常通过对比来赞赏巴尔扎克观察的真实性:"诉讼代理人的生活,公证人事务所,完全属实;我跟那些人打过交道;《赛查·皮罗托盛衰记》和《公务员》完全真实!"

有一个人不同意德·盖芒特先生的意见,我也给你列举出来,因为她是另一种类型的巴尔扎克读者,她就是德·维尔帕里济侯爵夫人。她否认巴尔扎克描写的真实性:"此公对我们说:'我让你们听听一个诉讼代理人的谈话。'但从来没有一个诉讼代理人是如此说话的。"她尤其不能承认的,是巴尔扎克硬说描写了上流社会:"首先他不去上流社会,人家根本不接纳他,那他能知道上流社会什么呢?后来他总算认识德·卡斯特里斯夫人,但在她那里能看到什么,她什么也不是嘛。我在她家见过一次巴尔扎克,那时我是初嫁的年轻新娘。他是个非常普通的人,只说些毫无意义的琐事,我存心不让人把他介绍给我,我不知道他怎么最后削尖脑袋娶了一位名门贵族的波兰女人,她跟我们的查尔托里斯基表兄弟们有点亲戚关系。整个家族为此感到痛心,我向你们担保,要是有人跟他们提起此事,他们感到有失面子哩。再说,此事的下场坏透了。他婚后不久就死了。"她咕哝着低下头,眼睛望着自己的羊毛衫,接着说:"我甚至听说有关他的一些丑事。您说他本该进法兰西学院,此话当真?(好像说进赛马俱乐部。)首先,他不具备'知识本钱',其次法兰西学院是'筛选'的。圣伯夫,他才是人物,风流倜傥,敏锐机灵,很有教养;他非常知道分寸,等到人家什么时候想见他,他才出现。巴尔扎克则是另一回事。况且圣伯夫去过香普拉特勒①,他嘛,原本可以讲讲上流社会的事情。但他守口如瓶,因为他是有教养的人,而这个巴尔扎克,不是好人。他写的东西,没有高尚的情操,没有高尚的禀性。读起来总叫人扫兴,他始终只看到事情坏的一面。始终是恶。即使他描写一个可怜的本堂神甫,也非得让他可怜兮兮的,非得大家都跟他作对。"——"我的姨妈,您不能否认您暗指的图尔本堂神甫给描写得惟妙惟肖吧。外省生活,不就是那样嘛!"伯爵面对因参加如此有趣的舌战而兴奋不已的听众说了这番话,在场的人互捅胳膊肘儿,提醒注意侯爵夫人"动肝火"了。"是那样呀,但对外省生活,我跟他一样知道得清清楚楚,让我看外省生活的复制品能引起我的兴趣吗?人家对我说,外省生活就这副样子。当然是,我了解嘛,我在外省生活过嘛,有什么趣味呢?"侯爵夫人使用了她偏爱的论证方法,搬出她用来评论所有文学作品的通用观点。她对自己所坚持的推论非常自豪,把闪烁着得意微笑的眼光投向在场的人,她在最后平息怒火时,补充道:"你们也许会觉得我很糊涂,不过我承认,每当我读一本书,我偏爱从书上学到一些东西。"关于这场舌战,他们可以叙述两个月,一直传到伯爵夫人最远房的堂表姐妹家,说什么那天在盖芒特夫妇家,发生了最最有趣的事情。

  对一个作家来说,每当他读书,书中社会观察的真实性,悲观主义或乐观主义的成见,已是既成的情况,他不置可否,甚至视而不见。而对于"有智力"的读者来说,出现"虚假"或"阴暗面",就被视为作家本人的缺点,他们为在他的每卷书中重新发现这个缺点而感到惊异,相当兴奋,甚至激动,好像作家改不了自己的缺点,到头来在他们眼里不知不觉显得叫人反感了,或使人悲观丧气,不如干脆敬而远之,以致每次书商向他们推荐一本巴尔扎克的新书

---

  ① 香普拉特勒,莫莱古堡所在地。

或一本艾略特①的新书,他们一概谢绝说:"喔,不要,总那么虚假那么阴暗,新出的比旧出的更虚假更阴暗,我才不要呢。"

至于伯爵夫人,当伯爵对她说:"啊!巴尔扎克!巴尔扎克!需要花时间哪!您读过《德·梅尔公爵夫人》②吗?"她回答:"我呀,不喜欢巴尔扎克,我觉得他过分。"一般来说,她不喜欢"过分"的人,因为"过分"的人对像她这样不过分的人而言似乎是一种指责,有人给小费给得过分,相形之下,她显得非常吝啬,有人对自己家人不幸亡故表现出的忧伤超过常见的,有人对遭受不幸的朋友表现出的同情超过常见的,或有人专门去展览会观赏不属朋友肖像的绘画或不属"该看"的东西,都是"过分"。而她是不过分的,当有人问她在展览会上是否看了某幅画时,她直爽地回答:"如果是该看的,我已经看了。"

伯爵家族中受巴尔扎克影响最深的首推德·盖尔西侯爵……

受巴尔扎克影响最明显的读者是年轻的德·卡达耶克侯爵夫人③,娘家姓福什维尔。她丈夫的房产中有位于阿朗松的福什维尔老公馆,对着广场的正面建筑很宽大,就像巴尔扎克在《古物陈列室》中所描绘的,而花园顺坡向下一直延伸到优美河,就像巴尔扎克在《老姑娘》中所描绘的。德·福什维尔伯爵当年毫无隐居阿朗松的雅兴,干脆把女儿交给公馆园丁们照管。现在年轻的侯爵夫人重新打开这座公馆,每年去那里度过几个星期,觉得那边有很大的诱惑力,用她本人的话来说,具有巴尔扎克式的魅力。原先福什维尔古堡顶楼弃置着一

---

① 艾略特,指英国小说家乔治·艾略特(1819—1880)。她共创作了七部长篇小说(1859—1876),如《亚当·比德》等。
② 《德·梅尔公爵夫人》,并非巴尔扎克的作品。
③ 卡达耶克侯爵夫人,《追忆似水年华》中的人物。本节作者把自己小说中的人物和巴尔扎克小说中的人物(科尔蒙小姐、德·巴日东太太、杜·布斯基耶)交织在一起叙述。

些过时的旧家具，还是德·福什维尔伯爵的祖母留下的，几件有历史因缘的物件或几个纪念物，带有家族感情和贵族身份的意义，她叫人把这堆东西搬来阿朗松陈列。确实，她已成为巴黎贵族社会年轻夫人中的一员，她们以近乎审美的情趣喜爱自己的社会等级，既以旧贵族的方式，又以布列塔尼或诺曼底庶民的方式，就像圣米歇尔山或"征服者威廉"地区小心谨慎的旅馆老板，她们懂得自身的魅力恰恰在于保护这种古物，这种追溯已往的魅力，正是热爱她们固有魅力的文学家传授给她们的，这就使这种唯美主义的魅力具有文学和当代美（尽管是高贵的）双重折光。

今天贵夫人中间最美的照片，挂在阿朗松公馆的老橡树木做的托座上，该公馆原属科尔蒙小姐所有。她们摆出的姿势都是旧式的，充满艺术性，把文学艺术的杰作和旧时的贵族风韵巧妙地结合在一起，再加上背景的艺术魅力，更是美不胜收；但，那里一进前厅就有仆人在场，或进入客厅便听见主人们说话，这一切可惜必定是今天的。因此，对阿朗松公馆这种小小的回忆充满着巴尔扎克色彩，尤其对情趣多于想象的人来说，因为他们善于观赏，而且需要观赏，他们每次去过回来都非常兴奋。但就我个人而言，感到有点失望。当我得知德·卡达耶夫人在阿朗松时住在科尔蒙小姐的公馆或德·巴日东太太的公馆，而我头脑里存在的东西仍历历在目，相形之下，我得到的印象过于强烈，以致现实中不协调的东西难以使其恢复原状。

然而，最后离开巴尔扎克这个话题时，我应当说明德·卡达耶克夫人是作为非常风趣的巴尔扎克人物来指点我的。她对我说："您乐意的话，请明天跟我一起去福什维尔，您将发现咱们在城里产生的印象。明天是科尔蒙小姐套上她的牝马去普雷博戴[①]的日

---

① 巴尔扎克在《老姑娘》中写道："一年四次，每个季节之初，科尔蒙小姐去她的普雷博戴田庄住一些日子。"

子。现暂请上桌吃饭。如果您有勇气一直待到星期一晚上我'招待客人'的时间,那您必定想亲眼见一见杜·布斯基耶和德·巴日东太太之后才离开我的省份,您将看到枝形吊灯火光通明,您必定记得,这让吕西安·德·吕邦泼雷激动得无以复加。"

知道内情的人认为这般诚惶诚恐恢复外省贵族的往昔是福什维尔的血统效应。而我,认为这是斯万①的血统效应,德·卡达耶克夫人已经忘记斯万血统,却保留了斯万的才智、情趣,甚至贵族那种相当完全的精神超脱(她自己增添了一些功利主义的情愫),最终发现贵族像一件陌生的、无用的、静止的东西,却具有美学上的魅力。

---

① 斯万,《追忆似水年华》中的人物。非贵族出身的资产者,有较高的艺术鉴赏力。

该死的族群

每天饭后,一位肥胖高大的先生摇摇摆摆走来,留着染色小胡子,上衣翻领扣眼总别着一朵花,他就是德·盖尔西侯爵。他穿过庭院,去探望盖芒特姐姐。我想他不知道我们也住在这幢楼里。不管怎样,我从未有缘与他会面。他来到时,我经常站在窗口,但因隔着护窗板,他瞧不见我,况且他从不抬头张望。这个时辰我从不外出,而他其他时间也从不露面。他的生活极有规律:每天从一点到两点看望盖芒特夫妇,然后上楼到德·维尔帕里济夫人家待到三点,然后去俱乐部办各种事情,晚上看戏,有时去上流社会聚会,却从不来盖芒特夫妇家,除非来参加盛大晚会,这样的日子很少,而且姗姗来迟,露一下面而已……

我把因跟盖芒特伯爵夫妇常来常往而失去的诗意转移到了德·盖芒特公爵夫妇身上。尽管他们两家是近亲,但我不认识德·盖芒特公爵和公爵夫人,所以在我眼里,他们代表了德·盖芒特姓氏。我曾在德·盖芒特伯爵夫妇家见过他们,而他们跟我泛泛打了个招呼,根本无意结识。家父每天经过位于索尔费里诺街的亲王府,他说:"那是一座宫殿,童话般的宫殿。"所以在我脑子里,德·盖芒特姓氏包含着仙境,混杂着热纳维耶芙·德·布拉邦[①]的

---

① 热纳维耶芙,中世纪民间故事中的人物。德·布拉邦公爵之女,西格弗里德伯爵之妻。伯爵出征时把她交给总管戈洛照看,并不知道她已怀孕。戈洛诱奸热纳维耶芙未成,便向伯爵诬告她与人通奸。伯爵命令手下人把妻子及孩子拉到森林中处死,但手下人把她放了。几年后,伯爵去森林打猎,与妻子邂逅。妻子向他证明她受了冤枉,戈洛受到惩治。热纳维耶芙得以恢复名誉。

事迹,绣有查理八世①肖像的挂毯,绘有查理二世②肖像的彩画玻璃窗。因此,我压根儿没想过有一天会跟他们有牵连,突然有一天我打开请柬发现:"德·盖芒特公爵和公爵夫人将于……"

这份请柬好像给我提供了一种完美的愉悦,未经任何人类杂念的触动,未受因经常接触某些事物而司空见惯的损伤。这是一个姓氏,一个纯洁的姓氏,充满种种美丽的形象,尚未受尘世污浊的贬损;这是一座童话宫殿,我虽迷恋神秘的姓氏,但一收到请柬,这座宫殿立即变成我可以把握的对象。真是喜出望外。请柬上表明的意图和提议,与音节温柔而自豪的姓氏之间,反差太大了。

童话般的府邸在我面前自动打开,我应邀加入了传奇人物、幻灯人物、彩窗人物、绒绣壁毯人物,这些人物高高在上,追溯到九世纪,德·盖芒特这个了不起的姓氏好像获得了生命,好像认识我,好像向我伸手,既然我的名字确确实实堂堂正正写在请柬信封上,这一切我真是喜出望外,我害怕有人跟我恶作剧。我唯一可以询问的人是我们的邻居盖芒特夫妇,可他们外出旅行了,再说在没有把握的情况下,我最好不去他们家。对请柬不需要回复,只要送名片去就行了。但受恶作剧作弄的想法挥之不去,那样的话未免太过分了。于是我向父母坦诚相告,他们莫名其妙,觉得我的想法滑稽可笑。他们不务虚荣又不赶时髦,一向自尊得可以,因此认为德·盖芒特公爵夫妇邀请我再也自然不过。我去还是不去,他们根本无所谓,但不愿意我疑心别人戏弄我。他们觉得接受邀请比较"厚道"!但不必在乎,不应该把这件事看得太重,我不去,人家根本察觉不出来,但话又得说回来,这等人家,倘若不乐意见我,断不会发出邀请。再说外公乐意我跟他谈谈盖芒特家族的事情,自

---

① 查理八世(1470—1498),法国国王。
② 查理二世(1322—1387),别名坏人查理。纳瓦拉国王(1349—1387)。纳瓦拉,现为西班牙北部省名。

从他得知公爵夫人就是路易十八治下最伟大的国务活动家的孙女儿,而爸爸则想知道亲王府里"金碧辉煌"的程度与他猜想的是否不相上下。

总之,当天晚上,我拿定了主意。家人对我的行头特别关注。我想向花商预订一朵饰孔花,但外婆认为上衣翻领扣孔别自家花园的一朵玫瑰花更加"自然"。我深入斜坡形花坛,不顾花刺扎破衣服,剪了一朵最美的玫瑰花,之后,跳上经过家门的公共汽车,比平时更乐意对司机和颜悦色,更乐意起身把座位让给老太太,暗自设想别人觉得鄙人对他们和蔼可亲,当我说:"请在索尔费里诺桥停一下,让我下车,"他们猜不出我去德·盖芒特王妃府第,尽管我上衣饰孔那朵美丽的玫瑰花从外套里面散发隐形的芬芳,直冲我的鼻孔,像爱情的秘密那般诱惑我。但到达索尔费里诺桥一看,整个河滨马路堵塞一条车辆长龙,有的停着,有的动着,时不时其中一辆从车水马龙中突围而出,一些当差的跑来跑去,手臂上搭着女主人的浅色丝绸大衣,我再次感到惊慌失措:肯定有人想戏弄我。当我到达进口处,听见有人通报贵宾姓氏,真想打退堂鼓。但我夹在人流中,欲退不能,再说也顾不上撤退,因为必须脱下外套,领取一个牌号,扔掉让外套压碎的玫瑰花,因为无花瓣的绿枝太"赤裸"了。我凑到掌门官耳边轻轻报了鄙姓,希望他也轻声轻气通报,不料刹那间听得鄙姓雷鸣般响彻盖芒特家大小客厅,我面对敞开的客厅顿感大难临头。赫胥黎叙述一位太太患有幻觉症,不再与上流社会交往,因为她始终弄不清楚眼前看见的是幻影还是实物,惶惶然一筹莫展。就这样经过十二年后医生强迫她去参加舞会。当有人递上一把椅子,她却看见一位老先生坐在里面。她心想,椅子里已经坐着老先生还叫我入座太不像话了。因此,抑或老先生是幻影,那么椅子是空的,我应当坐下;抑或递给我椅子的女主人是幻影,那我就不该坐在老先生身上。她只有一秒钟做决定,在这一秒钟内她望着老先生和女主人,在两张脸之间进行比较,觉得都是实实在在的,根本没有想到其中一个是幻影。最后,一秒钟快过了,得下决心哪,不知她凭什么认定老先生是幻影。于是一屁股坐了下去。确实没有老先生,她大大松了一口气,从此幻觉症痊愈了。有病的老太太面对椅子的那一秒钟不管多么令她难堪,都不见得比我的焦虑更甚;当我站在盖芒特客厅门口,耳听得像朱庇特一般魁伟的掌门官通报我的姓氏,顿时感到暗无天日;但我摆出自然的神态,款款行进,不让人看出我的踌躇,即使有人恶作剧,我也得若无其事;我用眼睛寻找盖芒特亲王和王妃,看看他们会不会把我赶出门外。在杂语喧哗中,他们大概没听见通报我的姓名。王妃身穿淡紫"王妃式"套裙,头戴珍珠和蓝宝石冠冕形发饰,坐在椭圆形双人沙发上跟客人交谈,看见新进屋的人便伸出手来,但不起身。至于亲王,我未见他的身影。王妃还没有看见我。我向她走去,但盯视的凝聚力不亚于上述老太太凝望老先生:她即将坐到他身上去了,我猜想她一定聚精会神,因为一旦感觉屁股下顶着老先生的双膝,得立即站起来。就这样我观察着德·盖芒特王妃的脸,只要她瞥见我时显露一丝惊愕和愤慨,我立即中止丑态,溜之大吉。她瞥见我,站起身来,至此她没有为任何上宾起身哪,更有甚者,她朝我走来。我的心怦怦直跳,但很快放下心来,因为我看见她蓝色的眼睛闪烁着最迷人的微笑,她戴着瑞典长手套的玉臂以优雅的曲线向我伸过来,对我说:"幸会,幸会,先生光临,我太高兴了。多么不巧,我们的堂兄弟恰恰旅行去了,但您这样自个儿来更好,您的好意我们就单独领情了。请到那边小客厅,德·盖芒特先生在呢,他一定十分高兴见您的。"我深深鞠躬,也深深松了一口气,不过没让王妃听见。我嘘出一口气,就像老太太发现并无老先生,对着椅子坐下去时那种长吁。从那天起,我的胆怯症也永远痊愈了。同德·盖芒特夫妇的邀请相比,我后来接到的邀请也许更为出乎意料或更加体面。但孔布雷的壁毯、奇妙的幻灯、盖芒特那边的散步所引起的魅力再也不跟盖芒特夫妇联系在一起了。我始终指望欢迎的微笑,从不担心恶作剧了。即使可能发生恶作剧,我也完全不在乎了。

德·盖芒特先生接待周到,无微不至,晚会上招待贵族的全部人马,包括外省来的次等贵族,对外省贵族来说,他是个非常大的爵爷,因此,为了消除众人的拘谨和诚惶诚恐(其实不像他想象的那么严重),他自认为必须不断运用圆通和亲昵的做法,如把手搭在客人肩膀上,像憨厚的小伙子那般说话:"寒舍无趣",或"大驾光临,不胜荣幸之至"。

离公爵几步,德·盖尔西侯爵在跟一位太太聊天。他没朝我这边看,但我觉出他那双摊贩的眼睛肯定瞥见我了。跟他聊天的那位太太,我在德·盖芒特伯爵夫妇家见过,我先向她打招呼,这必然打断了德·盖尔西先生谈话,他尽管被转移视线和打断谈话,依然盯视那边,完全像没有看见我。其实他不仅看见我,而且早看见了,因为我刚转过脸跟他打招呼,竭力引起他的注意,但见他脸带微笑凝视客厅另一边,一双眼贼溜溜窥伺"红棕发女郎",没想到他立刻跟我握手,不动声色地把无拘束的微笑向我转过来,目光空灵,并伸出空着的手向我问候,我可以将其视为对我献殷勤,假如我没有向他问候,则可以将其视为对我的嘲弄,或者当作他向别处别人表达不相关的想法,和气的或讽刺的或只是快乐的,假如我认为他没有看见我的话。我握着他第四个指头,触到大主教戴的那种指环,他的指头受到压迫后似乎愁恨无限,可以说我强行获得了他的问候,他不断向人致意,却不领受任何人的好意,总之,我不能说他没有问候我。迫不得已时,我可以认为他没有看见我或没有认出我。他重新跟那位太太说话,我走开了。有人正在表演小型轻歌剧,没有邀请姑娘参加。戏演完,姑娘们来了,大家跳舞。

德·盖尔西伯爵[1]昏昏欲睡，或至少是闭目养神。近来他显得疲乏，苍白憔悴，尽管小胡子漆黑，灰发卷曲；虽然明显老了，但英俊依旧。在我看来，他的脸白皙、凝滞、高贵，雕像似的有目无光，恰似他死后在盖芒特教堂墓地石碑上的画像。我觉得他就是自己的墓碑形象，他的个体已经死亡，我只看到他那个族群的脸相，这种族群形象体现了他们每个人的特征，根据每个人的需要进行加工整治，一部分人显出智者的神采，另一部分像古堡石头那般粗俗，后者根据古堡主人的趣味，或用来建造书房或用来建造击剑厅。他的脸，在我看来，非常秀气，非常高贵，非常俊美，双眼重新打开时，一抹依稀的微笑泛上脸庞，尚未来得及作假，我此刻正研究他鹅蛋形的前额和眼睛，散乱的头发覆盖着前额，嘴巴微微张开，目光在线条高贵的鼻上闪烁；他用细巧的手掠了掠头发，我心想："可怜的德·盖尔西先生，他是那么喜欢男子气概，他若知道我眼前见到他慵懒的微笑的样子哟。简直像个女人！"

我心里这么想着，顿时觉得德·盖尔西先生身上发生了魔幻般的突变。他并没有动弹，但一下子从体内发出一道光芒，他身上一切使我感到反感、慌乱、矛盾的东西如汤沃雪，打从我产生了这个念头：他像个女人。我恍然大悟：他简直是女人！完全像女人！他属于不伦不类的族群，因为他们的理想是阳刚气概，而他们的气质恰恰女性十足；他们表面上同其他男人并肩共处，却天生有错觉，小而圆的眼珠是我们欲望的托庇之所，也是我们借以观看世界的窗口，在他们，并非如此，他们不是用美女的躯体而是用伟男的躯体来直接投射自己阳刚气概的阴影，使他们注视的一切和所作所为都蒙上这种阴影。该死的族群，既然在他美的理想和欲的食粮也是耻辱的对象和惩罚的恐惧；既然他们身不由己，在撒谎和背

---

[1] 伯爵，当作侯爵。——编者注

誓中，走上法庭被告席或做个基督面前的罪人；既然他们的欲望近乎不可容许，如果他们识时务的话；既然他们只喜欢无丝毫女子气的男子，只喜欢不搞"同性恋"的男子，那么能满足他们性欲的只有那种男子，而对真正的男子汉便无能为力了，再说这种男子对他们也同样无能为力，倘若爱的需求不是欺世媚俗，不是给最无耻的鸡奸者披上人皮披上一般真正男子汉的人皮，那么他们会奇迹般爱上男子汉或对男子汉屈尊俯就；既然他们像罪人那样，不得不对他们最心爱的人隐藏爱心，恐怕引起家庭痛苦，引起朋友蔑视，引起国法惩处①；该死的族群，他们像以色列人那样受到迫害，也像以色列人那样，在遭受了万人无妄唾弃的耻辱之后，终于入乡随俗，然而这个族群的风韵依旧，他们具有某些共同的特征，其外表特征经常令人反感，但不时也有英俊的，可都有女人之心，又多情又体贴，而且具有女人的天性：既多疑又反常，既卖弄风情又嘴巴不牢靠，既有女人处处出风头的能耐，又像女人那样事事不精；该死的族群，他们受到家庭的摈弃，不能同家人促膝谈心，在祖国的眼里，他们是些未暴露的罪犯；对于他们的同胞，所引起的反感使同胞们从他们身上重新获得深信不疑的警告：天生的爱是一种病态的疯魔，还有连他们自己都不喜欢的女性特征，也算病态疯魔，然而，尽管自作多情，他们仍受友情的摈弃，因为当他们对朋友们怀着纯而又纯的情谊时，朋友们仍可能怀疑他们怀有友谊以外的东西，而当他们向朋友们坦白怀有友情以外的东西时，朋友们却又莫名其妙起来，因此，他们时而遭到盲目的轻视，只有不认识他们时才喜欢他们，时而惹人反感，他们最纯的情意也备受指责，时而

---

① 同性恋，尤其男子同性恋，二十世纪初仍备受歧视。作者这段文字写得玄妙，大概意思如下：男同性恋一般都有女性心理，但偏偏希望对象有阳刚气概，比自己更男性化。但有阳刚之气的男子，即所谓真正的男子汉，只喜爱女性。常言道："男人要性，女人要情。"所以男同性恋比女同性恋的问题更严重，再加上国法不容，他们命中困难多多。

引人好奇,人家千方百计解释他们,却总是误解他们,越俎代庖,替他们生造步兵心理学,自以为不偏不倚,却很有倾向性,先入为主认为同性恋者很容易成为杀人犯,有如某些法官认为犹太人天生是叛徒;他们像以色列人那样还在寻求不是他们的东西,寻求不属于他们的东西,但,他们互相之间,虽然表面上就像最不信奉犹太教的犹太人对小犹太教徒那样,小同性恋者对大同性恋者飞短流长,争风吃醋,互瞧不起,但实际上他们团结一致,深深植根于某种共济会,比犹太人的共济会更为广泛,因为人们所知道的只不过鸡毛蒜皮,他们的共济会法道无边,比真正的共济会强大得多得多,因为建立在天性相同的基础上,建立在趣味相投需求一致的基础上,可以说建立在认识和被人认同的基础上,如坐在车上,从给他开门的二流子身上找到认同,或更痛苦一点,有时从女儿的未婚夫身上找到认同,有时怀着苦涩的讽刺从医生身上找到认同,而他正想请那个医生给他治疗恶癖,有时在俱乐部从递给他一个黑球的上流人士身上找到认同,有时在下令追捕他的君主身上找到认同,他们翻来覆去说加图①是同性恋者,或津津乐道或愤愤不平地喋喋不休,就像犹太人喋喋不休地说耶稣基督是犹太人,根本不懂那个时代没有同性恋,其时对待年轻男子的习俗和合乎礼仪的举止谈吐就像今天供养舞女,其时苏格拉底是最讲究道德的,却跟两个肩并肩坐在一起的青年人很自然地开玩笑,就像跟貌似相亲相爱的表兄表妹开玩笑,自然而然的玩笑比苏格拉底的理论更能揭示某种社会状态,因为他的理论可能只是个人的见解,同样耶稣被钉于十字架之前并没有犹太族,以至于原罪尽管是原罪,其历史起源却在于靠名誉得以维系的非认同;然而他们的禀性顶住了说教,顶住了儆戒,顶住了蔑视,顶住了法律惩治,这种素质局外人都知道

---

① 加图,大加图(前234—前149),古罗马政治家和作家;小加图(前95—前46),大加图的曾孙,古罗马政治家。

是如此强烈如此天授,以至于备受唾弃,比犯罪更令人厌恶,因为犯罪是道德人格的病变,因为这种犯罪可能是暂时的,人人都能理解小偷的行为、杀人犯的行为,却不能理解同性恋的行为;他们是被人类社会排斥的一部分,却又是家庭的主要成员,表面上看不出来,多得无法计数,神不知鬼不觉的,但又堂而皇之,肆无忌惮,逍遥法外,他们比比皆是,老百姓中军队中神庙中都有,上至朝廷金銮殿,下至剧场和牢房,他们既互相诽谤又互相支持,既不愿意互相认识又一见如故,猜得出同类,尤其不愿意供认的那种同类,更有不愿意被人认出同类的那种同类,他们亲密相处时,丑闻一旦爆发,便视同类的罪行如鲜血,似猛兽那般无情,但又像驯兽者那样习以为常地与猛兽和平相处,同他们一起玩耍,一起议论同性恋,一起发牢骚,怨声不绝于耳,偏偏在同性恋者面前大肆谈论同性恋,直到不可避免的一天,迟早是要被吞食的,就像有的诗人在伦敦所有的沙龙备受欢迎,其人其诗大受关注,但其人无片瓦安息之地,其诗剧无一处肯上演,等他断了气赎了罪下了黄泉,人家便在他墓上竖起塑像;这等人不得不乔装改扮自己的情感,改变词语,把词句一律变成阴性,要在自己的心目中为自己的友情自己的怒气找托辞,硬要自己相信其恶癖不是恶癖,内心之急需,胜于不让社会看出其癖好;该死的族群,他们高傲得不把自己视为一个族群,不肯与其他人区别开来,为了让自己认为,他们的性欲不是疾病,这种欲望不是不可能实现的,其性欲的愉快不是幻觉,其表现的特征不是天生缺陷,因为可以断言,自从有人类有文学,最早的文字就为他们奉献了一定的篇章,对他们作出公正的评价,肯定他们精神和智慧的价值,并不像有人所说的那样,其本身是丑陋的,因天生的不幸和无妄之灾而受到怜悯,这样的篇章,他们听了最为恼火,他们读了最为难过,因为,如果说几乎所有的犹太人内心都是反犹太的,尽管发现反犹太者集所有缺点之大成,却仍将其视为基督教徒,那么凡同性恋者内心必定是反同性恋的,他们反同性恋的一面无可非议，他们的才能德行智力心地有口皆碑嘛。总之，正如人类有权拥有一切特性，我们有权享有天性为我们设计的那种情爱，即使为了实事求是，我们不得不承认这种形式的情爱确实离奇，不得不承认这类人确实与众不同。

有时在火车站，在剧场，你们注意到纤纤秀气的人儿，面容病恹恹的，奇装异服，堂而皇之瞧着熙熙攘攘的人群，他们对人群并不感兴趣，实际上是来探听虚实的，看看是否能遇见难以寻觅的猎奇者，接受他们所提供的异趣，对于猎奇者来说，他们默默地寻求已是明显的联络暗号，尽管表面上装出拒人千里之外的慵懒。大自然为某些动物某些花朵安排的做爱器官往往位置不当，很难让它们得到愉悦，在性爱方面它们没有得到大自然的厚爱。想必对任何生物来说，性爱都不是那么容易的，往往要求相遇的双方殊途同归。而对于这类天性特殊的人，性爱则要困难百倍。属于此类的人数在地球上毕竟稀少，有时一辈子也遇不上气味相投的同类。此类人必须女性和男貌兼而有之，女性为能随时接受性欲，男貌为能唤起性欲。其气质好像非常狭隘非常脆弱，以至于在这样的条件下爱情成了难赢的赌注，即使不算一切社会力量一致共谋的威胁。但，他们往往满足于粗俗的表象，由于找不到半男半女的男人，而得到半女半男的女人，根据需要，从男人那里收买女人的青睐，或通过幻觉的愉悦来美化为其物色愉悦的人们，从喜爱他们的那些女子气十足的人儿那里找到一些雄性的魅力。

有些男人，沉默寡言，美如冠玉，妙如安德洛墨达①，却从一而

---

① 安德洛墨达，希腊神话中埃塞俄比亚公主。其母声称女儿美貌无双，胜过海中神女，受委屈的神女让海神派海怪去埃塞俄比亚论理。神示说：唯有将安德洛墨达奉献海怪，否则埃国休想安宁，国王屈从，但珀耳修斯前来杀死海怪，救出公主，并喜结良缘。安德洛墨达死后化为仙女星座。古希腊罗马时代的瓶画、壁画多有此题材，近代鲁本斯有油画《珀耳修斯和安德洛墨达》。

终,永受孤独,双眼眨巴闪烁痛苦的光芒,苦于进不了光辉灿烂的天堂,女人们则飞蛾扑火似的前来投身于他们,可他们偏偏找讨厌他们的人求爱,殊不知他们的美貌唤醒不了所追求的人,还有另一些男人,其女性几乎外露一半,袒胸露肩,寻求机会乔装打扮,毕露其女性;他们喜欢跳舞,喜欢穿着,喜欢姑娘似的涂脂抹红,在最严肃的集会上突然发疯似的哈哈大笑和高声唱歌。

我记得在凯尔克维尔遇见过一个小伙子,他的兄弟和朋友们讥笑他,落得他孤独一人在海滩散步;他面庞可爱,若有所思,抑郁寡欢,披着长长的黑发,偷偷在黑发上撒一种蓝粉使之光亮闪烁。尽管他硬说头发的颜色是自然的,却把嘴唇淡淡地抹上红胭脂。他孤身只影数小时漫步海滩,坐在岩石上用伤感的目光询问蓝色的大海,焦急而执着,面对海天蔚蓝一色的景致,寻思既然大海景致依旧,马拉松和萨拉米斯①时代没有两样,能否目睹安蒂诺乌斯②从一艘快艇上下来把他带走;他白天出神思念安蒂诺乌斯,夜里依凭小别墅窗口梦想安蒂诺乌斯,迟归的过路人瞥见他在月色下凝望夜空,当他发现被人瞧见,立即离开窗口。他太单纯,仍相信像他这般的情欲只在书籍中存在,意想不到我们以他作比较的荒唐胡闹场景跟他有何联系,而我们竟把胡闹的场景同偷窃行凶一般看待;他总到那块岩石凝望天空和大海,不知道海港是水兵称心受用之地,只要挣工资,管它干什么呢。他未供认的情欲表现为与同伴们不合群,或跟伙伴们在一起时言语举止古怪。伙伴们试用他的胭脂口红,嘲弄他的蓝色发粉,讥笑他的郁郁寡欢。可他身穿靛青裤子,头戴海蓝鸭舌帽子,照旧独自散步,忧郁伤感,因颓丧和内疚而一蹶不振。

---

① 马拉松和萨拉米斯,希波战争期间两次著名战役的发生地。——编者注
② 安蒂诺乌斯(约110—130),罗马皇帝哈德良宠爱的娈童。曾陪侍哈德良周游地中海世界,后溺死于尼罗河。哈德良在帝国各地为他立祠,并在其溺死之处建城。——编者注

德·盖尔西侯爵未谙世事时,听伙伴们谈论同女人厮缠的乐趣,便更接近他们,一味以为自己情欲的快感跟他们是息息相通的。后来他感到不是一回事儿,觉得不对头了,但既不承认也不自认。没有月亮的夜晚,他走出他的普瓦图古堡,顺着小径走上大路,那里通向表兄居伊·德·格雷萨克的古堡。他在两条小道的路口同表兄相遇,他们爬上一个斜坡,重操儿时的勾当,事毕分手,一言不发,白天尽管相聚交谈,却互不提及,与其说默契暗许,不如说虎视眈眈,但一旦在暗处重逢,儿时的幽灵不时重现,两人缄默无言,却动手动脚,互摸起来。然而,表兄当上德·盖芒特亲王后勾搭了一些情妇,便疏远了他,那好事只偶尔为之。德·盖尔西先生常常在斜坡上一等数小时,垂头丧气,郁郁而归。再后来表兄结婚了,每每相逢,只见表兄笑容可掬,高谈阔论,对他可有点冷淡了,再也不干幽会勾当了。

于是于贝尔·德·盖尔西更加离群索居,比中世纪的古堡女主人更为形影相吊。每当他去车站坐火车,他嘴上虽不说什么,心里却遗憾奇怪的法律不允许他与站长善结姻缘:虽然他非常迷恋贵族身份,但没准会同意与社会地位低下的人结缡;当他瞥见一名中校带兵开赴另一个驻地,恨不得弃离古堡跟随中校而去。他待在古堡无聊得像格丽瑟尔塔①,乐意走下主楼,经过千般犹豫之后,走进厨房对宰羊的厨师说,上一餐的羊后腿不够鲜嫩,或者亲自去接邮差送的信件。然后返回主楼,温习祖先的家谱。有天晚上,他居然亲自把一个醉汉引向归途,又有一次,在路上帮一个盲人把罩衣穿整齐。

他来到巴黎,时年二十有五,绝顶的美男子,上流社会的风雅

---

① 格丽瑟尔塔,意大利文艺复兴时期作家薄伽丘《十日谈》中的人物。她是牧羊女,毅然接受德·萨卢塞侯爵的求婚。

人士,其时他的奇情异趣尚不为人所知,后来隐约传开了,他才显得与众不同。他当时还未暴露是"从一而终的安德洛墨达",他双眼充满离愁别恨,让钟情的女人们纷纷倾倒,而惹得为他爱慕的人反感不已,总之,他不能完全分享由他引起的激情。他有过一些情妇。一个女人为他而自杀了。他跟几个趣味相投的贵族青年结过缘。

谁能怀疑这些备受女人青睐的风流青年聚集在一起谈论圈外人不懂的乐事呢?他们厌恶和痛骂自己族群的人,与其老死不相往来。他们赶时髦,专跟只爱女人的男人来往。但,他们当中的文雅之士,三三两两在一起时,总爱寻开心,乐意产生同声相应同气相求的感觉。有时他们单独相处,会情不自禁吐出约定俗成的词语,做出礼仪般惯常的动作,借以自嘲,但也暴露出无意义的团结和深深的愉悦。这些人在咖啡馆令大胡子教士们另眼相看,因为教士们只乐意跟自己族群的人来往,害怕被人瞧不起,他们作为本族恶癖的查办员,十分强调惩罚,戴上黑领带才敢外出,他们冷眼盯视这帮英俊青年,无法怀疑眼前所见就是同类,因为倘若轻易相信自己孜孜以求的东西,那么等到所求之物到了跟前也不敢轻信了。他们中的一些人对一个小伙子的问候只敢以失礼的嘟嘟囔囔加以回答,恰似外省的年轻姑娘,以为报以微笑或伸手相握便是伤风败俗。某个年轻小伙子的殷勤在教士们的心中撒下永久情爱的种子,因为善意的微笑足以使希望绽开花朵,再说他们心照不宣,知道彼此罪孽深重,招人羞辱,难以设想得到体贴而不被认为同谋的证据。然而,再过十年,未受怀疑的英俊青年必将与大胡子教士相识,因为他们秘而不宣又共同一致的思想必然在他们的周围辐射这种朦胧的气质,那是骗不了人的,从中识别得出漂亮小伙子所梦想的性别;他们不可治愈的痛苦有其内在的发展,必然打乱他们的活动;每当街角遇到他们,但见他们对女性臀部怒气冲冲,借傲慢无礼来预防假设的鄙视,佯作无精打采来掩饰——加倍掩饰——达不到目标的烦躁不安:他们越无视目标越接近不了目标,眼里始终出现高中生制服上装或军服流苏;他们当中的这部分和那部分在旁人看来都一样,旁人总抱着好奇的目光和无动于衷的态度,就像在军营周围转悠的暗探。但,英俊青年和教士起初在咖啡馆相遇时互不理会,然而无论前者或后者都躲避本族群的渣滓,躲避戴手镯的一派;手镯派连在公共场合都敢拥抱另一个男人,随时撩起衬衣袖口让人看他们手腕上戴着一串珍珠,以挑衅和激烈的目光挨个儿追逐年轻人,像一股令人难以容忍的恶臭使年轻人起身离开,他们对教士和英俊青年人指指点点,发出女人般的笑声,做出不三不四和不怀好意的手势,而咖啡馆侍者,虽气愤却又不在乎,深谙世态,照样伺候他们,虽虎起脸却不失礼貌,抑或寻思是否应该叫警察,但末了总往衣兜里装小费。

然而,有时候,由于追求奇情异趣的欲望可能在正常人身上开一回花,常人也会鬼使神差,很想通过躯体合璧感受一番像孟加拉玫瑰花似的女人酥胸,以及其他更加秘密的特色。德·盖尔西侯爵终于爱上一位名门豪族的姑娘,并跟她喜结良缘,但十五年中他的性欲全部压抑在对她的情爱中,恰似一泓深水全容纳在碧绿的游泳池里。他惊叹不已,活像二十年只能喝牛奶度日的消化不良症患者,而今每天在英国咖啡馆吃午饭和晚饭,活像懒汉变得勤快起来,活像酒鬼把酒戒了。妻子死了,恍然大悟:终于找到了治愈痛苦的良药,更不怕重蹈覆辙了。渐而渐之,他变得像曾经最使他反感的那些人。但他的地位多少对他起了保护。去俱乐部前,他在贡多塞高级中学门前驻足片刻,然后想德·帕尔马公爵和热那亚大公正乘着他的船去C城,他颇感自慰,因为不管怎么说,法国毕竟没有其他大爵爷比他的地位更显赫了,很可能因为这个缘故英国国王要来跟他共进午餐哩。

人物姓氏

如果说我能灵巧地一层层剥开习惯的内里，重现盖芒特这个姓氏最初鲜亮的光泽，那么唯有我们的幻想为其增光彩，我的幻想根据我认识的德·盖芒特夫人出发，在我，如今她的姓氏意味着认识她后所形成的想象，就是说因认识她而破坏的想象，正如阿望桥城①这个响亮的名称是由纯想象的成分建立起来的，德·盖芒特夫人也由我说出其姓氏时所想象的传奇色彩而产生。她也是当今的一个人物，而她的姓氏使我同时看到今天的她和十三世纪的她，同时看到她在橱窗似的公馆和孤立的古堡主楼凝望夕阳晚霞，由于门第森严，她不可以随便跟人说话。我想，她在巴黎布满玻璃窗的公馆里所会晤的那些人也一样同时生活在当今时代和十三世纪，客人们也一样拥有凄凉的古堡，也一样不随便跟人搭讪。但，这些神秘兮兮的贵族定有我从未听说过的姓氏，名门望族的姓氏，诸如拉罗什富科②，拉特雷穆瓦耶③，不过那些成为街名著作名的姓氏在我看来过于公开化，成为尽人皆知的普通姓氏了。

众多的盖芒特家族成员永远铭刻在贵族社会的稀世宝石上，人们在贵族社会里到处瞥见他们的身影，犹如珍贵的金黄色质地

---

① 阿望桥城，位于法国菲尼斯泰尔省坎佩尔附近。十九世纪末以高更（1848—1903）为首的一批画家热衷蛮荒景色，来此作画，形成阿望桥画派，高更留下名作《阿望桥近郊》。
② 拉罗什富科，法国最显贵的家族之一。其历史可上溯至十一世纪初。十七世纪古典作家拉罗什富科即出自该家族。——编者注
③ 拉特雷穆瓦耶，法国贵族家族。曾出将领多人。——编者注

的脉纹饰在一块鸡血石上。我们识别他们的来龙去脉,从这种矿石的内在脉络追寻他们金色汗毛的柔软波动,从玛瑙两侧的纹理看出散乱发亮的披发。我的一生有好几回沾光受益,他们的光辉或掠过我的生活表面,或透过我的生活深层。诚然,我已忘却老保姆给我唱过的摇篮曲,其中有一首我母亲记得,叫《光荣属于德·盖芒特夫人》。后来年复一年,盖芒特家族成员不时在我生活中突然出现,或偶然相逢,或辗转相识,有如乘火车时一座古堡时而呈现在我们的左边,时而呈现在我们的右边。

正因为如此,我一生的特殊弯道每次以不同的方式把我引向盖芒特家族,在任何一次这种特殊情况发生时,我也许根本没有想到盖芒特家族,而想到外祖母给我介绍的那位老人,想到德·坎佩莱小姐见我同老夫人待在一起时的感受,等等。每次我认识盖芒特姓氏的人都出于极其偶然的机会,他们每个人实实在在出现在我面前,我通过目睹耳闻获得他们有血有肉的形象,亲眼看见老夫人患酒糟鼻的面容,亲耳听到她说:"晚饭前来见我",以致跟这个神秘的家族接触未能给我留下神秘的印象,有点像古希腊罗马作家谈起具有兽性或超凡血统的家族时那种印象。正因为如此,我思考生活时更有诗意,想到我的一生单凭天缘巧合就有许多机遇接近儿时想象的东西。一天在凯尔克维尔,我们谈起德·圣艾蒂安小姐时,蒙塔日先生对我说:"哦!那是个真正的盖芒特女士,就像我婶娘塞蒂米,简直是萨克森瓷器,萨克森瓷人。"这些话进我耳朵时携带着不可磨灭的形象,结果使我必然把别人对我说的话字字信以为真,真是傻得不能再傻了。从此,我只要想起德·圣艾蒂安小姐和塞蒂米婶娘就联想到陈列珍宝的橱窗里那些萨克森瓷人;每次有人谈起盖芒特家族在巴黎或普瓦捷的一座府邸,我便仿佛看见夹在屋宇之间一座精纯而易碎的长方形水晶体,有如万家屋顶之上矗立的哥特式钟楼尖顶,德·盖芒特夫人们置身于玻璃门窗里,芸芸众生没有一个有权接近她们,只见她们像萨克森小

171

瓷人似的闪烁着最柔和的光彩。

我遇见德·盖芒特夫人时,有点失望,发觉她两颊肌肤丰满,穿一套西式裙服,而在我的想象中她穿得像萨克森陶瓷仕女,有如我所见到的威尼斯圣马可大教堂的正面,并非像罗斯金所说的那样布满珍珠、蓝宝石、红宝石。但我依然想象盖芒特府邸像一座玻璃宫,事实上我所看到的,虽然有点像那么回事儿,其实只不过裹着一层保护包装。她住的地方应当不同寻常人家,普通百姓摸不到门路,难以涉足其间,就像玻璃橱里的水晶隔板。说真的,实际生活中的盖芒特家族成员,虽说与我幻想的根本不同,但一旦确认他们也属饮食男女,仍觉得他们颇为与众不同。我不知道这个神话般的家族出自哪方神女和何种神鸟,但我肯定认得出盖芒特家族成员。

盖芒特家族成员人高马大,可惜他们的身材一般不算匀称,为了建立一种经常性均衡体型,一种理想线条,一种和谐,他们不得不永久性地难为自己,就像拉手提琴时两肩过于往外延伸,把脖子拉得长长的,结果反倒耸肩缩颈,就像被拥吻耳下时所显现的那样;他们眉毛高低不一,双腿高低不平,均因打猎事故造成;他们不断起身,扭来扭去,别人只看见他们侧面或矫正的姿势,他们接住落下的单片眼镜就立即把它夹在眉下;他们用右手转动左膝。

他们的鼻子,至少保存家族典型特征的成员,都过于弯而隆(尽管与犹太鹰钩鼻毫无关联),过高过长,长在漂亮的女成员脸上尤其显眼,德·盖芒特夫人比她们之中的任何人更引人注目,她们的鼻子钩住您的记忆,恰似初次遇见令人不愉快的东西,恰似腐蚀性很强的酸,在鼻子的下端,嘴唇过于单薄,致使嘴巴显得干瘪,沙哑的声音鸟叫似的有点尖厉,但令人陶醉。眼睛湛蓝,从幽远处发出亮光,死死地冷冷地盯视您,好像钉在您身上一枚永不钝蚀的蓝宝石钉子,其神态深沉多于倨傲,观察欲大于控制欲。家族最愚蠢的成员所持那种无坚不摧的心理气势和居高临下神态，是从母系遗传并经教育加以完善的，但他们的愚蠢或懦弱肯定给他们的神情增添了滑稽的成分，好在他们的目光本身具备难以言传的美。盖芒特家族通常头发金黄里透点儿橙红，是特殊种类的发色，类似金黄泡沫，其中丝绸和猫皮参半。他们的面色在十七世纪已有口皆碑，粉红里透着淡紫，像某些种类的仙客来花色，经常在鼻子左下角长个干肉芽，世世代代长在相同的位置，有时累了会肿起来。家族某些成员由于近亲结婚，面色变得暗淡发紫。有些成员很少来巴黎，他们像所有盖芒特族人，鹰钩鼻高高隆起，两颊形同石榴，双颧近似紫水晶，活像冠顶紫红羽毛的天鹅凶恶傲岸地固守在蓝蝴蝶花丛或天芥菜丛中。

　　盖芒特家族成员皆有上流社会人士的举止，但他们的举止折射着总爱顶撞国王的贵族独立性，而不像其他跟他们一般高贵的爵爷那样爱虚荣，那样喜欢与众不同，并为此感到受用不浅。所以，听到别人津津乐道："我去过沙特尔公爵夫人家"，以至于在他们之间谈话也如此，盖芒特夫妇吩咐仆役时也说："去叫沙特尔公爵夫人的马车。"总之，他们的精神面貌有两个特征。除上述特征外，另一个特征是，承认好天性在精神上占有极其重要的地位。从德·维尔帕里济夫人到最年轻的盖芒特后代，他们说起某个车夫时异口同声说："感觉得出来，此人生性好，具有正直的天性，善良的本质。"而这个车夫只给他们赶过一次车。盖芒特家族如同人间所有的家庭，出现过可恶的人，说谎的人，残暴的人，堕落的人，作假的人，残杀的人，尽管如此，这些败类也比其他同类更为风流，明显地更为聪明更为可爱，他们的外貌，如洞察入微的蓝眼睛，永不钝锈的蓝宝石目光，显然与众不同，但有一个特征跟其他人相同，那就是，当他们表露底细时，当他们袒露心迹暴露本质时，他们会说："感觉得出来，此人生性好，具有正直的天性，善良的心地，没说的！"

组成盖芒特家族成员精神面貌的另外两个特征就不怎么普遍了。尽管他们都是知识分子,但只有聪明的盖芒特家族成员才显示有知识,就是说首先相信自己是聪明的,进而产生自己异乎寻常地聪明的想法,因为他们对自己异乎寻常地满意。其特征之一是相信智力以及善良和怜悯,能表现于外部事务之中,能表现于学识之中。一本书,倘若涉及他们已知的事物,在他们看来就微不足道了。"这个作家只给我们讲乡间生活讲古堡。所有在乡间生活过的人都知道嘛。我们喜爱可以使我们学有所得的书籍。生命短促,读《场边榆树》①,只会浪费我们宝贵的一个小时,因为阿纳托尔·法朗士在书中所讲外省的事情,我们了解得不比他差呀。"

盖芒特家族成员的这种独特性,不是在我认识他们以前我所认为的那种独特性,这是生活给予我的补偿,就像本金已还股,这种独特性使他们变得富有诗意,像他们的姓氏那样金光灿灿,富有传奇色彩,幻灯片似的不可触知,古堡似的不可涉足,在光亮透明的公馆里,在玻璃书房中,他们显得生气勃勃,神采奕奕,活像萨克森瓷人。再说许许多多贵族姓氏都有这种魅力,成了古堡名称车站名称,我们乘火车念着时刻表经常冥思遐想,设想在一个夏日傍晚下车,其时北方荒僻偏远的绿篱因潮湿和阴凉而转成橙黄色,就像别处的初冬,而火车站则永远隐没其间。

时至今日,贵族之家似乎位于偏乡僻壤,魅力却不减当年,其中一大魅力就是,贵族姓氏始终是地方的名字或古堡的名字(有时原封不动保留了下来),使人的想象立即产生扎根而居的印象,继而产生前往观光的欲望。每个贵族姓氏有声有色地包括一座古堡,通往

---

① 《场边榆树》(1897),法朗士四卷本小说《现代史话》的第一卷。——编者注

古堡的路虽不好走,在冬日愉快的傍晚到达后却感到分外温馨,附近的池塘、教堂充满诗意,教堂以贵族纹章,以先人着色雕像脚下的墓碑,多处重复贵族姓氏,映掩在纹章彩画玻璃的玫瑰红中。您会对我说两个世纪以来一直蛰居巴约附近那座古堡的贵族,其姓氏原籍实际上是普罗旺斯,古堡在冬日午后受浪花的拍打,遭浓雾的围困,内壁饰满挂毯和花边。但,这并不妨碍我想起诺曼底,好比许多来自印度和开普敦的树木在我们各省适应了当地的风土,其树叶和花朵给人的印象丝毫不减异国情调,也丝毫不增法国色彩。如果意大利贵族姓氏三百年来傲然屹立于诺曼底深谷之上,如果那边的地势不降,人们会一直看到古堡正面红板岩和淡灰石的主楼与迪沃河畔圣皮埃尔市教堂的紫红色钟楼处在同一平面上。这无伤大雅嘛,依旧是诺曼底的。如果那个普罗旺斯家族二百年来一直住在法莱斯城大广场角落上的府邸,如果应邀前来玩牌的客人晚上十点离开时很可能吵醒法莱斯的资产者,他们的脚步声时断时续地在夜空回响,直到城堡主塔广场,恰如在巴尔贝·多尔维利的小说中,如果他们府邸的屋顶从远处眺望夹在教堂两个尖顶之间,好比诺曼底海滩上一块卵石嵌在两个镂空的贝壳之间,或嵌在两只寄居蟹有脉的暗玫瑰红塔形钳之间,如果客人在晚宴前早早到达,看一眼琳琅满目的中国摆饰珍品,那是从前诺曼底海员在远东做大宗贸易时期获得的,然后从客厅走下来,同各贵族家室成员一起散步,贵族们住在从库唐斯到卡昂、从蒂里阿库尔到法莱斯各地,他们散步的花园呈坡形,边缘是城墙,直通湍急的河流,等待晚宴的客人们可以在庄园里垂钓,就像置身于巴尔扎克的某篇小说,那么这样的家族从普罗旺斯来这里扎根有什么不好呢?他的普罗旺斯姓氏有什么关系?这个姓氏变成诺曼底的了,好比从翁弗勒尔到瓦洛涅、从蓬莱韦克到圣瓦斯特到处可见的美丽的粉红绣球花,好比收藏的一个船壳,如今点缀着乡村,为诺曼底农庄增添引人入胜的色彩,既古旧又新鲜,像从北京带回来的一件中国彩陶,是由雅克·卡蒂埃①带回来的。

另一些贵族所拥有的古堡掩隐在森林里,要走很长的路才找得到。中世纪,古堡周围只听得见号角声和狗叫声。现如今,来访者傍晚到达,按汽车喇叭,代替了号角和狗叫,汽车穿过树林,喇叭声如号角那般同湿润的氛围相协调,然后到达古堡正院,又像狗叫似的混有花坛的玫瑰花香,动人心弦,几乎似人声一般呼唤古堡女主人,她及时来到窗口,表明今晚她不再单独跟伯爵面对面吃晚饭和玩牌。有人向我提起位于普洛埃尔梅尔附近一座雄伟壮丽的哥特式古堡时,没准我会想到隐修院里长长的回廊和花径,踏着一条条小径,观赏一代代修道院院长墓旁的染料木和玫瑰花,他们自八世纪以来一直生活在这些回廊下,远眺山谷;当查理曼尚不存在的时候,当沙特尔大教堂的钟楼尚未矗立,当韦兹莱山丘上俯瞰水深鱼多的库赞河的修道院塔楼尚未屹立,姓氏早已存在,大概诗的语言过分确切过分烦琐,因此产生过多的已知形象,这必定扰乱姓氏所引起的神秘倾向,姓氏这东西在我们认识以前与我们已知的事物风马牛不相及,就像有时我们做梦:在台阶上按铃之后,看见几个仆人出现,其中一个神态忧郁,鹰钩鼻高大而弯曲,少有的沙哑喊声使人推想他是由池塘排干后的一只天鹅投胎转世,另一个一脸土灰色,吓得昏天黑地的眼神使人想起虽敏捷却被强暴的一只鼹鼠,我们将在宽敞的前厅看到千篇一律的衣帽架,处处可见的大衣,在相同的客厅里摆着相同的《巴黎杂志》和《舞台》。即使一切依旧使人感觉置身于十三世纪,有智慧的主人,我强调,尤甚有智慧的主人,也在那里说些当今充满智慧的事情。也许他们不应当有智慧,他们的谈话只应涉及所在地点的事情,仿佛只有带确切景

---

① 卡蒂埃(1494—1554),法国航海家。以发现加拿大著称,曾以弗朗索瓦一世的名义拥有加拿大主权。

象而无抽象的描绘才引得起浮想联翩。

外国贵族也是如此。某个德国爵爷的姓名好比闷味十足的屋里透进一股神怪诗意的轻风,城镇市民每每道出贵族姓氏的最初几个音节就能使人想起在德国古老广场的食品杂货铺里吃到的着色糖果,而对面哥特式老教堂由阿尔德格雷费尔①绘制的彩画玻璃在贵族姓氏最后音节五光十色的回响中黯然神伤。德国贵族另一个姓氏原是小溪名,发源于古老的瓦尔特堡脚下的黑森林,穿过一道道有侏儒出没的山谷,上有一座座古堡俯视,老爵爷们曾在那些古堡中当权,后来路德也曾在那里沉思,这一切都在那位爵爷的领地发生,因此他的姓氏载入青史。昨天,我同这个姓氏当今的爵爷共进晚餐,他的面貌是现代的,他的衣着也是现代的,他的言语和思想都是现代的。讲起贵族或瓦尔特堡,他便说:"嗨!如今没有王侯了",足见其思想开放和精神升华。

有的姓氏当然从来没有存在过。只在想象的意义上存在,有漫长的过去才有今天充满幻想的姓氏,诸如克莱蒙-托纳尔,拉图尔和P……德·C.T.公爵等。在莎士比亚和瓦尔特·司各特作品中留名的公爵夫人古堡建于十三世纪的苏格兰。特纳②画过多次令人赞叹的修道院,其画扎根于自己的土地,他祖先的坟墓排列在大教堂里,可惜大教堂被毁,用来放牛了,牛在残存的拱门下和开花的树莓中吃草,这样的大教堂给我们的印象更深刻,更让我们想起那是大教堂,因为我们不得不把大教堂的内在构思强加在某些东西上,否则就成了大教堂组件之外的东西了,比如我们不得不把那块草地称为正殿地面,把这片小树丛称为祭坛入口。那么大教堂是为特纳的祖先建造的,所以仍属于他,是在他的土地上,那条神奇的急流,那位于一望无际的平原上两座屋顶下的清凉和神

---

① 阿尔德格雷费尔(1502—1560),德国画家、雕塑家。
② 特纳(1775—1851),英国画家。擅长水彩画和油画,如《战舰无畏号》《雨、蒸汽和速度》《月下的煤港》《国会着火》等。对法国印象派有一定影响。

秘,那一大片蓝天下西沉的太阳:两座果园仿佛环抱夕阳,在晚晖的斜照下恰似日晷仪指明傍晚美满的时刻,那远处层层排列的城市和怡然自得的垂钓者,我们从特纳的画面早已熟悉,并乐意跑遍全球寻找这般景象,以便弄清楚大自然的优美和魅力、生活的幸福、时间地点非凡的美确是存在的,而特纳及其后来的斯蒂文森①总向我们显示某个特殊的和合乎要求的地点,我们才不去想所选地点本身是否同任何其他地方一样有价值呢,只求他们动脑筋将其描绘得具有合乎要求的美,并显示其特殊性。总之,公爵夫人请我跟马塞尔·普雷沃一起吃晚饭,梅尔巴②要来演唱,我就不用横渡海峡了。

然而,公爵夫人即便邀请我去中世纪领主生活的地点,我同样会感到失望,因为贵族姓氏恰如不可认识的古坛,可能存在不为人知的诗意,而经验向我们表明的事物往往符合词语,符合已知事物,这两者之间不可能有同一性。我们遇到已知其名的事物,比如持有历史上重要领主姓氏的人,甚或整个旅行中都忘不了其名的事物,难免感到失望,但可以从中得出结论:这种富有想象的魅力虽不符合现实,却是一种约定俗成的诗。但我并不以为然,而且打算有朝一日确立相反的结论,除此之外,单从现实主义观点出发,从心理现实主义出发,这种对我们幻想确切的描绘完全可能产生另一种现实主义,因为它的对象是比现实更富有生命力的现实,这种现实永远不断地在我们脑海里重新组成,离开我们观光的地方后,还会向四面八方伸展,等到我们对熟知的地方一旦有点遗忘,立即前来填补空白,再次成为我们记忆中的地名,甚至追到我们的梦中,给我们儿时去过的地方到过的教堂以及我们梦幻中的古堡披上名称性质相同的风貌,这种风貌由想象和追求组成,而我们已

---

① 斯蒂文森(1850—1894),苏格兰诗人、小说家和散文家。
② 梅尔巴(1859—1931),澳大利亚女歌唱家。曾侨居英国。

不记得彼时的想象和追求了,抑或刚刚瞥见其风貌就入睡了;这样的现实给我们带来无穷无尽的乐趣,而另一种现实使我们无聊,使我们失望,因为它是一种行动准则,总在促使旅游者行动,而热爱旅行的人是永不满足的,越旅游越想旅游;这样的现实是由一页页的篇章组成的,唯有这些篇章能使我们获得这种现实的印象,使我们获得天才的印象。

不仅贵族姓氏使我们冥思遐想,而且至少还有许许多多的家族也是如此,父母的姓氏,祖父母的姓氏,外祖父母的姓氏,依此类推,也是很崇高的,以至于在这种姓氏不断嫁接的过程中不会掺杂任何没有诗意的成分,尽管姓氏多姿多彩,却是透明的,因为未掺入任何劣质材料,使我们可以攀着有色的水晶枝久久地从一个枝头追溯到另一个枝头,好像绘有耶稣家谱的彩画玻璃窗。他们的姓名极有想象力,其人物很纯地在我们的思想扎根。树的左枝是玫瑰红香石竹,树干往上,右枝是大蔷薇花,再往上,左枝是百合花,再往上,右枝是蓝色黑种草;其父娶一位蒙莫朗西千金,法兰西玫瑰;父之母家姓蒙莫朗西-卢森堡,杂色香石竹,两朵玫瑰;母之父娶一位舒瓦瑟尔小姐,蓝色黑种草,然后是本姓沙罗斯特的女士,玫瑰红香石竹。有时候地方色彩很浓厚的古老姓氏好似一朵稀有的花朵,我们只在范·海瑟姆的画中能看到,似乎颇为黯淡,因为我们不怎么经常关注。但我们很快看到耶稣家谱画两旁其他的彩画大玻璃窗,画面描绘其他人物的生活,尽管他们起先只是黑种草和百合花。但由于这些故事是古老的,也是绘制在玻璃上的,整体协调和谐,天衣无缝。"符腾堡亲王[①]的母亲出阁前叫法兰西的玛丽[②],其母来自两西西

---

① 符腾堡亲王,指符腾堡的菲利普(1838—1917)。——编者注
② 法兰西的玛丽,即奥尔良的玛丽(1813—1839)。其父为奥尔良公爵(1793年袭)、法国七月王朝国王(1830—1848)路易-菲力普(1773—1850),其母为那不勒斯国王(1759—1806)斐迪南四世,后来的两西西里王国国王(1816—1825)斐迪南一世(1751—1825)之女玛丽-阿梅莉(1782—1866)。——编者注

里王国。"这么说,他的母亲就是路易-菲力普和玛丽-阿梅莉的女儿,嫁给了符腾堡公爵①,是吗?于是我们记起右边的小彩画玻璃上绘有穿着花园套裙的公主,她参加兄长奥尔良公爵②的婚礼,满脸不高兴,因为看到人家把叙拉古亲王③派来向她说亲的人赶跑了。然后出现了一位英俊的年轻人,便是符腾堡公爵,来向她求婚的;她喜出望外,跟公爵离开时,微笑着在门口拥吻泪汪汪的父母,而纹丝不动的仆役们心里非常不乐意这门婚事;很快她抱病回娘家,生下一子,连丈夫唯一的古堡都未见着,古堡名叫"奇特",她一听古堡名就决定嫁给他了:孩子后来成为符腾堡亲王,恰恰是这朵黄色金盏花让我们循着系谱树追溯到其母,白色玫瑰花;我们起初跳过了左边的彩画玻璃。事隔不多久,彩画大玻璃下方就呈现可怜的公主在意大利病入膏肓,其弟内穆尔④火急赶到她身旁,法兰西王后正下令准备船队去探望女儿,于是我们看到了"奇特"古堡,仔细一看,原来玛丽公主放荡的生活在这里找到了归宿;往下的一大块彩画中,我们瞥见同样的"奇特"古堡里另一位王子,可见地点也像家族一样有自身的历史,他也很奇特,有着离奇的爱情,年纪轻轻就死了,他就是巴伐利亚的路易二世⑤;事实上在第

---

① 符腾堡公爵,指符腾堡的亚历山大(1804—1881)。他于1837年与法王路易-菲力普次女奥尔良的玛丽结婚,育有一子,即上述符腾堡的菲利普。——编者注
② 奥尔良公爵即斐迪南-菲力普王子(1810—1842)。法王路易-菲力普长子。
③ 叙拉古亲王,即两西西里的利奥波德亲王(1813—1860)。其兄长两西西里国王斐迪南二世(1810—1859)欲为他娶奥尔良的玛丽,未果。——编者注
④ 内穆尔,即内穆尔公爵,路易亲王(1814—1896)。法王路易-菲力普次子。——编者注
⑤ 巴伐利亚的路易二世(1845—1886),巴伐利亚国王。艺术和建筑的爱好者,瓦格纳的崇拜者和保护人。被宣布为精神错乱,软禁于施塔恩贝格湖附近的王室城堡后不久,投湖身亡。所谓"离奇爱情",当指他的同性恋情史而言。——编者注

一块彩画下方标有法兰西王后的话:"靠近拜罗伊特①的一座古堡。"言归正传,再来看系谱树:符腾堡亲王,黄色金盏花;法兰西的路易丝②——蓝黑种草——的儿子。嗨!怎么她几乎不认识的儿子还活着?当她向兄弟询问自己的病情时,内穆尔回答道:"不太坏,但医生们很担心。"她说:"内穆尔,我明白你的意思。"自此她对大家都很亲切,不再要求见自己的孩子,生怕抑制不住眼泪汪汪。怎么!他还活着,那个孩子,符腾堡王储?也许长得像她吧,也许从她那里继承了一点喜爱绘画、幻想、奇特的情趣,因为她一直以为把自己的这些情趣牢牢扎根于"奇特古堡"了。王储在小彩画玻璃上的形象,自从我们知道他是法兰西的路易丝的儿子之后,就多了一层含义!这些崇高的贵族姓氏,抑或森林似的没有故事,无声无息,抑或富有历史意义,母亲的眼睛所放射的光芒始终照亮着儿子的脸庞,我们大家都熟悉母亲的眼睛嘛。活着的儿子的脸庞,曾是崇高的已故母亲寄托全部信仰的圣体显供台,而如今仿佛是对这种神圣回忆的亵渎。瞧,母亲恳求的眼睛就是对着这张面庞诀别的;他应当时刻不忘母亲的诀别呀。因为他的鼻子是由母亲美丽无比的鼻子线条构成的,因为他用母亲的微笑去勾引姑娘们放荡不羁,因为他以母亲脉脉含情的眉梢动作去说谎,因为他母亲总以平静的表情讲述一切他漠不关心的事情,就是说一切与他无关的事情,现如今,他谈起母亲时,也是以母亲平静的表情,冷漠地说:"我可怜的母亲。"

在上述彩画的旁边闪闪烁烁展现次要的彩画,那里我们无意中发现其时名不见经传的姓氏,诸如救亲王一命的禁卫队长,放亲王出海去协助公主逃跑的船老板,虽属贵族姓氏却默默无闻,事发

---

① 拜罗伊特,巴伐利亚城市。——编者注
② 法兰西的路易丝,当作法兰西的玛丽,即上述奥尔良的玛丽。下同。按:路易丝-玛丽(1812—1850)系玛丽之姊,嫁比利时国王利奥波德一世(1790—1865)。——编者注

后闻名遐迩,在悲剧性情势的夹缝中出头露面,好似两块铺路石之间绽开的花朵,从此永远披挂忠诚的光泽,使他享有盛誉,使他永垂青史。这类贵族姓氏,我觉得更为动人心弦,我更乐意钻研其后代的心灵,只有回忆这桩往事才有光芒,才看清楚他们的心灵,尽管他们对一切事物的看法是荒谬的、歪曲的,总带有这一抹惨白的微光。我记得曾讥笑过一个头发灰白的人,他禁止自己的孩子们跟犹太人说话,一上饭桌就祈祷,此人非常循规蹈矩,非常吝啬,非常可笑,坚决与人民为敌。他的姓氏现在使我看清他了,原来是他父亲促使德·贝里公爵夫人乘船逃跑的,彼时其激情似火的生活光辉映红了水面,公爵夫人依偎着他父亲上船:这颗灵魂之光是留下的唯一光芒。船舶遇险时的生灵哪,高举熊熊火把的生灵哪,盲目忠诚的生灵哪,彩画玻璃上的生灵哪。也许在这些姓氏下我找得到与我截然不同的东西,其实姓氏几乎都是以相同的方式产生的。但禀性愚弄着所有的人!我认识一个年轻人,他无比聪明,与其说是当今的伟人,不如说像未来的伟人,不仅赶上和理解了社会主义、尼采主义,而且超越和更新了社会主义、尼采主义,等等。我听说他是我在府邸餐厅所见到的那人的儿子,餐厅采用英国装饰,朴实无华,就像《圣乌尔苏拉之梦》①中的房间,或像王后接见各国大使的房间,在她从海上撤离前,彩画玻璃呈现各国大使前来恳求她逃离,彩画悲剧性的光泽为我照亮王后的情影,好比她内在思想的反射使她看清世界。

---

① 《圣乌尔苏拉之梦》,威尼斯画派画家卡尔帕乔(1465—1526)的作品。此画是九幅画作构成的组画《圣乌尔苏拉传》(1490)的最后一幅,也最引人注目。故事取材于中世纪基督教传说。乌尔苏拉是信奉基督教的布列塔尼公主,为不列颠王子热烈追求,她要求爱慕者皈依基督教,并约定待她赴罗马朝圣回来后再谈婚事。她带领侍女和陪同万名前往罗马,不幸途中遭到匈奴人拦截和残杀,无一生还。乌尔苏拉被追认为基督教圣女。画作中,正当乌尔苏拉熟睡之际,一位金发天使带着预兆圣女殉教的标记棕榈树进屋。室内物品逼真;阳光随天使而入,卧房一派宁静、柔和、光明、温馨的景象。

返回盖芒特

他们不再代表一个姓氏；他们带给我们的，必然比我们期待于他们的要少。要少吗？同时也许更多吧。姓氏既是一座纪念碑，又体现一个人。他凭一个手势就镇住我们，而这手势却往往为人们的描绘所遗漏。有如他笑时皮肤起皱，或嘴巴有点傻乎乎，鼻子过大，或两肩下垂，这些首先引起我们注意，尤其此人是人家跟我们讲起过的名人；同样，当我们第一次到威尼斯见到圣马可大教堂，我们觉得这座历史建筑低而宽，加上一些节日的彩旗杆，像一座展览宫，或像瑞米耶日高大的教堂钟楼，位于鲁昂郊区一座小庄园看守的院子里①，或像在圣旺德里尔修道院那本洛可可②式精装的罗曼语弥撒经，好比拉莫③的歌剧；古代的题材披上风流的外表。事物不如我们梦想的那么美丽，但与人们对事物的抽象观念比较起来更为独特。你记得吧④，我从盖芒特给你寄去朴素而充满喜悦的明信片，你收到时有多高兴，是吗？从此你经常对我说："给我讲讲你的快乐。"但孩子们不喜欢表现得乐不可支，生怕父母不疼爱他们。

我敢说孩子们也不喜欢表现得愁眉苦脸，以免父母过分疼爱

---

① 系指建于十至十二世纪的圣皮埃尔教堂的废墟，一直未修复，成了私人庄园的领地。
② 洛可可，十八世纪欧洲盛行的艺术风格，华丽烦琐，金碧辉煌。
③ 拉莫（1683—1764），法国巴洛克时期著名作曲家。谱有三十二部歌剧，如《希波吕托斯与阿里希埃》等。
④ 依然假托与母亲对话。

他们。我从未给你叙述盖芒特。你会问我为什么,我看到的一切,你都指望让我高兴,但我却感到失望,而盖芒特则不然。唉,因为我在盖芒特寻找的东西,没有找到。但,我另有收获。盖芒特之美,在于逝去的世纪竭力在那里留存;时间在那里形成了空间,一眼就认得出来。当我们进入教堂左边,那里有三四处圆拱,不同于其他尖拱,圆拱的两端消失在石墙里,受后建的石墙支撑。沉重的圆拱标志着十一世纪经过了那里,悄悄留了下来,被砌死在墙里,惊讶地凝视十三和十五世纪,尔后的世纪居然喧宾夺主,把那笨重粗鲁的家伙藏起来,冲着我们微笑。但圆拱在地下重现,在地下小教堂的阴暗中显得比较自由自在,好像旧时谋杀留下的痕迹,是一位亲王谋害了克洛塔尔①的孩子们,两座笨重的拱门标志着希尔佩里克②蛮荒时代。我们明显觉出在穿越时间,就像久远的回忆又浮现在我们的脑际。这不再存于我们生命的记忆库中,而存于世纪的记忆库中,当我们涉足通往古堡的隐修院内院过厅时,我们踏过修道院院长们的坟墓:他们从八世纪便管辖这座修道院,如今平躺在我们脚下的雕刻石板下,手握权杖,脚抵美丽的拉丁文碑铭,长眠九泉。

  盖芒特之所以不使人失望,就像一切想象的东西一旦变成了真实的东西,大概因为在任何时候都不是真正真实的吧,喏,甚至当我们漫步其间,我们觉出眼前的东西只不过是其他东西的外表,真实不在此处而在远处,这些摸得着的东西只不过是时间的象征,对见到的盖芒特如同对读到的盖芒特进行想象,因为所有这些东

---

① 克洛塔尔,即克洛塔尔一世(497—561)。法兰克墨洛温王朝创立者克洛维一世(466—511)之子,苏瓦松国王(511 起),法兰克国王(558 起)。生性残酷无情,杀侄诛子,家族内斗乃成墨洛温王朝历史的特点。
② 希尔佩里克,即希尔佩里克一世(约 539—584)。克洛塔尔一世之子。其父死后,与三个异母兄弟分割领地时,获得苏瓦松王国。他成功地取得一个兄弟的领地,暗杀了另一个兄弟。他野心未及实现,即遭无名凶手暗杀。

西只不过是些词语,充满美丽形象的词语,意味着其他事物。就拿那间大厅来说,地上铺着十个、二十个、五十个盖芒特修道院历代院长的墓石,雕像个个像本人那么大,体现着躺在地下的团体。好比经历十个世纪的公墓重新翻了一遍,让石板为后人使用。修道院森林顺着寺院的坡度向下,并不像有些古堡周围的森林那样可以用来打猎,而是不断植树形成的。盖芒特森林则自古已有,希尔德贝尔特①常在那里打猎,真的,就像在我的幻灯片里描绘的那样,就像在莎士比亚或梅特林克的书中描写的那样:"左边有一座森林。"盖芒特的山丘森林在俯瞰中恰如绘制的,西边绿茸茸,郁郁苍苍,就像墨洛温王朝编年史中的着色插图。盖芒特森林由于这种配景,尽管是深远的,却被划定了界限。它就是剧中"左边"的那座"森林"。瑞米耶日地区患神经症的人被送到那里搁置起来。古堡的塔楼依然"沉浸在"那个时代,请注意,我不说"是"那个时代的。望着塔楼,令人叹为观止。人们总说古老的东西历尽沧桑,是感人至深的秘密。大错特错了。瞧瞧盖芒特古堡塔楼吧,它们还在观看马蒂尔达王后骑马呢,塔楼的建立是得到查理二世认可的。它们什么沧桑都未经历。事物充满生命的时刻是由反映这些事物的思想所固定的。彼时它们受到思考后,获得了思考所带来的形式。它们的形式在其他形式中间存在一个时期,然后成为永久的历史遗物。想想吧,盖芒特古堡塔楼使十三世纪不可摧毁地屹立长空,在那个时代,不管高塔望得有多远,却看不到沙特尔钟楼,也看不到亚眠大教堂钟楼,也看不到巴黎圣母院钟楼,无法向这些尚不存在的钟楼致意和微笑。再想一想,盖芒特修道院这个超凡脱俗之物比盖芒特古堡钟楼更古老,落成得更早,在威廉出海征服英国之前早已存在了,连博韦和布尔日大教堂钟楼都尚

---

① 希尔德贝尔特,即希尔德贝尔特一世(约497—558)。克洛维一世之子,巴黎国王(511起)。

未矗立,旅行者傍晚离开时还看不到博韦山丘上刺向天空的大教堂钟楼,当时,拉罗什富科、诺阿耶、于泽斯家族①已崭露威风,随后其威势恰如塔楼节节升高,冲向天际,穿越一个个世纪;显赫而后逐渐衰落的阿尔古家族②其时只拥有用肥沃的诺曼底土砖砌成的黄油色塔楼,后来才建起花岗岩雕刻的塔楼,塔顶是带有七条枪头饰的公爵冠冕;吕伊纳家族③其时只拥有意大利式的棱堡,后来才变成法兰西最雄伟的古堡,后来才在我们的土地上雨后春笋般冒出种种庄园、种种亲王古堡以及种种要塞古堡,诸如茹安维尔亲王宫、沙托丹和蒙福尔城堡,筑有雉堞,谢夫勒斯森林,浓荫如盖,白鼬和牝鹿出没其间,所有这些暴露在光天化日下的财产神秘地在全法国统合起来,南方一座古堡,西方一座森林,北方一座城市,所有这一切通过联姻统合,通过城堡相连,所有这些在灿烂阳光下的财产,并排聚集起来,成为抽象的威力,好比纹章象征,好比星罗棋布的沙堆、金色古堡、银色塔楼,通过征服和联姻,穿越世纪的长河,规整对称地铭刻在一块块蔚蓝色的天幕上。

"你既然如此自得其乐,为何回来?"

事情是这样的。一天,我们破例白天出去散步。有一处我们几天前已经走过,举眼望去,一片美丽的田野、树林、小村庄尽收眼底,突然左边一小片天际阴暗下来,而且越来越昏暗,这是一种生机,一种辐射,若是乌云,决计产生不出来,后来终于以建筑物的布局凝聚成似蓝非蓝的小城,有一对钟楼高高矗立其间。我立刻认出其轮廓,不规则的,令人难忘的,受珍爱但被人忌惮的,沙特尔!原来天边出现的是沙特尔城郭,好似古代一次战役的前夕,如埃涅阿斯在迦太基……天边出现象征英雄的雄伟形象……

---

① 于泽斯家族,法国贵族世家。其历史可上溯至十一世纪末。——编者注
② 阿尔古家族,诺曼底贵族世家。祖籍丹麦,十世纪移居法国。——编者注
③ 吕伊纳家族,法国贵族世家。源自意大利佛罗伦萨的阿尔贝蒂家族。——编者注

但，如果说朦胧的几何学建筑依稀闪烁时，很像受到微风轻轻摇曳而具有某些神奇的显圣性质，那么也是习以为常的，只需在地平线上出现我们儿时喜爱的城市轮廓，就像雷斯达尔[①]某些风景画，他喜欢让人在远处的蓝天或灰天中瞥见他心爱的哈勒姆城的教堂钟楼……

每次跟祖母去孔布雷，她总要让我们在沙特尔停一停。不知道为什么，她觉得沙特尔大教堂钟楼不俗，没有小家子气，而未经人工巧手精心修整过的东西她总觉得俗不可耐。至于书籍，她有两个选择条件：不庸俗，不造作，她认为这样的书对孩子无甚大碍，因为孩子们既不低级趣味又不耍小心眼儿。我想她觉得钟楼的模样儿"自然工巧"和"卓越雅致"。不管怎么说，她很喜欢沙特尔钟楼，认为让我们看一看颇有裨益。由于她对建筑一窍不通，根本不懂美在何处，便说："孩子们，不怕你们见笑，这钟楼是天下无双的，也许美得不合规范，但这种不规则的古风我很喜欢。不平整之中有某种令我十分愉悦的东西。我感到，假如钟楼会弹钢琴，绝不会干巴巴的。"她凝望钟楼时，那么全神贯注，她的头部，她的目光直冲上空，仿佛要跟钟楼一起冲向云霄，同时她向受岁月侵蚀的石头建筑投以温和的微笑。

我甚至认为她"不信教"，但她有一种不言自明的信仰，就拿她对某些历史建筑感受到的那种美来说吧，她不知不觉中把这种美置于另一个层次，即比现实生活更真实的层次。她去世的那年还不知道自己得了什么病，但知道自己大限将近，于是生平第一次去威尼斯，但她真正喜欢的，只有总督宫。每次散步回来，从环礁湖远处瞥见总督宫，便感到十分快慰，向灰色和粉色相交的石头建

[①] 雷斯达尔（1628—1682），荷兰画家。擅长风景画，是欧洲最早创造纯粹风景画的艺术家之一。他的荷兰自然风光略带忧郁情调，但不伤感，具有沉吟的诗意。作品有《树下的茅屋》《暴风雨》《犹太人公墓》等。

筑茫然微笑,竭力把自己融入崇高而朦胧的梦想中。然而,她说过多次,若在死前看一看总督宫将受用不浅,满以为见不着了呢。我认为,当纯属愉悦的愉悦已不算一回事时,既然与愉悦相关的生灵将不复存在,两者之一化为乌有,另一个也就消失了,那么她不会如此重视这种愉悦,如果她没有觉出这是属于极乐,在向我们身心召唤某种东西时,这种东西已经不受死亡控制了。为自己的作品献身的诗人,当他的作品在他死后才得到普遍的欢迎,难道他真的甘心情愿得到他本人看不到的荣誉吗?难道不是诗人身上永恒的部分在起作用,并且把自己交给了一件永恒的作品吗?即使这个永恒的部分只能在这昙花一现的生命中起作用。如果我们已知的生理学和灵魂不朽说相矛盾,那么我们某些天性和彻底必死说难道不也相矛盾吗?也许两者不是一个比另一个更对,也许真理是完全另一回事,譬如有这么两个人,五十年前谈论电话,一个认为是无稽之谈,另一个则说是声学现象,并声称声音能无限期地保留在听筒里,两者的说法都不对。

我则相反,每次看到沙特尔大教堂的钟都不无伤感,因为妈妈在我们之先离开孔布雷时,我们经常送她到沙特尔。两个钟楼严正的形状在我看来同火车站一样可怕。我朝双钟楼走去,仿佛走近必须向妈妈告别的时刻,感到我的心在胸膛里震荡,要脱离我随妈妈而去,让我孤零零返回孔布雷!我记得有一天特别伤心……

德·Z夫人邀请我们到她家住了几天,临了决定妈妈带弟弟先走,我跟父亲晚些时候跟她会合。此决定没有告诉我,免得我事先伤心起来。但我永远弄不懂每当有人千方百计瞒着我们什么,其秘密不管守得多牢,怎么会无意地在我们身上产生效应,惹我们发火,使我们产生被迫害感,某种探索妄想?这发生在孩子还根本不懂生殖规律的年龄,他们感到被人欺骗,故而对真情实况颇有预感。我不知道哪些隐隐约约的迹象在我脑中积聚了起来。临走那天早晨,妈妈高高兴兴进入我的房间,掩饰着我认为她也有的那份离愁,笑着对我援引普卢塔克:"莱奥尼达斯①在大难临头时处变不惊……希望我的宝贝配得上莱奥尼达斯哟。"我对她说:"你要走,"语气之绝望明显使她心绪不宁,我以为也许还能挽留住她或让她把我一起带走;我想她确实把我的要求对我父亲讲了,想必他不同意;她对我说准备出发前还有点时间,特意抽空来看看我。

我上面说了,她该带我弟弟先走;在此之前,弟弟离开舅舅家时,舅舅带他去埃夫勒照相。事先叫人把他的头发烫卷曲,像看门人的孩子在照片上呈现的那样,他的大脸庞四周围着一圈蓬松的黑发,冠帽似的,中间系着几个大蝴蝶结,活像委拉斯开兹②笔下的宫娥头上戴的;我面带笑容望着他,自己虽是孩子,却露出哥哥爱护弟弟的微笑,说不清这种微笑带有较多的赞赏,较多带讽刺的优越,还是较多的柔情。妈妈带我去找他,让我跟他道别,但根本找不到。他成天拉着漂亮的小车。同别人送给他的小山羊形影不离,亲热得不得了,有时发善心,"借给"父亲看管一下,现听说他不能把羊羔带走。在德·Z夫人家小住之后,他得回巴黎,这就得把羊羔给邻近的庄稼人。弟弟这离愁别绪,痛苦万分,决计跟他的小山羊度过最后一天,我猜他或许故意藏起来,好让妈妈误了火车,借以报复。不管怎么说,我们各处找了一遍之后,沿小树林寻索,林子中间有个圆圆的场地,是套马提水的地方,当然没想到弟弟会去那儿,突然听见抽抽噎噎的说话声。那正是我弟弟的声音,很快我们瞥见他,而他则看不到我们;他坐在地上偎依着羊羔,用

---

① 莱奥尼达斯(前530—前480),斯巴达国王。曾于温泉关抵御入侵的波斯军队,战至最后一人。——编者注

② 委拉斯开兹(1599—1660),西班牙绘画大师。擅长表现人物性格特征,笔致自然,色彩明亮。代表作有《酒神巴克科斯》(1626—1628)、《布雷达的投降》(1635)、《巴尔塔萨·卡洛斯王子骑马像》(1635)、《教皇英诺森十世》(1650)、《宫娥》(1656)、《纺织女》(1657)、《镜前的维纳斯》(1657)等。

手亲热抚摸羊头,捧着羊鼻子亲吻,洁净的羊鼻有点发红,是那种自炫其美的男子酒糟鼻红,羊鼻虽平淡无奇,却是有棱有角的,这个小小的组合有点像英国画家经常再现的儿童抚摸动物的图景。如果说我弟弟穿着节日小袍子和花边裙子,在形影不离的小车旁,一手提着几个缎子小口袋:家人给他装进点心、旅行用品、小玻璃镜等,很像动物旁边衣着豪华的英国孩子,那么他的脸部表情正相反,豪华的穿着使得反差更加鲜明,使得绝望更显痛心疾首,眼睛通红,喉咙让盛装饰物卡住了,像一出夸张悲剧里的绝望公主。有时那抓住缎子口袋不放的手还得管住小车,因为另一只手在不断搂抱和抚摸羊羔,把自己的头发往后甩时很像菲德拉①:

哪来恼人的手抓住我的头发
在我额前打上这么许多死扣?

"我的小羊羔,"他向羊羔诉说单相思的离愁别恨,"你没有了小主人一定伤心得不得了,你再也见不到我了,永远见不到了!"他眼泪汪汪,泣不成声,"谁也不会对你好啦,不会像我这般抚摸你啦!你随我抚摸的,是吧,我的孩子,我的心肝!"他泪如泉涌,憋得喘不过气来,索性不加掩饰地发泄绝望,放声高唱从妈妈那里学来的小曲,唱着唱着触景生情,又呜呜大哭起来。"永别了,古怪的声音呼唤我远离你而去,你,天使们的安详姐妹。"

但我弟弟,别看他只有五岁半,脾性却很暴躁,他一气之下,从同情自己和羊羔的不幸转而恼恨迫害者,把小镜子狠狠摔碎在地上,把缎子口袋用脚乱踩,虽不揪自己的头发却把人家给他扎在头上的小蝴蝶结扯掉,把他漂亮的亚洲式小袍撕破,一面哭泣一面尖声叫道:"为什么我要打扮得漂漂亮亮,既然再也见不到你了?"我母亲,眼看他要把小袍花边撕掉,不能坐视不管了,至此她望着这

---

① 菲德拉,拉辛悲剧《菲德拉》的主人公。她身为王后,却对前任王后生的王子怀有不伦之情,为达私欲不择手段,最后劣迹败露,饮毒自尽。

情景倒还挺受感动的呢。她走上前去,弟弟听见声响,立即不作声了,瞥见妈妈时,不知道刚才的情形是否让妈妈看见了,提防着往后退了退,躲到羊羔后面。可母亲已走到他跟前。该走了,但他提出条件,让羊羔陪他到火车站。时间紧迫,父亲在坡下等,惊异不见我们返回,母亲派我去传话,让他先到铁路那边等,我们再从花园后面的近路穿过去;弟弟一手牵羊羔往前走,好像送去祭献,另一只手托着小车,手上还套着捡起来的小口袋,里面装着摔破的镜子、旅行用品等。他不敢正眼看母亲,却时不时甩几句话给她,母亲哪能不懂他的含沙射影,他边抚摸羊羔边说:"我可怜的小山羊,不是你叫我伤心,叫我离开我喜爱的人。你虽然不是人,但你不坏,不像那些坏蛋,"说着斜视妈妈一眼,判断一下效果,看看他的话是否中靶,"你嘛,你从来不叫我伤心的,"说罢又呜呜哭起来。到了铁路旁,他让我帮他牵一会儿小山羊,冲着母亲大发脾气,径自坐在铁轨上,用挑衅的眼光盯视我们,赖着不起来。那个地方没有栅栏。火车随时可能通过。妈妈吓疯了,赶紧去拉他,但白费劲,拉不开,他一屁股赖着劲可大哩,平时就喜欢坐着从高处往下滑,或骑着小车在花园里到处滑行,高兴的日子还唱歌呢,所以他钉子铆上似的坐着不动,很难把他拉开。妈妈吓得脸刷白。幸亏父亲带着两个用人赶到,他们过来瞧瞧我们是否需要帮忙。父亲径直过去,抓起我弟弟,劈手两巴掌,下令把羊羔送回去。弟弟七魂出窍,只得走了,但瞪眼怒视父亲好久好久,终于迸出一句话来:"我再也不把小车借给你了。"说完,明白没有别的话更能表达他的愤怒,再也不吭声了。妈妈把我领到一边对我说:"你是哥哥,要懂事呀,一会儿道别,可不要愁眉苦脸哇,你父亲原本不乐意我先走,做个好样的,不要让他觉得你们兄弟俩都要不得。"我没有埋怨,以示对得起她对我的信任,有能力完成她交予的使命。但时不时我心中不由对她对父亲产生难以抑制的怒火,情不自禁希望他们赶不上火车,希望使分离我和母亲的阴谋计划破产。但这种愿望因害怕让她伤心而粉碎了,我保持着微笑,尽管五脏俱焚,心如死灰。

我们回家吃午饭。为"出门人"饯行,准备了丰盛的全套午餐,有第一道正菜,家禽肉,凉拌生菜,甜食。我弟弟怒气未消,饭局上一言不发。他坐在高椅上一动不动,似乎全然沉浸在伤痛中。我们说东道西,边聊边吃,最后吃甜食时,弟弟突然尖声迸出一句话:"马塞尔巧克力上的奶油比我的多。"对如此这般的不公正必须发泄义愤,这才使他忘却与小山羊分离的痛苦。后来妈妈对我说,他再也没提起那位朋友,巴黎的公寓套房迫使他把那位朋友留在乡下,我们猜他也永远不再去想了吧。

我们出发去火车站。妈妈叫我不要去了,但在我的请求下,她让步了。自从那里的最后一晚,她似乎觉得我的恼恨是正当的,予以理解,但要求我不必看得太重。路上有一两次一种莫名的怒火侵袭我,使我觉得受到她和父亲的迫害,故意不让我跟她一起走,我真想报复,让她误火车,让她走不了,恨不得放一把火把房子烧掉;但这些想法只持续一秒钟;只要一句稍为生硬的话便叫母亲心惊胆战,但很快我就同她恢复至深的亲情,我之所以没有从心所欲地亲吻她,是为了不使她为难,我们到达教堂,然后加快步伐,逐渐走向畏途,脚在往前走,心却飞到了天外……然后我们又转了一圈。父亲说:"咱们能提前五分钟到。"最后我瞥见了火车站。妈妈轻轻按了按我的手,示意我坚强一点。我们走向月台,妈妈进了车厢,我们在下边跟她说话。有人来叫我们退后,火车即将开动。妈妈笑着对我说:"雷古卢斯在万般无奈的情形下坚强得叫人吃惊。"①她脸带微笑,每当她援引她认为学究式的语句,每当她弄错引语准备接受嘲笑,就露出这种微笑。同时向我表示我以为伤心的事其实并不

---

① 雷古卢斯(?—前250),古罗马政治家和将军。以坚忍不拔著称。此处引用的是拉辛的诗句。

令人伤心。不管怎么说,她觉出我很伤心,跟大家道别后让我父亲先走,把我叫住片刻,对我说:"咱俩互相谅解,我的狼,是吗?我的宝贝要是听话,明天就能收到妈妈的短信。Sursum Corda①!"她引用拉丁语录每每故意显得犹豫不决,生怕搞错似的。火车离开了,我仍站着,但觉得我的一部分也离去了。

每当我从盖芒特那边散步回来,每当你来不了我床头向我道晚安,我便如此这般想起沙特尔钟楼;每当我们把你送上火车,每当我感到要去你不在的城市生活,我也如此这般想起沙特尔钟楼。于是,我可爱的妈妈,我倍感需要在你身边和亲吻你,这种需要是持续的,谁都不能理解的。大人不如小孩勇敢,大人的生活不那么严峻嘛,我若敢想敢干的话,在你刚离孔布雷的时候,我就乘火车跑了。我脑海里浮现各种出走的可能性,想到还可以乘晚上的火车走,也想到别人或许会提出种种反对的理由,因为他们不理解我不合常情的任性,我需要你就像人窒息时需要空气一样。德·维尔帕里济夫人蒙在鼓里,还以为我见到孔布雷激动不已,不好多问。我也不知道该对她说什么。我想等有把握时才说,想知道火车时刻,想预订汽车,要让人家在物质上不能阻止我行动。我跟她并排走着,谈论第二天的参观项目,但我心里清楚我不会去的。我们终于到了,村庄、古堡引不起使我纵情生活的效果,那是有我无我照常进行的生活,有如村民们来火车旁向我们道别,然后各自回村做自己的事。我收到从蒙塔日发来的一封无关紧要的电报,我推说是你发来的,叫我马上动身,说你需要我办件事。德·维尔帕里济夫人深感抱歉,十分体贴,用车亲自送我去火车站,说了些近乎动感情和深情厚谊的话,是女主人想献殷勤和好客的传统所致吧,后来她在巴黎真真假假对我说:"我不需要看您的电报嘛。我

---

① 拉丁文:振作起来。

早对丈夫说了。我们回家时在路上您就像换了个人似的,我立即明白,这孩子心里不平静。我对丈夫说,他跟我说了些观光的计划,要我明天陪他,可今晚他就会上路去巴黎的。"

"真叫我难过,我的狼,"妈妈对我说,嗓音都混浊了,"想起来叫人难过,以前每当我离开孔布雷,我的宝贝就是这般伤心的。但,我的狼啊,咱们应当心肠硬一点呀!倘若妈妈外出旅行,你怎么办哪?"

"我会觉得日子很长。"

"要是我出走几个月,几年……"

我们相视无言了。我们之间从不在乎互相表明彼此相爱超过世间一切,从来没有怀疑过。问题倒是要让对方相信我们相爱得并不那么深,这样,彼此独处时,日子会好过一些。末了,我不想再这么沉默下去,因为不说穿,妈妈愁肠百结,摆脱不开,她为此经常愁肠寸断,想到她临死时总要道破的,不如早点了结,好让我坚强一些。我抓住她的手,心情几乎是平静的,吻了吻她,对她说:

"你知道的,你一定想得起来,最初每当咱俩分开,我是多么伤心。后来,如你所知,我的生活安排不同了,但并没有忘却我心爱的人,虽然我不再需要他们了,没有他们,我照样生活得很好。最初一星期,我简直疯了。之后,我只身独处几个月,几年,一辈子。"

我说:一辈子。但到了晚上,谈起别的事情时,我对她说,同我迄今为止的想法相反,最新的科学发现和最尖端的哲学研究摧毁了唯物主义,证明死亡是某种表象,灵魂是不朽的,总有一天会相逢相聚……

圣伯夫与福楼拜

——兼论福楼拜风格

圣伯夫及其后来所有的人,在批评或赞扬福楼拜时,好像都没有意识到福楼拜巨大的创新。由于福楼拜为句法呕心沥血,所以他的创新始终寓于句法。福楼拜是个语法天才。他的天才是一种精灵,可与《圣安东的诱惑》①中的神魔灵异为伍,其形态是:过去时,代词和现在分词。他巨大又耐久的创新是一种语法创新,但几乎难以辨认,因为它同我们时代的文学语言水乳交融,我们阅读其他作家的作品时实际是在阅读福楼拜的作品,并不知道其他作家只不过鹦鹉学舌。他能让人明白的东西正如艺术史上某些画家改变了彩色的效果,诸如契马布埃,乔托②。福楼拜以句法引起或表现视觉景象和描绘世界,是一场革命,与康德把认识的中心从世界转移到灵魂那场革命相比,一样伟大。在那些精彩的句子中,事物不是作为故事的附属品,而是以栩栩如生的现实出现;它们一般成为句子的主语,因为人物不出场,但经历视觉景象:"一个村庄出现,杨树列队成行……"甚至当被描述的对象是人时,由于他作为对象物被认识,出现时便作为正在露头的东西得以描绘。甚至在

---

① 《圣安东的诱惑》(1874),福楼拜的一部志怪小说。讲安东受到宗教、神话、科学所引起的种种幻觉形象的诱惑,飘然若仙,最后从太阳的光盘看到耶稣基督的容貌,看到生命的诞生。

② 契马布埃(1240—1302),意大利佛罗伦萨最早的画家之一。作品有《圣母与天使》《圣母与圣方济各》等。相传是乔托(1267—1337)的老师,但乔托青出于蓝,大大超过老师,成为意大利最伟大的艺术大师之一。

《包法利夫人》中,福楼拜一开头就采用这种形式,可算法兰西全部文学史上最新颖的形式。倘若另一位作家描述情节,势必信手写出受主题驱动的各种句子,有一个情节,必有一幅景象,其各个不同的部分似乎并非深藏机缘,比如描写夕阳西下就描绘夕阳西下的景象。福楼拜则不同,例如包法利夫人想烤火取暖,他这样描述:"包法利夫人一到厨房就走近壁炉……",根本不提她感到冷。

《包法利夫人》还没有完全排除不属福楼拜的东西。小说结尾最后一句话:"他(奥梅先生)刚获得十字荣誉勋章",可能出自埃米尔·奥日埃之手:"一八四八年当了法国贵族院议员。"①我们腻烦那些对称的套语,既含讥带讽又粗鲁唐突,连福楼拜都不能免俗,不用说整个文学界都是如此了,似乎使外交官的文字具有思想性,似乎使大学教授的言谈具有权威性,杜米克②入选法兰西学院的任职演说就叫那些糊涂虫欣喜若狂,而在我们看来是极其平庸的。总之,《包法利夫人》中的形象仍保留了一点儿抒情性或风趣性,还没有被压散了架,弄得支离破碎,消失在散文中。譬如,永维尔乡间"像展开的一件巨型大衣,绿色丝绒的领围,银线饰带的镶边"。

前面一页"银线饰带"处提到包法利第一次访问爱玛的农场,是这样描写的:"沿着农舍几间房堆着宽宽的一长排渣滓粪肥,母鸡和火鸡在上面啄食,其中夹杂五六只孔雀,那是科希乡家禽中的佼佼者。"其时尚未形成斑岩式风格:无懈可击,无处可减,无处可加。并非找不到格言。不妨暂且看一下他的弟子莫泊桑的《羊脂球》,其中格言就有:"等待的焦虑叫人希望敌人来临";"对外国的

---

① 奥日埃(1820—1889),法国剧作家。其喜剧《普瓦里埃先生的女婿》(1854)中普瓦里埃先生说过一句俏皮话:"法国贵族议会到一八四八年二月就要完蛋了!"此处普鲁斯特对福楼拜的批评欠公允,其实这句话表达了小说深刻的寓意,看不出与奥日埃有什么关联。

② 杜米克(1860—1937),法国学者,法兰西学院院士(1910)。

仇恨,总能武装几个大无畏的人为理念而死",然后再引福楼拜的格言,如《淳朴的心》中……

当情景纯粹写物,事物就像人物似的在情景中活动起来。这叫情景剧,一个延续的状态要求用未完成过去时,然后事物产生新情节,状态中止,这就出现完成过去时,而在完成过去时之前往往使用现在分词,表示行动的开始,或作为原因,或为了转陀螺,使我们看到陀螺的方方面面。前者的例子比比皆是,后者如爱玛把结婚花束扔进壁炉:"纸花遇火变得坚硬起来,沿着挡火板黑蝴蝶似的摆动(现在分词),最后从壁炉烟囱飞走了(过去完成时)。"如果涉及一幅人物图景,为了明确表示这仅仅是一幅图景,一个跟行为毫无关联的细节,表示行为作为情景得到描绘,而我们并不知道某一小点点是否与某某姿势同样重要,因为我们不被认为知道这是个姿势,这个线条是外加的。由于他转述别人说的蠢话时不假思索也不作联系,比如丧家之犬那句话,这种讽刺散见于图景纯描写性的线条中,通过不成比例的线图使最大的行为得以图解,似乎具有某种哲学味道。故事《希罗底》①讲述施洗约翰被处死后,这么写道:"由于头颅很重,他们轮流捧着",此话已经有点像《包法利夫人》了:当鲁奥尔老爹跟上为女儿送葬的行列,回头看了看女儿生活过的地方,便瞥见女儿长眠的公墓:"然后他继续赶路,小跑起来,因为他的小马瘸了。"

相对的名词和形容词对称有效,例如:"这种多愁善感的名声有助于他的艺术名望……他肉体的魅力和心灵的敏感……体力多于智力,夸张多于抒情,终于烘托了江湖骗子那种奇妙的秉性,既有理发师的秉性又有斗牛士的脾气。"《辩论报》那些"异想天开"的撰稿人一味模仿这类句子,该付给福楼拜多少版税呀。还有描写俗物包法利愚蠢的句子,还有《包法利夫人》尾声中关于奥梅思

---

① 《希罗底》(1877),据《圣经》故事改编的小说,收入《三故事》。

考政府不公平的句子,一再被人模仿。法盖先生言简意赅的时候,实属罕见的,居然把评论巴尔扎克的话套用在福楼拜头上:"他具有天才的直觉和笨蛋的感想。"他也对雷尼耶①指手画脚,让雷尼耶注意描述的确切性和优美性以及景色的伴随性……

〔此文写于一九一〇年,标题是普鲁斯特亲手所加,但未完成。〕

论福楼拜风格

我刚刚读到《新法兰西评论》上杰出的批评家论及福楼拜的文章②,来不及作深入的研究了。我承认,读罢掩卷,不胜惊讶,他居然把福楼拜说成没有写作天分③,而正是福楼拜个人独创使用限定过去时、不定过去时、现在分词、某些代词和某些前置词,更新了我们对事物的看法,几乎可与康德相比,后者提出他的范畴论,认识论和外部世界的实在论。我很清楚笛卡尔是以其"理性说"起家的,无非是些理性原则而已。我们以前在课堂上就学到了。雷纳克④先生至少在这一点上与流亡贵族不同,他饱学古今,不忘古训,但怎么不知道和可能以为笛卡尔表现出"美不可言的讽刺",当笛氏说理性是世界上人人享有的东西?笛卡尔的意思是说连最愚笨的人也不由自主地使用因果律,等等。但,法国十七世

---

① 雷尼耶(1864—1936),法国诗人和小说家,法兰西学院院士(1911)。——编者注
② 杰出的批评家,指阿尔贝·蒂博代(1874—1936),法国作家和评论家。1919年11月《新法兰西评论》登载了蒂博代的文章《关于福楼拜风格的文学争论》,普鲁斯特此文就是针对这篇文章之后,蒂博代又发表了反驳文章《致评论福楼拜风格的普鲁斯特》。
③ 原文为:"福楼拜不是个天生的大作家……他娴熟掌握语言不是靠天性得来的。"
④ 雷纳克(1858—1932),法国语文学家和考古学家。

纪用十分简单的方式道出很深刻的内容。当我试图在我的小说中向十七世纪学习时,哲学家们责备我把"智力"一词用于普通的意思,等等。不是说我特别喜爱福楼拜的著作,我甚至也不特别喜爱福楼拜的风格。其理由论述起来太长,此处暂且不表,我认为唯有隐喻可以使风格常青不衰,也许在福楼拜全部著作中找不出一个漂亮的隐喻。况且,他笔下的形象往往苍白无力,不比他最微不足道的人物形象高出多少。没错,在一个极致的场景中,阿尔诺太太和弗雷德里克促膝谈心:"有时您的话我听起来好似远方传来的回声,好似轻风送来的钟声。"——"我始终把您音乐般的声音和光辉灿烂的眼神收藏在心底。"①恐怕弗雷德里克和阿尔诺太太之间这样的谈话有点过分讲究了。但,福楼拜,如果不是他的人物而是他本人出来说话,也不会好多少。在他最完美的著作中,以他认为最讨人喜爱的方式描绘笼罩着于连古堡的寂静,他写道:"听得到披巾的窸窣或叹息的回音。"最后,当圣于连背负的人成了基督,这个难以言传的时刻大致是如此描绘的:"他的眼睛闪烁星光,头发像太阳光线似的铺展,鼻翼翕动散出玫瑰的甜味……"②以上引言没有任何不得体的,没有任何不协调的,没有令人不快或荒诞不经的,而在巴尔扎克或勒南的描述中则是有的,不过即使没有福楼拜的救助,一个普通的弗雷德里克·莫罗几乎也能做到这一点③。然而话说回来,隐语并非整个风格。福楼拜的文章就像长长的"自动人行道",不断铺展,既单调沉闷,又不着边际,但任何人一旦登上去,都不可能不承认那是文学史上无前例的。这暂且不管,我甚至不说简单的疏忽,只说语法的正确性;语法正确是

---

① 参见《情感教育》。
② 参见《三故事·圣于连传奇》。
③ 莫罗,《情感教育》的主人公。年轻的弗雷德里克是福楼拜的写照,尤其与阿尔诺太太的爱情简直是自传。此处的意思是:无须知名作家加工,文学青年的自述也能达到这个水准。

一种优点,虽有用处,却是消极的:一个优秀学生若负责校对福楼拜的稿件,没准能改掉不少错误呢。总而言之,他的作品语法优美,就像道德优美、戏剧优美,等等,但与语法正确性毫无关系。福楼拜煞费苦心笔耕的,正是这类优美。想必这种优美可以不时与实施某些句法规则的方式结合在一起。福楼拜喜出望外,当发现前人的作品有自己风格的先例时,正如孟德斯鸠写道:"亚历山大的无行和他的德行一样极端;他发怒时杀气腾腾,愤怒使他变得凶横。"福楼拜之所以乐于选出这类句子,显然并非因其正确性,而是因为从一个分句中心突然进出插入成分,一直跌落到下个分句的正中心,这样的句子保证了风格紧密严谨的连续性。为了达到相同的目的,福楼拜经常运用有关人称代词用法的规则。但,一旦不需要达到这个目的,他对这些规则就完全不放在心上。就这样在《情感教育》的第二或第三页上,福楼拜用"他"代指弗雷德里克·莫罗,而这个代词应当指的是弗雷德里克的舅舅,又,应当用来指弗雷德里克时却代指了阿尔诺①。下文中的"他们"是代替"帽子"的,实际指的是人,等等。这些经常性的错误在圣西门的著作中几乎也屡见不鲜。但,在《情感教育》第二页上,事关连接两个段落而不使视觉中断,人称代词可以说反其道用之。此处语法严谨,因为关系到画面各部分的连接,关系到福楼拜特有的有规律节奏:

> ……塞纳河右岸的山丘沿水流逐渐下降,突然对岸出现了另一座山丘,更靠近水面。
> 树木在山顶,有如冠冕……

视觉逼真之处,福楼拜确实越来越重视了,其间没有一句风趣话或感性语,在逐渐显露其个性之后,形成了福楼拜风格。《包法

---

① 此处与事实不符,福楼拜的原文没有错。

利夫人》中一切不属于他的东西还没有完全消除；小说结尾最后一句话："他（奥梅先生）刚获得十字荣誉勋章"，使人想起《普瓦里埃先生的女婿》尾声中"一八四八年当了法国贵族院议员"。其至在《情感教育》中还处处剩有不属福楼拜的东西，如"她可怜的小胸脯"等，但毕竟微不足道了，而小说标题给人以稳重美，用于《包法利夫人》也很恰当，不过从语法角度上讲是不正确的。尽管如此，在《情感教育》一书中，革命业已完成，至此，福楼拜已使情节变成印象。事物拥有与人物同样多的生命，因为推理在事后给一切视觉现象确定了外部原因，但在我们得到的原始印象中，外部原因并非不言自明。刚才我援引《情感教育》第二页上的那句话，不妨重复一下："塞纳河右岸的山丘沿水流逐渐下降，突然对岸出现了另一座山丘，更靠近水面。"雅克·布朗歇①说过，绘画史上，一种发明，一种创新，往往是从一种简单的色调比例，从两种并列的颜色发端的。福楼拜的主观意识表现于新的时态用法，新的前置词用法，新的副词用法，后两种词在他的句子中几乎永远只起节奏感的作用。一个持续的状态用未完成过去时来表示。《情感教育》第二页（绝对任意挑选的）整页，都用未完成过去时，除了突然发生变化，产生一个情节，而情节的主角一般是事物，如：山丘下降。随后立即又是未完成过去时："不少人想争当那些住宅的主人"，等等。但，从未完成过去时过渡到完成过去时，经常由一个现在分词来表示，用以表明行为发生的方式或行为发生的时间。仍引《情感教育》第二页："他（弗雷德里克）眺望着（未完成过去时）钟楼……很快，巴黎消失了（现在分词），他深深叹了口气（完成过去时）。"况且，这个例子选得不好，可以在福楼拜的著作中找到更有典型意义的。顺便提一句，事物、走兽的拟人活动，既然作为句子的主语（而不是人作为主语），必须有各种各样的动词。我

---

① 布朗歇（1861—1941），法国画家、作家和艺术批评家。

完全任意选择,并且大量删节:"鬣狗在其后走着,公牛摇摆着头,而豹拱起背(现在分词),蹑脚行进着……蛇吐着咝咝声,气味难闻的走兽垂着涎水,野猪……","为袭击野猪,准备着四十条长卷毛猎狗……鞑靼大猎犬用来追捕野牛。西班牙种猎犬的黑色皮毛闪着缎子似的亮光,众猎犬的狂吠比试着军乐队铜号的合奏……"①这些形形色色的动词渐渐涉及人物,因为在这种持续的单一的视觉中,人物只不过是事物,但并未减少"运用幻想来描绘世界"②。譬如:"他真想到沙漠中追逐羚羊、鸵鸟,藏在竹林中窥豹,穿过充满犀牛的森林,登上高不可攀的山峰之巅去瞄射雄鹰,抵达北冰洋去拼打白熊。有时在梦中,他看见(未完成过去时)自己像亚当老爹……"③这叫永不离弃的未完成过去时,请允许我把一种不定过去时看作永不离弃的,多半在新闻记者笔下,"永不离弃"不是用来形容爱情(言之有理),而是用来形容头巾或雨伞的。例如,"戴着永不离弃的头巾",是已经"约定俗成"的表达方式,若没用"戴着传奇式的头巾",也算得上措辞巧妙了;故称永不离弃的未完成过去时吧,它部分由间接引语组成,通常福楼拜爱把笔下人物的话用间接方式加以叙述,以免与其他部分混淆。"国家应当控制银行和保险公司……许多其他措施尚可适用。首先应当从富人的头上踏过去……奶妈和接生婆应当由国家发给工资……一万名女公民,用好枪武装起来,就可以叫市政府发抖……"④这些话并不意味着福楼拜自己就是这么想这么肯定的,而是弗雷德里克、瓦纳兹小姐或塞内卡尔说的,福楼拜决意尽可能少用引号罢了;因此,这种未完成过去时在文学中是崭新的,完全改变了事物和人物的面貌,就像移动过的一盏灯,就像到了一座新房子,就像

---

① 参见《三故事·圣于连传奇》。
② 参见本书《圣伯夫方法》一章。
③ 参见《三故事·圣于连传奇》。
④ 参见《情感教育》。

老房子几乎空了,人家正在搬家呢。福楼拜风格所产生的,正是这类忧伤,由打破习惯和消除背景的非真实性所引起,从这个意义上讲,这种风格是崭新的。这种未完成过去时不仅用于转述话语,而且用来追述人的整个一生。《情感教育》就是人生的长篇报告,书中的人物可以说不必积极参与行动。福楼拜肯定有意留下了伏笔,第四页上的那句话:"隐约扩散的百无聊赖好像使得各色人物的风貌更加微不足道",常常可以适用于此书本身。有时,完成过去时打断未完成过去时,但也像不确定的东西那样延续不断:"他去旅行了(完成过去时)。/他经历了邮船的凄凉……/他又回来了(完成过去时)。/他出入上流社会(完成过去时),获得了(完成过去时)其他一些情爱。"①在这种情况下,未完成过去时运用了对调功能,反倒起一点确指的作用,接下来:"但念念不忘上流社会使他觉着(未完成过去时)那些风流韵事平庸无奇。"有时,未完成过去时甚至处于斜面和中间色调,由直陈式现在时进行矫正,用大白天的光亮悄悄照射,使得事物具有更持久的真实性:"他们住在(未完成过去时)布列塔尼的腹地深处,为了俭省度日,偿还债务……/这是(未完成过去时)一座两层的矮房子,园中高大的黄杨挺拔成林,四排栗树一直通到山丘之顶,那儿看得见(直陈式现在时)大海。"

连词 et(和)在福楼拜作品中根本没有语法为其规定的对象。它标志节拍的停顿和图景的分隔。别人用"和"的地方,他则一概取消。这很典型,许多精彩的句子便是为此停顿的。诸如:"游牧者怀念大漠的沙热……而凯尔特人则怀念阴霾满天,小岛星罗棋布的海湾中那三块天然的石头"(我凭记忆引述,可能是"星星点点",而不是"星罗棋布");"那是在迈加拉,迦太基的城关,汉密迦

---

① 参见《情感教育》。

的花园里"①;"于连的父亲和母亲住一座古堡,在森林中,位于一个山丘的斜坡上"②。诚然,前置词的花样翻新,增添了这两个三节拍句子的优美。但在不同停顿的其他句子中,从不使用 et(和,以及)。我因其他理由已援引过下列句子:"他去旅行了。他经历了邮船的凄凉,帐篷下冰冷的初醒,风景和废墟的缭乱,中断情谊的苦楚。"要是另一人,就会写:"……以及(et)中断情谊的苦楚。"但这个"以及",不包括在福楼拜的大节奏中。反之,别人想不到的地方,他却用了。正像画面的另一部分所指示的那样,倒退的海浪即将重新组成高潮。我完全凭记忆,随便乱选例句:"骑兵竞技广场显得很宁静。南特宫始终孤零零矗立着,而(et)后面的屋宇,对面的罗浮宫圆顶,右边的木头长廊和起伏不平延至摊棚的空地淹没在灰色的轻雾中,远处的低语声仿佛裹挟在灰色的空气里隐约传来,其时广场的另一端,由于乌云散裂,一片强烈的光线从天而降,照在杜伊勒里宫的正面,把所有的窗户烘托得白晃晃的。"③总之,在福楼拜的作品中,et(和,以及,而)始终引导一个次要的句子,并且拖出一长条没完没了的举例。后天慢慢获得这么多的语法特色,其中最重要的不胜枚举,大家不需要我就能举出一大堆,窃以为,并不像《新法兰西评论》那位批评家硬说的那样,福楼拜不是"有天分的作家",相反,上述已证明他是有天分的作家。这种语法上的标新立异确实反映了一种崭新的看法,必须下许多功夫才能把这种看法固定下来,把无意识转化为有意识,最后将其归并到各种不同的词类中去!不过像这样的大师,也会令人莫名惊诧,那就是他的书信极其平常。大凡不善于写作的大作家,就像那些不善于绘画的大画家,实际上拒绝承认自己天生的"高超技

---

① 参见《萨朗波》。
② 参见《三故事·圣于连传奇》。
③ 参见《情感教育》。

术",自己天生的"才能",为建立新的看法,创造出一些表达法,使其逐渐与之适应。而在书信中,他们不再绝对服从内心的、朦胧的理想规范,反倒变得没有那么了不起,但写作时则要不断显示伟大,多少女人惋惜她们朋友中某位作家的作品哪!她们说:"你们若知道他信手走笔写下的短笺是多么叫人倾倒!他的书信远远胜过他的著作。"的确,描绘雄辩、智慧、风趣、果断,对于通常缺少这一切的人来说,如同儿戏,因为榜样是专横的现实,必须照葫芦画瓢,不可作任何改变。一个作家,当他即兴创作,他的才气表面上猛然拔高;一个画家,当他为不理解其画的夫人在画册上"学着安格尔绘画"时,也是如此,这种拔高在福楼拜的书信中必定明显可见。然而获得的,不如说是一种降低。这种反常变得更为复杂:一切大艺术家若有意让真实性在其著作中充分展现,就执意不肯让他们以为配不上其天才的智力、批评性判断出现。但在他著作中未出现的一切,却充分表现在他的谈话中,在他的书信中。福楼拜的书信没有任何这方面的迹象。我们从中根本看不出蒂博代先生所言的"一流大脑产生的思想"[①],这次不是蒂博代的文章使我们困惑,而是福楼拜的书信使我们为难了。言归正传,既然我们注意到福楼拜的天才仅限于其风格美和一成不变的变形句法特色,那就让我们再点出一奇特之处来,譬如,一个副词,不仅以它来结束一个句子,一个阶段,而且以它来结束一本书。请看《希罗底》最后一句话:"由于头颅很重,他们轮流(alternativement,副词)捧着。"他的作品如同勒孔特·德·李勒的作品,明显使人感到需要坚实,哪怕有点块状笨重之感,那是针对即使不算空洞至少也是非常浅薄的文学,在这样的文学中混入太多的隙缝,太多的空白。况且,副词,副词短语等,在福楼拜的句子中所占据的位置始终最难

[①] 蒂博代的文章是这样写的:"显而易见,他的书信引起我们极大的兴趣,给我们提供资料,使我们了解福楼拜思想的形成,那是一流大脑产生的思想。"

看最意外最笨重,就像把句子砌得密密匝匝,把最小的漏洞都堵上。奥梅先生说:"您的这些马,也许,性情激烈的。"于索内说:"是时候啦,也许吧,去通告居民们吧。""巴黎,很快就……"诸如"总之""然而""不过""至少",始终安置在不同于别人想安置的地方,无论涉及说法,还是涉及写作,一概如此。"一盏鸽形灯点在上面一直亮个不停。"以同样的道理,福楼拜不怕笨拙地使用某些动词,某些有点庸俗的成语,与我们上面援引的花样翻新的动词成对照;动词(有,具有),非常坚挺的吧,经常使用在连二流作家都会想方设法换换花样的地方,如:"屋宇都有坡形花园","四座钟楼都有尖屋顶"。所有伟大的艺术创造,至少十九世纪的,一概如此,当审美家指出他们同过去的演变关系时,广大读者则觉得他们庸俗不堪。虽然人们磨破嘴皮说马奈、明天下葬的雷诺阿[1]、福楼拜不是创始人,而是委拉斯开兹、戈雅、布歇[2]和弗拉戈纳尔[3]最新的继承人,甚至是鲁本斯、古希腊作家以及波舒哀[4]和伏尔泰最新的继承人,但他的同代人硬认为他们平常,不管怎样,我们有时猜出几分他们所谓的"平常"指什么意思。福楼拜写道:"如此混淆形象使他晕头转向,尽管他觉得可爱,不过",弗雷德里克·莫罗,不管跟元帅夫人还是跟阿尔诺太太见面,"总向她们说些亲切的话",我们想象不出这个"不过"有什么雅致,也想象不出这句"总向她们说些亲切的话"有什么别致。但我们喜欢。福楼拜的句子使笨重的素材浮起和沉下,带着挖掘机时有时无的声响。有人写道,福楼拜的夜明灯如灯塔照引海员,有鉴于此,我们也可以

---

[1] 雷诺阿死于1919年12月3日。
[2] 布歇(1703—1770),法国画家和设计师。作品富洛可可时期的法国趣味。——编者注
[3] 弗拉戈纳尔(1732—1806),法国画家。——编者注
[4] 波舒哀(1627—1704),法国天主教主教。在捍卫法兰西教会权利,反抗教皇权威方面最善雄辩和最具影响。今以其文学作品包括伟人悼词闻名。——编者注

说,他的"话匣子"播出的句子,就像污物清扫机发出的有规律的节奏。谁感觉出这种纠缠不休的节奏,谁就是幸运儿,但谁要是不能摆脱出来,不管论述什么,总顺从大师的语句分切法,一味学"福楼拜手法",那就好比德国传说故事中的那些倒霉鬼,一辈子系在钟锤上过日子。所以,关于福楼拜的毒害问题,我不敢冒昧推荐作家们写模仿作品,以收催泻驱邪之功效。每当我们读完一本书,不仅想继续跟书中的人物生活在一起,如鲍赛昂夫人,如弗雷德里克,而且我们内心的声音还想继续跟他们交谈,因为在阅读的整个过程中我们内心的声音是随着巴尔扎克、福楼拜的节奏而抑扬顿挫的。应当让我们内心的声音放任一下,听凭踏板持续音程,就是说先有意模仿,而后再独树一帜,切不可一辈子都在无意识模仿。有意识模仿,是自发式模仿;请相信,过去我写过模仿福楼拜的作品,很蹩脚就是了,其时我没有自问过,我内心听到的歌声是否产生于未完成过去时或现在分词的迭唱。否则我永远笔录不下来。今天我完成了一项相反的工作,设法匆匆记下福楼拜风格的几个特点。我们的头脑,如果不能对首先无意识产生的东西来一番生动的再创造,那是永远不会感到满足的。我会不遗余力指出福楼拜的功绩,尽管如今备受异议。其中使我感受最强烈的,是他善于熟练表达对时间的印象,这是我经过简略的研究之后找到的结论。在下以为,《情感教育》最美妙之处,不是句子,而是空白。福楼拜长篇累牍地描绘、转述弗雷德里克·莫罗鸡毛蒜皮的事情。突然,弗雷德里克看见一个佩剑的警察从倒下的一具起义者尸体上踩过去。"哦,弗雷德里克,瞠目结舌,认出是塞内卡尔!"此处一个"空白",一个"巨大的空白",没有过渡的影子,突然时间的节奏不是几刻钟,而是几年,几十年。我重用上面引过的话,以便表明这种异乎寻常的快速变化,而且是没有准备的:

哦,弗雷德里克,瞠目结舌,认出是塞内卡尔!
……

他去旅行了。

　　他经历了邮船的凄凉,帐篷下冰冷的初醒……

　　他又回来了。

　　他出入上流社会……

不错,我们在巴尔扎克的作品中经常看到:"一八一七年赛夏夫妇……"这类句子。但在他那里,时间的变化具有主动性或资料性。福楼拜第一个使时间的变化摆脱逸事的寄生现象和故事的无用之物。他第一个把时间的变化谱成音乐。

　　我之所以为维护我不大喜欢的福楼拜而写这篇文章("维护"一词借用若阿基姆·迪贝莱①所下的定义),之所以没写我更喜欢的其他作家而不感到缺憾,是因为我仿佛觉得我们不会读书了。有时也出现例外,如成体系的重要著作里,不意会发现文学评论。一种新的文学批评从《遗传》和《图像世界》脱颖而出,这两本了不起的著作表明莱昂·都德②以及笛卡尔哲学的影响有多么巨大。莱昂·都德对莫里哀、雨果、波德莱尔等人深刻的见解也许更加卓越,如果我们以万有引力定律把他的见解与形象范畴联系起来的话,但,就其见解本身而言,不管所属体系,已明显看出文学意趣之活跃之深湛。达尼埃尔·阿莱维③先生最近在《辩论》杂志上写过一篇非常精彩的文章,纪念圣伯夫诞辰一百周年。但我觉得他那天灵感出了问题,怎么心血来潮把圣伯夫列为我们痛失的伟大导师之一？我临时即兴写这篇论文,手头没有书籍也没有报刊,不保证阿莱维是否确实用了此词,但意思没有错,我敢冒天下之大不韪,断言圣伯夫精心炮制的口头语言音乐感极差,谁领有导师地位

---

① 迪贝莱(1522—1560),法国诗人。七星诗社成员。有著名的檄文《维护和发扬法兰西语言》(1549)。

② 莱昂·都德(1867—1942),法国作家和记者。著名作家阿尔丰斯·都德之子。《图像世界》(1919)是为批判弗洛伊德而写的专著。

③ 阿莱维(1872—1962),法国历史学家。

会不比他强呢?《月曜日丛谈》的大部分文章,用于评论四流作家,一旦必须谈论一流作家,如福楼拜或波德莱尔,先简短赞扬一下,立即笔锋一转,暗示其文章无非是应景文章,因为作者是他的私交。而讲到龚古尔兄弟时,先提他们是他本人的私交,指示大家多少可以欣赏一番,总之,比圣伯夫平时赞赏的对象高明多多。热拉尔·德·奈瓦尔,肯定是十九世纪三四个最伟大的作家之一,却被圣伯夫不屑一顾地称作可爱的奈瓦尔,而他谈及的是后者翻译歌德的一篇译作。对奈瓦尔的个人创作,圣伯夫好像完全没有注意到。至于小说家斯当达尔,写《巴马修道院》的斯当达尔,我们的"导师"则付之一笑,看出那是小聪明的伎俩(注定失败的)所引起的可悲效果,意在把自己树为小说家,差不多像某些画家似乎专靠画商投机而成名。确实,巴尔扎克,甚至在斯当达尔生前,就赞扬过他的天才,但那是一种投桃报李。况且斯当达尔本人觉得巴尔扎克主要是问他要钱,圣伯夫认为斯当达尔对信的解释不准确,关于巴氏的那封信此处暂不作评论。简言之,我若不是有更重要的事情要做,就会自告奋勇根据圣伯夫的评论,"概略描绘"(居维利埃-弗勒里①语)一定范围的"十九世纪法国文学概要",大家便可看出里面没有一个名家姓氏,他倒是把大家已经遗忘的那些曾写过东西的人提升为大作家。当然允许犯错误,况且我们艺术判断的客观价值并不重要。譬如,福楼拜无情地看不起斯当达尔,后者本人把最美的罗曼风格教堂视为丑陋不堪,根本不把巴尔扎克放在眼里。但圣伯夫的错误更为严重,正因为他不断告诫:正确判断维吉尔或拉布吕耶尔等久已得到公认并列为经典的作家是容易的,难就难在把同时代的作家放在应有的位置上,而这恰恰是批评家固有的职责,唯履行此职责的批评家,才名副其实。应当承认,圣伯夫本人从来没有身体力行,这足以叫人拒绝授予他导师的头

---

① 居维利埃-弗勒里(1802—1887),法国历史学家和文学批评家。——编者注

衔。也许就是阿莱维这篇文章——倒是出色的文章——使我能够,假如我眼前有这篇文章,证明我们不仅不善于阅读散文,而且不善于阅读韵文。作者引用了圣伯夫两句诗,其中一句出自安德烈·里瓦尔先生之手,不是圣伯夫写的。第二句转引如下:

  Sorrente m'a rendu mon doux rêve infini.
  (索朗特使我获得无穷的甜梦。)

一连串 r 小舌颤音难听死了,若把 r 用大舌尖卷音,又滑稽可笑了。一般而论,故意重复元音或辅音能起到强烈的效果,如拉辛《菲德拉》和《伊菲革涅亚》。雨果有句诗,其中一个唇音重复六次,给人以轻如闲云之感,是诗人有意造成的:

  Les souffles de la nuit flottaient sur Galgala.
  (夜的气息飘浮在加尔加拉山上。)

雨果,他倒善于把小舌颤音 r 重复运用,而相反在法语中此音重复是不大悦耳的。他得以运用成功,但是在颇为不同的条件下获得成功的。不管怎样,不管韵文方面的情况怎样,反正我们不善于阅读散文。在论福楼拜风格的那篇文章里,蒂博代先生,作为饱学古今和深思熟虑的读者,援引了夏多布里昂的一句话。他说难以选择。叫他叹为观止的句子多得不胜枚举!蒂博代先生确想证明运用错格①可减轻文笔,却引了夏多布里昂不太美的一句话,只显示雄辩一面的夏多布里昂,而且津津乐道那是转引基佐②先生选作朗诵的句子;我杰出的同行老于此道,但叫人读来兴致索然。一般来说,在夏多布里昂作品中,继承十八世纪或开拓十九世纪政治雄辩术的东西,都不是真正夏多布里昂的。我们应当有所顾忌地、问心无愧地评价一位伟大作家的各类作品。缪塞一年一节高,其作

---

① 错格,指违反正确的语法结构之文体形式。
② 基佐(1787—1874),法国政治家和历史学家。

品一部比一部高妙,直攀升到诗集《夜》,就像莫里哀直攀升到《恨世者》,是否有点残忍,如果喜欢前者的《在圣布莱兹……》:

> 在圣布莱兹,在祖埃卡半岛上,
> 我们是,我们是多么的舒畅哪!

胜于《夜》中的诗篇,如果喜欢后者的《司卡班的诡计》胜于《恨世者》?① 况且,我们只需自然而然地阅读福楼拜及其他大师就行了。我们将惊异地看到他们始终活在人间,就活在我们身旁,向我们提供成百上千成功的范例,而我们自己却懒得动脑筋。福楼拜选择塞纳尔先生为他辩护②,他满可以引用所有伟大的仙逝者又明显又无私的证词嘛。最后,我可以举完全属于我个人的例子,说明已故伟大作家仍在起庇护作用。某些人,甚至文学造诣很深的人,不赏识《在斯万家那边》严密的布局,虽然严密中带着含蓄,也许比较难以识别吧,因为布局的跨度很大,第一阶段的对称部分,原因和结果,两者之间有很大的间隔,所以他们以为我的小说类似回忆录,根据联想的偶然规律串连而成。他们根据这种不符合事实的说法援引一些篇章,如在椴花茶里浸泡过的玛德莱娜蛋糕吃到嘴里使我思忆起我生活中的整整一个时期,或至少引起第一人称的叙述者"我"(因为不总是我嘛)同样的回忆,而这段时期在著作的第一部分被遗忘了。然而,此处暂不提无意识回忆,我在尚未发表的最后一卷中以这种无意识回忆阐述了我的全部艺术理论,先讲小说布局问题,我只借用一种事实存在的现象,从一个场景过渡到另一个场景,这是一种记忆现象,作为接头关节,我觉得最为

---

① 其实《在圣布莱兹……》(1841)和诗集《夜》(1835—1837)间隔不久,水准不应相差太大。普鲁斯特把缪塞作品发表时间的先后次序记颠倒了,同样的错误也发生在莫里哀的两部作品上:《司卡班的诡计》首演于1671年5月24日,而《恨世者》则是1666年6月4日。

② 《包法利夫人》被控败坏道德,诽谤宗教,巴黎律师公会名律师塞纳尔任福楼拜的辩护人。——编者注

纯粹最为珍贵。请打开夏多布里昂的《墓畔回忆录》或热拉尔·德·奈瓦尔的《火的女儿》。你们将看到这两位大作家,尤其是后者,让人家乐滋滋用一种纯形式的解释弄得贫乏了干瘪了,而这两位大作家则完全掌握突然过渡法①,如果我没记错的话,夏多布里昂在蒙布瓦西埃时,突然听见了一只画眉啁啾。他年轻时经常听到的这种鸟叫,使他笔锋立即转到贡布尔,促使他改变了叙述的时间和省份,并领着读者跟他一起变换。同样,《西尔薇》第一部分围绕舞台进行,描述热拉尔·德·奈瓦尔爱上一个女演员。突然他的视线落到一则海报上:"省花球节。——明天,桑利的弓箭手将把花球奉还卢瓦泽的弓箭手。"这个预告引起他的回忆,确切讲,使他想起儿时的两次爱情,顿时中篇小说的地点转移了。这种记忆现象为奈瓦尔这个伟大的天才提供了过渡手法,他所有的作品几乎都可以取名为《脉搏的间歇》,我的一部作品②起初就想用这个标题。有人说,他心脏不好引起的间歇脉搏主要因为有精神病。但,这种精神状态却可正确领悟形象之间、思想之间最重要的联系,从文学批评的角度来看,不能从本意上把这种状态称为精神失常,再说这种正确领悟提高了、引导了发现力。这种精神病通常几乎只在热拉尔·德·奈瓦尔陷入遐思冥想、难言传时才发作。彼时他的精神失常就是著作的一种延伸;他从中逃出来,很快重新开始创作。精神失常,作为上部作品的终点,成为下部作品的起点和素材。发病结束,诗人不再羞愧,不比我们每天一觉醒来更感脸红,也许有一天我们将不会因片刻的死亡而难为情。热拉尔试图把交错的幻想加以归类和描绘。

  我们离题了,远离《包法利夫人》和《情感教育》的风格了。以上几页文字匆匆写就,不当之处,谨请读者原谅。

---

① 参见《追忆似水年华》第三卷,第919页。
② 即《追忆似水年华》。

结　论

　　一旦我阅读一个作家,很快就从字里行间识别出曲调来,每个作家的格调与其他作者的格调都不相同,念着念着,便不知不觉地吟唱起来,时而加快音符,时而减慢音符,时而中断音符,为的是画出音符节拍段及其回复,像唱歌那样,有时根据曲调节拍段,常常等待良久才唱完一个词的最后音符。

　　我非常清楚,如果说我因为从来无法工作而不善于写作,那我的耳朵则比许多人更灵敏,听得更准,所以我能写一手模仿作品,因为在一个作家的作品里,一旦抓住曲调,歌调很快应声而来。但这个天赋,我没有使用,时不时在我一生的不同阶段,我感觉得出这种天赋像能够发现两种思想两种感觉之间深刻联系的那种天赋,在我身上骚动,但没有得到强化,不久就衰弱和消亡了。然而这使我很痛苦,因为经常在我病得最厉害的时候,在我头脑空空如也和全身无力的时候,我有时认出这个"我"来:我瞥见两种思想之间的联系,宛如经常在秋天没有花朵没有树叶的时候,我们感到景色的和谐是最深邃绵邈的。这个男孩就在我身心的废墟上玩耍,不需要任何食粮,他只要靠他发现的思想给他乐趣就活得下去,他创造了思想,思想也创造了他;他死了,但思想使他复活,就像种子因在过分干燥的空气中停止发芽而枯槁了,但只要一点点湿润和热度就足以使种子复苏。

　　我想,寓于我身心的这个男孩乐此不疲,他应该就是那个耳聪目明的"我",能发现两种印象两种思想之间存在非常细微的一致,而别人却感觉不出来。这是什么生命,我说不好。但如果说他近乎创造和谐一致,也靠这些和谐一致维生,从中吸取养料,很快勃发,长芽,长大,然后枯槁,因为养料就此中断,不能再维持生命。但不管他处于枯槁的状态持续多久(像贝可勒尔①的种子那样),他都不会死亡,或确切地说,他死亡了,却可以死而复活,如果另一种和谐出现的话,即使仅仅在同一画家的两幅画之间,他瞥见相同的侧影曲线,相同的材料,相同的椅子,表明两幅画之间共同的东西:画家的偏爱和思想精髓。一幅画所具有的东西养活不了画家,一本书也养活不了作家;画家的第二幅画养活不了他,作家的第二本书也养活不了他。但,如果在第二幅画或第二本书中,他发现了第一和第二幅画或第一和第二本书所没有的东西,而几乎介于两者之间的东西,存在于一种理想的画或书中,这时他在精神上看见了画或书以外的东西,他吸收了养料,重新开始存在,便又兴高采烈起来。因为在他,存在和快乐是一回事儿。这幅理想的画和这本理想的书,每一种足以使他兴致勃勃,但他如果在两者之间能找出更高级的联系,那他的兴致就更加大了。他一在"个别"中枯槁,即刻开始在"一般"中飘游和苟活。他只靠"一般"苟延残喘,"一般"赋予他生命,提供他养料,此时他一旦进入"个别"就枯槁。但他充满生命的时候,他的生活使他心醉神迷,至福至乐。唯有他可能写得了我的书。这样写出来的书难道不是更美吗?

不要管别人对我们说:您因此而失去了技巧。我们所做的,是追究生活的底蕴,是全力以赴打破习惯的坚冰推理的坚冰,因为习惯和推理一旦形成立即凝固在现实上,使我们永远看不见现实;我们所做的,是重新发现自由的海洋。为什么两个印象之间的巧合使我们发现现实呢?也许因为其时现实与其"疏忽"的东西一起

---

① 贝可勒尔,法国科学世家。祖孙四代皆为物理学家,其中三位是法兰西学院院士,在磁学、光学、放射学诸领域都有很高的成就。最杰出者亨利(1852—1908),因发现放射性,与居里夫妇同获诺贝尔物理学奖(1903)。

复活了,而如果我竭力回顾,我们或递增或取消。

优美的书是用像外国语似的一种语言写成的。我们每个人都可以从字里行间找到要找的意思,或至少找到要找的形象,而这往往是违背常理的。但在优美的书中,违背常理的东西也是优美的。当我读到《着迷的女人》①所描写的牧人,我看到的是曼特尼亚画笔下的男人和波提切利《托尔纳博尼夫人》②的色彩。也许完全不是巴尔贝所看到的。但在他的描写中有一个整体的关系布局,这种布局,对于我违背常理提供一个虚构的起点,对整个布局又提供了美的相继进展。

天才人物的独创似乎只是一朵花,只是重叠在与我相同的同代庸才头上的一座顶峰;但天才的"我",庸才的"我",同时寓于他们的身心。我们以为缪塞、洛蒂、雷尼耶是与众不同的人才。但,缪塞的艺术评论写得很草率,我们还厌恶地发现维尔曼最平淡乏味的句子出现在缪塞的笔端,我们还十分惊讶地发现雷尼耶身上有布里松③的东西;洛蒂不得不撰写学院式的演讲,缪塞不得不为一家不重要的杂志提供一篇有关劳动力的文章,因为没有时间从平庸的"我"挖掘另一个可能重叠在庸才头上的"我",我们看到他们的思想和语言满满登登的,没有回旋的余地……

当我们写作的时候,在我们身上起作用的原则纯属个人的,独一无二的,逐步指导我们的创作,以至于在同一代人中出现的作家有同类别的,同流派的,同素养的,同灵感的,同阶层的,同状况的,他们几乎以相同的方式执笔描述相同的东西,每人加添专属自己

---

① 《着迷的女人》(1854),巴尔贝·多尔维利的长篇小说。故事主要讲一位年轻貌美的妇女,中邪似的爱上一个满脸伤痕的教士。
② 《托尔纳博尼夫人》现藏于罗浮宫。
③ 布里松(1860—1925),法国评论家。爱对文艺发表议论,说三道四,但多为庸俗之见。其岳父是著名的剧评家萨尔塞(1827—1899)。

的独特花边,由此把相同的东西变成崭新的东西,这样别人的长处统统转移了。创新型的作家如此这般产生了,每人发出一个主要音符,但该音符以叫人难以察觉的音程顽强地表现出不同于前面和后面的音符。瞧,我们所有的作家一个个排列在一起,只算独创的作家,大作家也算在内,他们也是独创作家嘛,正因为如此,这里可以不必加以区分。您瞧,他们并肩排在一起,却各不相同。他们顺序排列,宛如用无数的花朵精心编织的花环,而每朵花又各不相同,在一排上有法朗士,亨利·德·雷尼耶,布瓦莱夫,弗朗西斯·雅姆,他们平起平坐排在一起,但在另一排上有巴雷斯,在别的排上有洛蒂。

想必雷尼耶和法朗士两人开始写作时,他们具有相同的文化修养,相同的艺术观念,致力于相同的描绘。他们试图描绘的画面以几乎相同的观念建立在客观的现实上。对法朗士来说,生活是一场梦的梦,对雷尼耶而言,事物是我们梦幻的外表。尽管思想相似,事物雷同,但雷尼耶一丝不苟,探幽发微,更念念不忘验证相似之处,表明巧合,在自己的作品中传播自己的思想,他的语句拖得长长的,逐渐变得明确,峰回路转,一曲三折,像耧斗菜似的黑黑乎乎枝枝节节,而法朗士的语句则明亮夺目,喜气洋洋,平滑如镜,像一朵法兰西玫瑰花。

由于这种名副其实的现实是内在的,当它处在一定的深度并摆脱了种种表象的时候,它可以从一个人人熟悉的印象,甚至从一个浅薄的或社交的印象脱颖而出,因此我根本不区分高雅的艺术和背德的或轻浮的艺术,因为前者只注视爱情,尽管怀着崇高的理念,后者与其说是对学者或圣贤的心理分析,不如说是对上流社会人士的心理分析。况且,在性格在激情在反应方面全都没有差别;上述两种艺术的性格是相同的,好比肺和骨,人人都有嘛,而生理学家,为了证明血液循环的重大规律,他才不管内脏是从艺术家的躯体还是小店主的躯体取出来的哩。也许当我们遇到真正的艺术家,他打破表象后进入真实的生活深处,届时我们将因为出现艺术品而更加关注涉及问题较广的一部作品。但首先要有深度,要达到精神生活的区域,因为在那里能产生艺术品。然而,我们看到一个作家处在每一页,处在他的人物置身的每种境况而从不自我深化,不对自身重新审视,却满足于使用常言俗语,正如我们想谈一件事情,使用从别人那里学来的熟语甚至最蹩脚的套话,用以启发我们自己,如果我们不进入幽深的宁静让思想选择能完全反映自身的词语;一个看不到自己思想的作家,即认识不到自己思想的作家,只满足于粗俗的表象,让这种表象向我们每个人一辈子掩盖他的思想,而我们中间庸俗的读者则在永久的愚昧中自满自足,尽管作家也在拨开表象,竭力寻求思想深处的实质;作者遣词造句所作的选择,或确切地讲根本不选择,他描绘的形象都是千篇一律的俗套,任何情境都缺乏深度,从这几方面来看,我们将感觉到,这样一本书,即使每一页都谴责矫揉造作的艺术、背德的艺术、唯物质主义的艺术,也逃脱不了更浓厚的唯物质主义,因为作者根本没有进入精神生活区域,从这个区域产生一页页也许只描绘物质的东西,但要有才能,这个才能无可否认地证明一页页的描绘来自精神。作者硬说另一种艺术不是通俗艺术,而是为少数人的艺术,也是徒劳的,而我们,则断定这正是他自己的艺术,因为为大家写作只有一种方法,那就是写作的时候不去想任何人,只把自己内心深处含英咀华的东西写出来。我们所说的那种作家,他写作的时候想着某些人,想着那些所谓矫揉造作的艺术家,并不费心观察这样的艺术家从什么地方吸取灵感,他们探幽发微,甚至觉得他们给予他的印象是永恒的,这种印象所包含的永恒性如同山楂花所包含的永恒性,或任何我们能够深入其间的东西所包含的永恒性;但此处如同别处,不了解作家自己内心深处所发生的事情,只满足于千篇一律的套话,一味怄气发火,不想办法深入观察:"小教堂空气陈而闷,到外面去吧。您的思想对我有啥用,唉!当教士能管个啥用。您叫我恶心,那些女人应当被打屁股。法国没有太阳。无法谱写轻音乐。非得把一切糟蹋不可",等等。写这番话的作家几乎不得不如此肤浅如此撒谎,因为他选择的主人公是个难以相处的天才,他极其平庸的俏皮话叫人听了十分恼火,却可能发生在一个天才人物的身上。不幸,当约翰-克利斯朵夫——我上面讲的正是他——停止说话,罗曼·罗兰则继续絮絮叨叨,俗套连篇,当他寻找一个确切的形象时,他写出的是矫饰的作品,而不是新颖的作品,在这方面他比今天所有的作家都低等。他所构思的教堂钟楼高不过长手臂,比勒纳尔先生①、亚当先生甚至勒布隆先生②的发现更低下。

所以罗曼·罗兰的艺术是最肤浅的,最不真诚的,最粗俗的,即使主题是精神,因为,一本书要有精神,唯一的方法,不是把精神作为主题,而是主题创造精神。巴尔扎克的《图尔的本堂神甫》比他塑造的画家斯坦博克的性格更有精神,也更为世俗。只有不知道什么是深度的人,才感叹:"这是多么深刻的艺术呀!"同样,有人动不动就说:"嗨!我呀,心直口快,我呀,直截了当说出我的想法,所有自诩其才的先生们都是马屁精,我呀,我是大老粗",这只能骗骗一些人,他们不知道这种声明跟艺术作品的大胆明快毫不相干,可明眼人是知道的。在道德上便是如此:说大话不能视为事实。说到底,我的全部哲学,正如一切真正的哲学那样,在于证实和重建存在的东西。在道德上,在艺术上,我们不再光凭一幅画去判断画家企图成为大画家的抱负,同样,不再光凭一个人的言论去

---

① 勒纳尔(1864—1910),法国作家。
② 勒布隆,莫里斯(1877—1955)和安德烈(1880—1958),兄弟皆为法国作家。此处不知指哪个,也可能指他们两人。

判断他的道德标准。艺术家的良知,作品灵性的唯一尺度,这就是天才。

天才是独创性的尺度,独创性是真诚性的尺度,愉悦(创作者的愉悦)也许是天才真实性的尺度。

读到一本书,说:"这本书很有才气",是愚蠢的,正像说"他很爱自己的母亲",几乎同样愚蠢一样。但第一种说法连讲都没有讲清楚。

书是孤独的产物,安静的孩子。安静的孩子不应该和话多的孩子,有任何共同之处,不应该和产生于渴望说点什么的想法,有任何共同之处,不应该和产生于一种指责一种主张即一种晦涩观念的想法,有任何共同之处。

我们书的素材,我们句子的内容,应当是非现存的物质,不是原封不动取之于现实,我们的句子本身,插叙亦然,应当是我们最美好的分分秒秒透明的物质,在这样的时候我们置身于现实和现实之外。正是由这种一粒粒明亮的结晶体组成了一本书的风格和寓意。

此外,专门为人民写作是枉然的,专门为孩子写作也同样枉然。丰富孩子头脑的书籍,并不是孩子气十足的作品。为什么要认为一名电工需要您写得很糟糕,需要您讲法国大革命才理解您呢?事情恰恰相反。巴黎人爱读大洋洲游记,有钱人爱读有关俄国矿工生活的故事。老百姓也爱读同他们生活无关的作品。况且,为什么要设置这种障碍?一名工人满可以崇拜波德莱尔嘛,不妨读一读阿莱维①。

上面提到的怄气发火,就是作家不愿意探究自己的内心深

---

① 系指阿莱维的《论法国工人运动》(1901)。

处①,从美学上讲,内心的自己与外表的自己是人的两面,而人,想认识别人,又抱着势利的眼光,说什么:"我需要认识那位先生吗?认识他对我有何用处?他叫我恶心。"这比我责备圣伯夫的问题要严重得多,尽管那位作家②讲的只是思想观点,他的批评是粗俗的,耍嘴皮子,撇嘴横眉耸肩,虽然思想反潮流,却没有勇气追本溯源。不管怎么说,相比之下,圣伯夫作品的艺术性强多了,其艺术性所表明的思想性也强多了。

仿古是集不真诚之大成,其中有一种不真诚的表现,就是把古希腊罗马作家可学的天才特征视为仿作的外部特征和能引起联想的特征,但古希腊罗马作家,他们自己并没有意识到这些特征,因为他们的风格其时并非仿效前人。今天出现了一位诗人③,他认为维吉尔和龙萨④优美的诗格传到他的身上,因为他学龙萨的样也管维吉尔叫"曼图亚博学之士"⑤。他的《埃里菲尔》⑥确是优美的,因为他很早便感觉到优美必定是活生生的,他赋予女主人公可爱的嗲声奶气:"我的丈夫是个英雄,但他的胡子太讨厌了",末了她像小母马似的摇头表示不悦(也许发现文艺复兴时期和十七世纪仿古时无意间搞错了时代习俗);她的情人管她叫"高贵的夫

---

① 影射罗曼·罗兰。
② 系指罗曼·罗兰。
③ 指莫雷亚斯(1856—1910),法籍希腊裔诗人。初为象征主义运动领袖,后转向古典主义,主张拟古。
④ 龙萨(1524—1585),法国七星诗社主要诗人。贵族出身。作品有《颂歌集》四卷、《情歌集》三部、《赞美诗》一部等,其中《给爱兰娜的十四行诗》被誉为最佳情诗。生前被尊为诗圣,其地位在雨果之前无人能及。
⑤ 维吉尔出生于古罗马时代的文化中心曼图亚。
⑥ 《埃里菲尔》(1894),莫雷亚斯的长诗。以古希腊神话为背景。埃里菲尔明知丈夫远征必定不会复返,却一味劝战,丈夫结婚时曾对她立下唯命是从的誓言,乃遵命出征,终战死于沙场。后来她被儿子处死。

人"(此公是追逐美色的好手,伯罗奔尼撒绅士①)。他既附属于布朗热派(?)又隶属于巴雷斯派②,把"派"字省去,反正都一样。这恰好与罗曼·罗兰相反。但他仅有一技之长,弥补不了内容之空虚和独创之缺乏。他著名的《抒情诗章》得以成活,只因他故意让他的诗有头无尾,平淡无奇,缺乏灵气,又像是情不自已而有感而发,这样,诗人的缺点和他要达到的目的反倒相辅相成了。一旦他忘乎所以又想说点什么,一旦他脱口而出,他便写出像下列的诗句:

  别说生活是欢乐的节日盛宴,
  否则不是笨蛋就是卑鄙小人。
  尤其别说生活是无边的苦海,
  否则不是懦夫就是未老先衰。

  笑吧,像春天的树枝那般骚动,
  哭吧,像寒风或浪花留恋沙滩。
  尝遍一切快乐,受遍一切痛苦,
  请说这有多好,因为这是梦幻。

  我们所欣赏的作家不可以做我们的向导,因为我们自身有方向感,就像指南针或信鸽。但,当我们在这种内在的本能指引下向前飞翔和沿着我们自己的路行进时,有时当我们左右采获,看到弗朗西斯·雅姆或梅特林克的新作,发现儒贝尔或爱默生竟留下我们不熟悉的一页文章,我们发现我们现时表述的模糊回忆在他们

---

① 伯罗奔尼撒绅士,意为莫雷亚斯让他笔下的古希腊英雄像法国绅士那样说话。
② 莫雷亚斯主张新古典主义,与评论家马塞尔·布朗热志同道合,故称其为布朗热派。巴雷斯《斯巴达游记》(1906)有感于法国骑士于八世纪在希腊建立雅典公国而作,一位法国作家去希腊观光却歌颂自己祖先的战绩,其民族主义倾向昭然若揭;而莫雷亚斯的仿古、复古,实质也是一种民族主义倾向,因此说他隶属于巴雷斯派。

的文章中已经提前表达了,其构思其感觉其艺术功力都相同,为此我们感到欣慰,仿佛见到可爱的路标向我们表明我们没有走错路,或,有如我们在林间稍息片刻时,发现朋友们因没有见到我们而在远足行程的路线上设置的树枝路标。可能是多余的。但,并非无用。这些指示性的东西向我们表明,寓于我们身心的"我"虽孜孜不倦,却毕竟是有点主观的"我",对于众多相似的"我",对于比较客观的"我",有着比较普遍的价值,因为当我们阅读的时候,我们属于有修养的读者层,这个阶层不仅对于我们的个别世界,而且对于我们的普遍世界都有价值……

假如我们有天才,我们将写下优美的东西,而这些美的东西寓于我们身心时却是模糊不清的,有如回忆一个乐曲,它使我们陶醉,我们却描绘不出乐曲的轮廓,哼都哼不出来,甚至描绘不出布局的数量线谱,说不出有没有全休止符,有没有快速音符组曲。有些真情实况,虽然从未感受过,却依稀似曾相识,始终萦绕心头,这样的人是有天赋的。但,如果他们满足于说他们听到一首美妙的乐曲,却对别人说不出个所以然,那他们就没有才华。而才华似一种记忆力,使他们可以最终接近那模糊的音乐,可以听得一清二楚,把它笔录下来,把它复谱出来,把它唱出声来。随着年华老去,才华如同记忆力,逐渐衰退,沟通心理回忆和外界回忆的智力筋腱不再有力量了。有时,这样的年龄会持续一辈子,因为缺乏练习,因为急于自满自负。最后谁都无法知道,连他自己也不知道,乐曲以其难以把握却美妙动听的节奏曾经追随过他。

附　录

普鲁斯特生平及创作年表

沈志明　编

1871 年

　　1 月 28 日巴黎投降，普法战争结束，但法国人难以吞咽战争苦果。3 月 18 日至 5 月 28 日巴黎公社起义，后遭残酷镇压。在国家危亡中刚结婚不久的普鲁斯特夫人已有身孕，但深受物质匮乏和精神焦虑的困扰。马塞尔·普鲁斯特于 7 月 10 日诞生，身体十分虚弱，一生备受先天不足之苦。

1873 年

　　著名医生普鲁斯特教授夫妇带着马塞尔迁入玛莱泽尔布林荫大道 9 号 2 楼的 6 间套公寓，他们一家在这里度过了二十七年。马塞尔的舅舅路易·韦尔在奥特耶的邸宅后来成为他们的第二住宅，也长达二十五年。但复活节假和暑假一般都在伊利埃伯父家度过，这座小镇因《追忆似水年华》而得名，现改名为伊利埃-孔布雷。

1879 年

　　阿德里安·普鲁斯特教授入选医学科学院院士。马塞尔捧读缪塞童话《尤物白乌鸫》入迷。

1881 年

　　春，马塞尔某天从布洛涅森林散步回家，首发哮喘病。

1882 年

马塞尔进入有名的孔多塞中学。

1884—1887 年

普鲁斯特教授被任命为全国卫生事业总督兼任巴黎医学院卫生学教授。马塞尔却经常缺课,高中的学业单总有"缺课"的记录。虽然高二留级,但文科成绩优秀,而且在家勤奋读书。写过有关克利斯朵夫·哥伦布的一篇记叙《消没》和一篇散文《云彩》。他高中时期的思想和精神状况可从他的答问中窥见一斑:(1)你最喜欢的作曲家是谁?——莫扎特和古诺。(2)你觉得什么是幸福?——生活在我所爱的人们身旁,有优美的自然环境,有许许多多的书籍和乐谱,离一家法兰西剧院不远。(3)你觉得什么是不幸?——离开母亲。(4)你最可容忍的缺点是什么?——天才的私生活。

1888 年

文学爱好倾向发生演变,大量阅读巴雷斯、勒南、勒孔特·德·利尔、洛蒂的作品,但依旧喜欢经典作家。获法语荣誉奖。10 月进入哲学班,十分敬重哲学老师阿尔丰斯·达吕,他后来回忆道:"他是对我思想影响最大的人物。"

1889 年

7 月 15 日获文学学士文凭,并获法语作文荣誉奖。秋,有幸认识阿纳托尔·法朗士,大喜过望,稍后给法朗士的信中写道:"四年来我反复阅读您的神书,读得滚瓜烂熟。"11 月服义务兵役,在奥尔良充当二等兵,为期一年。

1890 年

同时注册巴黎法学院和政治学院。两次会见莫泊桑,尽管不太喜欢其人,但还是向他父亲推荐了莫泊桑的作品。

1891 年

大学生普鲁斯特结识奥斯卡·王尔德和雅克-埃米尔·布朗

什,后者是法国画家兼文艺评论家,为普鲁斯特绘制一幅铅笔素描肖像,次年完成,遐迩驰名,一直流传至今。

1892 年

与朋友们创办《宴会》杂志,开始在该刊和其他期刊发表散文、杂文和评论。这个时期的情趣也可从他的答问看出个大概:(1)您的性格主要特征是什么?——需要被人喜爱。(2)您希望男子富有什么性感?——富有女性的魅力。女子呢?——富有男性的美德。(3)您主要的缺点是什么?——缺乏意志。(4)您最偏爱的事?——爱。(5)您喜爱的散文家呢?——法朗士和洛蒂。(6)您喜爱的诗人呢?——维尼和波德莱尔。(7)您喜爱的作曲家呢?——贝多芬、瓦格纳和舒曼。

1893 年

《宴会》停刊,但写作不止,发表中篇小说《闲人》。从 7 月至 12 月,《白皮杂志》一连登载他多篇文论,后多半收入《欢乐与岁月》。10 月获得法学学士学位,并在诉讼代理人处实习了十五天。12 月开始准备文学学士学位,但在父亲催促下,选择了图书馆管理员的差使。

1894 年

发表诗篇《谎言》,用韵文为华托和凡·戴克描绘肖像,批评托尔斯泰的《基督教精神和爱国主义》。10 月,德雷福斯被诬告出卖军事情报而入狱。

1895 年

热衷阅读爱默生,这位美国思想家对普氏的美学观将起极大的影响。同年也对卡莱尔倍感兴趣。频繁观看演出和听音乐会。在 5 月 20 日一封信中道叙其音乐思想:"音乐的本质在于唤醒我们灵魂神秘的深层,音乐始于有限的止处,始于一切以完美为目标的艺术(绘画、雕塑等)的止境,始于科学的止息,可与宗教相比拟"。

1896 年

3月《当代生活》发表《闲人》。6月《欢乐与岁月》正式出版,阿纳托尔·法朗士为之作序。7月《白皮杂志》发表《反晦涩》。大量阅读大仲马、巴尔扎克、圣伯夫、莎士比亚、歌德、艾略特等人的作品。

1897 年

动手撰写《让·桑特耶》。因与吕西安·都德的私情受到公开攻击而与人决斗。发表对阿尔丰斯·都德的悼词。继续阅读巴尔扎克,偶然发现罗斯金。

1898 年

11月13日《黎明报》发表左拉的《我控诉》,不久在该报发表由普鲁斯特签署的知识分子支持复审德雷福斯的签名运动,法朗士在名单之列。母亲因癌症住院动手术。普氏去阿姆斯特丹观看伦勃朗画展,参观居斯塔夫·摩罗博物馆。

1899 年

中断《让·桑特耶》的写作,全力以赴研究罗斯金,在《巴黎杂志》发表一篇论述罗斯金的文章,并在母亲的协助下翻译《亚眠圣经》。

1900 年

1月罗斯金在伦敦去世,普氏发表一系列纪念文章,后收入其译著《亚眠圣经》作为序言。4月与母亲去威尼斯旅行,在考察意大利建筑、绘画等艺术的同时,继续阅读和研究罗斯金。

1901 年

哮喘病多次发作。

1902—1903 年

开始对德彪西感兴趣,但真正发现其价值要到1911年。在法国和去荷兰进行多次艺术考察旅游。频频出入上流社会,例如经常出席诺阿耶伯爵夫人家的晚宴。与好几个贵族青年过从甚密。

1903年11月父亲阿德里安·普鲁斯特因脑溢血猝然去世,获得军人荣誉葬礼。他后来在《失而复得的时间》中写道:"身为替祖国鞠躬尽瘁的人的儿子,尽管竭力克制自己,也难以忍住眼泪,因为他听得军乐队为其父哀悼、为遗体增光添彩。"

1904年

完成罗斯金著作的翻译和研究,在给巴雷斯的信中写道:"我试图向自己译述我可怜的灵魂,倘若其间我的灵魂尚未泯灭。"

1905年

为《芝麻与百合》法译本作序,文中首次披露撰写《驳圣伯夫》的文论计划和回忆童年的小说《在斯万家那边》。9月陪母亲去埃维昂,不料她刚到就尿毒症发作,返回巴黎后不久死于肾炎,时年57岁。普鲁斯特悲恸欲绝,写道:"我的生活从今失去了唯一的目的,失去了唯一的温馨,失去了唯一的情爱,失去了唯一的慰藉。"

1906—1907年

失去母亲后尝试组织自己的生活,雇请男女用人,会见和拜访朋友熟人,浏览风景和观光胜地,修改译稿和撰写文章。这些文章零星发表,看似零碎,但后来都分散插入《追忆逝水年华》的前后章节中。

1908年

普鲁斯特在确立自己独特的风格之前,经历了漫长的探索,其中包括模仿前人。这年《费加罗报》文学副刊先后发表他好几篇仿作:模仿巴尔扎克,模仿米舍莱,模仿法盖,模仿龚古尔《日记》,模仿福楼拜,模仿圣伯夫,模仿勒南,还有未发表和后发表的模仿夏多布里昂,模仿罗斯金,模仿圣西门。11月决定撰写《驳圣伯夫》。

1909—1910年

1909年3月《费加罗报》发表他最后一篇仿作:模仿昂里·德·雷尼耶。他多处试探出版其仿作专辑,但无人肯承担。《驳圣伯夫")的计划也到处受挫,连《费加罗报》都拒绝《驳圣伯夫》的最初手稿。但他已认真投入一部真正的长篇小说创作,并着手写下"孔布雷""斯万的爱情""盖克维尔海边""斯万夫人周围""盖芒特那边"等章节的许多片段。

1911 年

完成《失而复得的时间》第一部分,并叫秘书打印出来。12月观看中国画展。同月在交易所玩股票输了许多钱。

1912 年

修改完成《失去的时间》,开始寻找出版商,继续完成《复得的时间》,总题为《心跳的间歇》。年底遭法斯凯尔和伽利玛退稿。作者没有气馁,继续补充《盖芒特那边》。

1913 年

屡遭多方拒绝后,普氏决定自费出版《在斯万家那边》。3月校清样,5月定夺总题《追忆似水年华》。11月正式出版《在斯万家那边》。

1914 年

男友阿哥蒂纳利在航校驾机飞行不幸坠海身亡,普氏痛彻心扉,其痛苦可与失母相比拟。继续创作《盖芒特那边》以及后来收入《金屋藏娇》《失而复得的时间》等的许多章节。6月《新法兰西评论》发表有关"巴尔贝克小住"的篇章,格拉塞决定出版《盖芒特那边》。但战争爆发,格拉塞应征入伍,出版社关门停业。普氏因病免于应征。

1915 年

写下许多章节,后用于《索多姆和戈摩尔》《金屋藏娇》等。5月30日去亡友阿哥蒂纳利墓前献鲜花。

1916 年

至关重要的一年。2月25日曾拒绝出版《在斯万家那边》的纪德请求普鲁斯特允许新法兰西评论出版社出版普氏全部著作。

普氏取得格拉塞同意后与加斯通·伽利玛签约,从此普氏手稿畅通无阻。结交科克多、保尔·莫朗等多位年轻作家。重新外出看戏会友,出没上流社会沙龙。

1917—1918 年

增加外出,或因健康好转,或因与伽利玛关系良好,或因进一步体验生活,总之,普氏身心愉快,积极参加各种社会活动。伽利玛重版《在斯万家那边》,但直到 1919 年 6 月才出版,其间买下格拉塞出版《在斯万家那边》未售出的全部样书,改成白皮封面出售。《在如花少女们倩影旁》印刷完毕。

1919 年

《在如花少女们倩影旁》获龚古尔文学奖。《在斯万家那边》再版。《仿作与杂谈》出版。这是普氏少有的丰收年。普鲁斯特反对一切民族主义表现,不同意布尔热、雅姆斯、莫拉斯等著名人士签发的宣言。10 月搬家。

1920 年

1 月,《新法兰西评论》发表《论福楼拜风格》。8 月,《盖芒特那边》付梓并出版。普鲁斯特被任命为荣誉勋位团骑士。

1921 年

《新法兰西评论》多次发表后来收入《追忆似水年华》的片段以及《论波德莱尔》。出版《盖芒特那边》第二卷和《索多姆和戈摩尔》第一卷,校对《索多姆和戈摩尔》第二卷。5 月,观看手球馆荷兰画展时身感不适,后又多次发病。《索多姆和戈摩尔》第三卷交稿。

1922 年

校对《索多姆和戈摩尔》第二、三卷。初春重阅《失而复得的时间》手稿,掩稿凝思,唤来女秘书郑重其事地宣称:"昨夜发生了一件大事。……这是大新闻哩。昨夜我写下了大功告成的字样,"然后接着说,"现在,我可以死了。"9 月身体恶化,10 月初患支气管炎,拒绝医嘱,急于完成手稿,11月初终于寄出《金屋藏娇》打印稿。在给加斯通·伽利玛最后一封信中写道:"此刻我想最迫在眉睫的是给您交付所有的书稿。"支气管炎转为肺炎,11月18日与世长辞。11月22日举行葬礼。

同年出版《索多姆和戈摩尔》第三卷,《金屋藏娇》二卷本。

1925年

《痛失阿尔贝蒂娜》出版。

1927年

《失而复得的时间》二卷本出版。

1952年

《让·桑特耶》二卷本出版。

1954年

《驳圣伯夫》附录《杂谈》出版。七星丛书首版《追忆似水年华》三卷本。

1971年

七星丛书出版《欢乐与岁月》和《让·桑特耶》,同时出版《仿作与杂谈》《随笔》《驳圣伯夫》。

1987年

七星丛书出版《追忆似水年华》四卷本。

"外国文艺理论丛书"书目

第 一 辑

书 名	作 者	译 者
柏拉图文艺对话集	〔古希腊〕柏拉图	朱光潜
诗学	〔古希腊〕亚理斯多德	罗念生
古代印度文艺理论文选	〔印度〕婆罗多牟尼 等	金克木
诗的艺术(增补本)	〔法〕布瓦洛	范希衡
艺术哲学	〔法〕丹纳	傅雷
福楼拜文学书简	〔法〕福楼拜	丁世中 刘 方
波德莱尔美学论文选	〔法〕波德莱尔	郭宏安
驳圣伯夫	〔法〕普鲁斯特	沈志明
拉奥孔(插图本)	〔德〕莱辛	朱光潜
歌德谈话录(插图本)	〔德〕爱克曼	朱光潜
审美教育书简	〔德〕席勒	冯 至 范大灿
悲剧的诞生	〔德〕尼采	赵登荣
艺术与现实的审美关系	〔俄〕车尔尼雪夫斯基	周 扬
卢那察尔斯基论文学	〔苏联〕卢那察尔斯基	蒋 路
小说神髓	〔日〕坪内逍遥	刘振瀛